空 位

赵欣小说选

赵 欣 ◎ 著

长 春 出 版 社

全国百佳图书出版单位

图书在版编目（CIP）数据

　　空位：赵欣小说选 / 赵欣著. -- 长春：长春出版社，2025. 1. -- ISBN 978-7-5445-7569-0

　　Ⅰ. I247.7

　　中国国家版本馆CIP数据核字第2024BU0746号

空位——赵欣小说选

著　　者　赵　欣
责任编辑　谢冰玉
封面设计　宁荣刚

出版发行　长春出版社
总 编 室　0431-88563443
市场营销　0431-88561180
网络营销　0431-88587345
地　　址　吉林省长春市南关区长春大街309号
邮　　编　130041
网　　址　www.cccbs.net

制　　版　长春出版社美术设计制作中心
印　　刷　长春天行健印刷有限公司

开　　本　880mm×1230mm　1/32
字　　数　240千字
印　　张　11.75
版　　次　2025年1月第1版
印　　次　2025年1月第1次印刷
定　　价　59.80元

出版说明

　　本书收录作家赵欣2017—2018年公开发表的中短篇小说15篇18万字。作品完成时间为2015—2018年，在《中国作家》《作家》《北京文学》《青年作家》《啄木鸟》《作品》《雨花》等重要文学期刊发表。

　　其中，《透析》入选《小说选刊》2017年9期、《2017年中国短篇小说年度排行榜》；《人参娃娃》入选《小说选刊》2019年1期、《作品与争鸣》2019年3期；《哥哥和我》入选《中华文学选刊》2017年8期、《2017年中国短篇小说精选》；《别无选择》入选《小说选刊》2018年8期；《约谈》《现在退庭》《特殊警情》《别无选择》依次入选《领导科学》（官场选刊，全国核心期刊）2017年9月、2018年2月、2018年5月、2018年8月。

　　本书作品创作的时间正值赵欣小说创作的跨越阶段，风格偏好于惊悚悬疑色调，而法治与官场题材明显增多。其作品风格深邃而诡异，创作视角宽泛而独特，情节铺陈从容而新颖，牢牢吸附人心而引发强烈共鸣，受到文学界、评论界、学术界热评。

目　录

空　位

　　早上上班前，父亲还在卫生间里面没出来，我有点不放心，问道，爸，你怎么这么久？父亲的声音从密闭的门板传递出来，有点压抑。你要用吗？我忙说，不用不用，我是看你时间很久了。他说，没事儿，肚子有点疼。我又问，要不要去医院？父亲语气轻松地回道，没病上啥医院？快去上班吧！

　　看一眼时间，必须马上出发。临离开之际，我叮嘱父亲按时服药，别开着空调睡觉，脏衣物等我回来再洗。心想，这个家应该再有一个人的。

　　父亲七十九岁，患有糖尿病，但身体硬朗。平时和楚姨一帮人在前面的公园里跳舞。母亲去世快两年了，我让他找个老伴，甚至明确表示愿意接纳楚姨。

　　楚姨是父亲参加社区活动时认识的，早年丧夫，从外地投奔已婚的儿女来到这座城市的。母亲去世不久，她就和父亲如影随形。所以我最初对她有些反感。丧母之痛渐渐淡化，我才开始正视她。她比父亲小十五岁，端庄文雅，还会照顾人。我能感觉到父亲很喜欢她。

但父亲的态度让我意外，他不同意。我不得不更加真诚地表达我的意见，父亲也更加明确地表示反对，这并非因为我母亲，父亲不是那种可以从一而终的男人。他的顾虑是因为我是大龄青年，至今还单身着。我大学时倒是处了个女朋友，本以为可以天长地久，岂料一毕业她就回了原籍。我想等她回来，把自己等成了大龄青年。

不久前楚姨给我介绍了一个女朋友，叫马小丫，幼儿教师，年轻漂亮。与前女友不是同一类型，这正是我希望的。我不希望生活中还有过去的影子，但马小丫的态度至今不明朗。父亲有些着急，对楚姨说，只要女方同意，我们就去明珠小区买一套大房子，还给她买车。明珠小区是一处高档小区。我说，爸，那得多少钱呀。父亲自豪地说，儿子，你放心吧，老爸有存款呢！当时楚姨在场，我不知道父亲是不是喝了酒失言，还是有意为之。

我和马小丫之间的联系多数都是我主动，但一直就是平平淡淡的。前些日子单位组织去净月潭游玩，特别强调可以带配偶或是对象，我试探着问过马小丫，她似乎没明白或者装作没明白，话题很快岔了过去。如今的青年男女，感情进展飞快，甚至见面就可以上床，但我们是个例外。我们认识的时候，彼此就目的明确，是奔着结婚去的，所以必须慎重。在理解马小丫的同时，发现我居然如此执拗，非她不娶了。

到了单位，停车场里面的车停得满满当当的，我转了一圈才找到空车位。上楼，等了第二次电梯才挤上去。在办公室里刚坐下，擦着汗，正享受空调的凉爽，同事小周小声说，主任来过了，找你。他把脖子往我这边伸了伸，像一只偷啄食物的鹅。似乎还要说什么，我的手机就响了，是楚姨。

你爸肚子疼得厉害，我现在陪他往市医院去呢，你赶快过来吧！她语气急促，还没等我说话就挂了电话。我能听到里面父亲辩驳的声音，他说，没大事没大事，别让孩子耽误工作。

父亲是轻易不肯去医院的。我的心一下子悬了起来，抓起车钥匙就要走，主任迎面走了进来。他的眼镜又宽又大，从某一角度看过去，有啤酒瓶底那么深邃厚重。他的目光在镜片里折垂下去，灰暗的一张老脸拉得很长，那样子就像昨晚老婆没让他得逞似的。他把手里的材料往我的桌上一丢，严厉地说，怎么刚上班就出去？这个活儿不合格，立即返工！我忙说明了情况，他的表情仍没有缓和，目光抬起，透过镜片快速闪过一缕憎恶的光，转身走开，扔下一句话，上午必须完成！

有没有点人情味？你老婆住院我还去扔了红包呢！还有，你今天抽什么风？我心里不断地咒骂着。小周走过来，瞄一眼走廊关上门，压低嗓音神秘而紧张地说，你不知道吗？有人给巡视组写主任的黑信！主任认为……

写主任的黑信？我盯着小周问，这和我有什么关系吗？

哦，没关系没关系。小周谨慎地缩了缩头，把话咽了回去，孟哥你有事赶紧去忙吧！你的活儿我替你做！

主任难道怀疑我？为什么会怀疑我呢？我在大脑里深度搜索，自己一向很注重职场规则的，哪里得罪过主任呢？对主任的不满除了频频在心里发泄外，只有一次酒后向小周流露过……

不管了！我愤愤地下楼，手指摁着车钥匙上的按钮，把折进去的钥匙柄打开又关回去，再打开再关回去。我想象着手里是一把折叠刀。

路上仍然拥堵，我像一条泥鳅似的在车流里穿梭，把车技发挥到了极致。车子进入市医院那条马路的时候，我给楚姨打了电话。楚姨催促说，赶紧赶紧，你爸是急性阑尾炎，要做手术。

就在这时，车流慢了下来，很快就停滞了，我探出头往前看，所有的尾灯都亮着，火炭一般红。排气管突突冒着黑烟，让空气更加闷热。原来，医院的停车场满了，不让进了，但是前面的车辆不甘心，就在那里耗着。

我越发焦急，探出头瞭望着前方。

一个老太太走过来，慈祥地微笑着，趴在我的车窗上问，孩子，要不要车位？我问在哪？她说，不远。见我没吭声，补充说，孩子，你一定找不到车位的。

城市车位紧张，在一些公共场所的周边，就催生了这样一种职业。这些人每天早早地拿一个板凳或是一辆破自行车占据车位，然后向别人收费，其实那些车位都是公用的。我无奈地摇摇头。

手机响了，我知道是楚姨。她问我还要多久？我忙说，楚姨，您先代我办理手术手续吧！我爸的兜里应该有钱，如果没有您先垫付，我还你。楚姨说好吧。我又给110打了个电话，请交警来疏导一下。警察的声音机械而冷淡，稍加迟疑后答应了。

一刻钟后，车流终于松动，医院的门口出现了两个警察和闪着警灯的警车。我感到些许宽慰，社会和生活的确需要秩序。

医院准许车辆进入，但告知没有车位，进去就得从另一侧出口出来。这样做，是为了暂时缓解整条马路堵塞的问题。我回头，后面的车紧紧挨着，看不到尾。别无选择，只好跟随。所有的车辆都心存侥幸，谁知道会不会恰好遇到离开车位的车辆？所以都走得很慢，伸长脖子观望着、期待着。也有不耐烦的，或是不想停车的，不断地摁着喇叭，搅得我心里更加烦乱，后悔刚才没有听老太太的话。

走着走着，车流再次停滞，但我已经进入医院大门了。利用这个间隙，我给楚姨打了电话。楚姨说，已经进了手术室，只等"一把刀"了。我问"一把刀"是谁，她说是做手术的马大夫。

还好，没多久，车流移动了。随着车流，我绕着停车场转了一圈，没见到空位。我又转了一圈，还是没有。也许医院外边能找到空车位呢，但我不敢妄动。因为如果没有，我只会更费时费力。

正在这时，真有一个人走过去，拉开了一辆车的车门。我踩了刹车，不顾后面的喇叭齐鸣，热切地问，大哥，你走吗？那人笑笑，似得意似抱歉地说，不走，一时半会儿走不了。

又绕了一圈，不知道什么时候出现了空位，我看到一辆农用三轮车正在往车位里挪动。我怎么没发现呢？我心生恼恨，想，这样的破车也配占一个位置吗？农用车的司机在众目注视之下似乎也感到在做一件不应该做的事，匆忙停下车，垂着头灰溜溜走了。

车道夹在密密麻麻的车辆中间，很逼仄，每隔一段就有一名保安扯着沙哑的嗓子吆喝着指挥。我的目光在停车场之外的角角落落梭巡着。现在已经不盼望有停车位了，只要能把车停下就行。不管什么地方，不管是合规还是违规，只要能停下就不管那么多了。这样又转了一圈。

我给楚姨打电话，她带着哭腔说，你爸再不手术就来不及了，可是"一把刀"还没到呢。

我感到很绝望。正在这时，停车场里忽然驶出一个车头。我一阵狂喜，真要谢天谢地，空位终于有啦！我盯着那辆车，恨不得它马上出来或者凭空消失。但是那辆车显得很笨拙，挪来挪去的，也没有找准角度，我急得手脚都在用力，犹豫着要不要去帮他。突然，从我的对面逆行过来一辆奔腾车，虎视眈眈地盯住了这个位置！我一下子绷紧了神经，握紧方向盘，踩着油门处于战备状态。我咬着牙发誓，决不能让这个不守规矩的家伙得逞！

那辆车刚刚离开，我和奔腾车几乎同时往车位里冲进去，险些没撞上。刺耳的急刹车声猛地响起，一股橡胶的焦煳味弥漫开来。我把车窗落下，恼怒地瞪着那辆车，运足了气铆足了劲要打一架。那辆车的司机落下车窗，探出脑袋，是一个眼镜男。两只镜片亮闪闪的，一脸讨好地笑。他商量说，朋友，我有急事，请让一下！我回道，我也有急事，你是逆行，不能让！眼镜男还要说什么，我趁机一加油把车硬生生钻了进去，关了车门，就向手术室跑去。

手术室在十二楼，电梯前面围着一堆人，其中还有两个坐轮椅的病人。我只好沿着楼梯跑，跑上去，已经站不住了，嗓子像呛了海水似的又疼又咸。楚姨在手术室外焦灼不安地走来走去。我上气不接下气地问，楚姨，马大夫到了吧？她擦了一把脸上的汗，说是进院里了，还没上楼呢，真是急死人呀！我的心又悬吊起来，目光不停地在电梯口和楼道口徘徊，恨恨地说，大夫应该提前到位的，这是什么服务态度！楚姨说，小孟啊，别埋怨，"一把刀"是咱们特意邀请的。这可不是简单的手术，你爸年龄大，又有糖尿病，再说，知名的都是有架子的。我只能默默祷告，愿父亲平安！

电梯门响，一个身影闪出，疾步走向手术室，拉开门就进去了。我一下子愣住了，那个人……竟然是那个眼镜男！他就是"一把刀"？楚姨"嗖"地站起身奔过去，还没来得及开口，已经被挡在了手术室门外。

我猛吸一口气，下意识地缩了缩脑袋，庆幸眼镜男没有往这边看。楚姨指着手术室的门说，像这类危重急难手术非他莫属！

不一会儿，手术室的门开了，急匆匆走出来一名男护士，手里拿着一把车钥匙往楼下跑。我一下子明白了什么，打开走廊窗户，把脑袋探出去往下看。停车场像炸了锅，喇叭声声，十几个人愤怒地围着那辆奔腾车破口大骂。几分钟后，男护士就挤到车旁边，如同羊入狼群，瞬间就被围住了，他慌乱辩解着，打着手势向我的方向指了指，我的心脏怦怦跳了起来，急忙闪躲了一下。在保安的帮助下，男护士开动了奔腾车，车流缓缓移动了。当时马大夫肯定是见停车无望，为了抢救病人只好就地抛锚了。不知楚姨什么时候过来的，也探头往下看，我猜想她只是看个热闹而已。

　　我谴责自己，差点没害了父亲……

　　手术室的门再次打开了，一个从头到脚裹着手术服的人走出来，他的镜片亮闪闪的。我和楚姨慌忙地站起来，奔过去，忙问，病人怎么了？马大夫看了看我们，家属呢？我的目光不自觉地低垂了下去，楚姨扭身一指我说，他是他是，他是患者的儿子。我只好硬着头皮走上前。马大夫的目光一下尖锐起来，病人需要紧急输血，同意不？我说，同意同意。马大夫又看看我，说，不过，你要有思想准备，手术极有可能出现意外。

　　我的心猛地抽搐了几下，颓然地坐到长椅上，忐忑起来。马大夫认出了我，会不会影响到父亲的手术？

　　楚姨忽然站起身，直跺脚，悔恨地说，哎呀，我可真是老糊涂了，手术前要给大夫红包的！这可咋办？我越想越坐不住了，脊背的冷汗直流。只有我明白问题比楚姨想的要严重得多。

　　楚姨走来走去，嘴里不停嘟囔着。时不时站在手术室门前，从门缝往里窥视。

　　突然，手术室的门开了，差点撞到楚姨，马大夫走了出来。楚姨忙回头喊我，小孟，你还傻愣着干啥？我紧张地问，大夫，手术结束了？马大夫摆摆手，瞥了我一眼，夹带着讥讽的语气说，哪有那么简单，正输血呢。然后掏出手机打电话，看样子他在向谁请教手术中的某个环节。听得出，父亲的血糖值高，血压也高，手术风险极大。

　　楚姨的一个动作引起了我的注意，她背转身，掏出钱包，想了想又放回去了，然后用力扯扯我的衣服。我明白了，掏出一沓钱塞到马大夫的手里。红包的数额肯定超出"潜规则"的标准很多，里面有我另外的含义。马大夫看一眼我的手，又看了看我的脸，再四处看看。附近没有别人，楚姨也不知哪去了。我暗想这老太太真够聪明的。走廊的尽头有一个摄像头，很远，根本照不到这里。红包送出去，我的神经就可以轻松一些了。不料马大夫坚决地一挡，说，不行！手术室的门"哐当"一声关闭了，我的心一下被扔进了蒸锅里。

不知过了多久，我跌进蒸锅里的心已经冰凉。手术室的门开了，楚姨跑过去。我把脑袋垂在两腿之间，紧闭双眼，我不确定是否将面对一个令我悲痛的场面：父亲直挺挺地躺在担架上，上面覆盖着白布，大夫和护士对我摇摇头。随着担架缓缓推出，马大夫也走了出来，他已经摘掉了口罩和帽子，略显疲惫地喊道，家属，手术成功！

那一刻，正好一抹阳光从窗户投射过来，他的眼镜让他的整张脸光芒一片。

我想站起来却没成功，似乎身体被抽空了。连胳膊也抬不起来。

十天后，父亲出院，恢复很好，傍晚天气转凉的时候，楚姨就会来扶他出去散步。

单位的主任被查处，暂时由我代理他的职务。在职场，代理其实就是过渡。对未来，我有十足的信心。

主任的老婆来收拾东西，我热情地上前协助，不料她激愤地骂道，真是知人知面不知心，看着人模狗样的，谁知背后捅刀子！我茫然四顾，小周在门口闪了一下。我问，嫂子，您在说谁呢？她头也没抬，也没回答。

有一天，在小区门口碰到父亲和楚姨，楚姨正挽着父亲的胳膊。我刚要回避，被楚姨喊住。她问我和马小丫是否有进展，我说没有，她就鼓励我说，你是男人，自然要主动些。她的眼角瞄了一眼父亲，继续说，机不可失哦，人家的家庭可不一般，他哥哥就是"一把刀"呢！

"一把刀"？

就是给你爸做手术的那个马大夫！

我的眼睛前浮现出那亮闪闪的眼镜片，心里一下暗淡了。

晚上回到家，父亲注意到我的情绪，就问，怎么了，儿子？我说没怎么呀。父亲说，和小马处得怎样了？我摇摇头。父亲说，我们买车买大房子。我笑了，说，爸，您别操心了！婚姻是讲缘分的。

马小丫在意的，未必就是这方面的条件。但我又没必要和父亲解释过多。仅就观念而言，我们是越来越疏离的两个世界。

这时，手机响起了微信提示音，竟然是马小丫！我惊喜万分，和她聊了起来。我们先说天气和季节。我说还是冬天好。她说她最喜欢秋天，一到秋天，她就会有诗人的灵感。我问，你会写诗吗？她说不会，但很想。我们还说了彼此的生日，竟然是同一天。终于找到的共同点让马小丫对我亲近了许多，所以当我提出去看电影的时候，她马上回复了，一个可爱的卡通女孩拍着手说，好呀好呀。

她单纯，也有理想，她说，我哥说，人就要奋斗。她于是把马大夫如何从一个普通医生很快晋升为副教授、教授的历程娓娓道来。也把她自己的事业和人生规划得不错。不过，马小丫动辄就说"我哥说"，让我不能不担忧。

不管怎么说，我们还是有进展的。三个月之后的一天，马小丫邀我去她家玩，说是周末，正好哥哥休班。我一听心头发颤。她蹙着眉头，瞪着天真的大眼睛问我，怎么啦，有问题吗？我忙不迭地说，没有没有，第一次见你的家人有点紧张。

丑媳妇难免见公婆，这一关早晚要过的。晚过不如早过。如果过不去，也就死心了。

我到马小丫家的时候，面对的是一桌丰盛的菜肴。她的父母已耄耋之年，话语不多，就那么乐呵呵地观察我。我知道，在这个家庭，马大夫具有举足轻重的话语权。

我坐下，略做环顾，注意到一面墙上的一幅挂历，挂历上画着一只雄狮，日期是昨天。马小丫发现什么似的，哦了一声，翻出新的一页，呈现在眼前的是一只娇憨的大熊猫。这时，马大夫回来了。马小丫说，大哥，这就是孟获。马大夫一边打量着我一边伸出手，我的目光想迎上去，却又虚虚地躲闪着。

马大夫握住我的手，陡然热情起来，你好，孟获，你看起来有点面熟呢！我的手在他的手掌里缩了缩，却不好意思抽出来，尴尬地回道，你好，大哥！我们见过吗？马大夫用手向上推推眼镜，仔细看了看我说，哦，没有没有。我心里很感谢他，他没有戳穿我，给我留了面子。

席间，马大夫摘下眼镜擦拭，我顺嘴问了一句，大哥，你的眼镜度数不大吧？咋不大？九百度呢！马大夫说着又戴上，镜片亮闪闪的，晃得我看不到他的表情。我心里突然一动，又问，大哥，你能看清楚挂历吗？我指指那张挂历，啃着青竹子的大熊猫距我有三米之远。我暗暗计算那天在停车场我和他的距离应该没有这么近。马大夫扶扶眼镜，往挂历的方向看了看，摇摇头，说，模模糊糊，什么呢那是？是狮子？马小丫哈哈大笑，弯下腰。我心里什么东西安然落下，大大方方地站起来举着酒杯，动情地说，大哥，我敬你！

醉醺醺回到家，父亲正在等我。他满脸期待地看着我，问，挺好的吧？我说，爸，挺好挺好，根本没必要买大房子小汽车。父亲笑了说，儿子，你楚姨早就和人家说了。我说，楚姨对咱家的事情真用心啊！爸，你俩赶紧在一起得了，找个日子办一场婚礼吧。父亲愣了下，说，不行不行。我说，有什么不行的，楚姨多好啊！父亲突然严肃起来，说，儿子，做人不能太简单了。你知道吗？她说不定惦记我的大房子和小汽车呢！我说，不会不会。父亲叹口气说，即使她不会，她儿子女儿呢，你敢保证他们不会？快死的人喽，我可不想惹麻烦。

门突然被推开，是楚姨，我进屋的时候忘记关门了。楚姨的三根手指插在眼镜和面颊之间的空隙里，胡乱地抹泪，抹完左边的再抹右边的。然后颤抖着戳着我父亲的脑门骂道：老孟头，我真是瞎了眼！我决不会让我的外甥女也瞎了眼，进你们孟家的门！

我和父亲面面相觑，又一起望向楚姨。楚姨鼻子里哼了一声说道，马小丫就是我外甥女！她又转向我说道，哼，小子，你是什么人别以为别人不知道！

父亲和楚姨没再联系，我暗暗惋惜。不过父亲的情绪没有受到多大影响，还有一点儿那种经历了什么而没有闪失的得意。他参加了社区的一个合唱团，我希望会有另一个女人出现在他身边。有个人陪伴他，我会放心些。

父亲一直让我暗暗羡慕着，从我有记忆时，他就有女人缘。所以他现在孤身一人，这显然是不正常的。我猜想要么是那些单身女人有了提防——我听父亲说，楚姨到处诋毁他；要么就是父亲对那些女人有了提防，我也听父亲说，是楚姨曝光了我们家的家底。而我觉得父亲多虑了。

马小丫也没有联系我，这在我的意料之中。我能够想象到，当她得知有关我和我父亲的情况时，她震惊、疑惑、失望、憎恶的表情。我知道我们之间彻底没戏了，但我仍存侥幸之心，有几次情不自禁想联系她，但最终还是放弃了。

值得一提的是，小周不再称呼我为孟哥，而是孟主任了。

不知不觉间天就凉了，老天温顺了，透出慈爱。辽阔的蔚蓝之下是斑斓的色彩，而我的人生马上就要形成新的年轮。

生日那天，我突然想起了马小丫，我们拥有共同的生日。本以为她已沉入记忆深处，没想到猝不及防地冒了出来。驾车来到净月公园，很轻松就找到了车位。这里进行了改造，新建了一座大型立体停车场。我漫步在净月潭边，看长空万里，看烟波一片，看对对情侣挽着手悠然走过。

胸口有什么在涌动，这就是诗情吧？

手机短信铃声响起。

马小丫？

是的，是她。

特殊的日子，还记得我吗？

我颤抖着手指回道：记得。

想见我吗？

我整个人似乎都颤抖了，回道：很想！

你回头看！

我蓦然回首，三米之外的地方，是马小丫一家，马大夫的眼镜片闪着光亮。

2017 年 5 月 29 日

（原载《青年作家》2018 年 12 期）

云 遮 月

三年没有回老家了，打算陪父母好好过个中秋节。

开了八个小时的车，接近家乡时已是暮色渐合。下车，伸展腰肢，抵制着困意。此时月亮初升，虽是八月十四，但已极为饱满了，皎洁如玉。公路、树木和村庄都静静地沐浴在清辉之中，恍惚如梦境。尘世的喧嚣沉寂下来，什么东西却在心底潜滋暗长。

继续前行，天色忽而暗了下来。仰头望去，一团又破又旧的棉絮吞噬了月亮，很快又涌上一团，周边还有一大堆拥拥挤挤的，也在觊觎月亮的美色。

夜越发灰暗了。

路上的车辆极少。远远地看到一个人在前方的路边招手，我想一定是家乡人，就减速停车。是一个四十多岁的女人，举止却不像农村人。她惊喜地喊出了我的乳名，我扭身去看，女人头上罩着一层黑纱，垂到半身。

装束如此怪异？

女人揶揄说，怎么，发达了就不认识发小了？

我有点窘迫，伸长脖子努力辨别着窗外的她，迟迟疑疑地问道，你是……

我是小玉呗！她爽朗地笑了，老了，变形了不是？

小玉？我在心里重重打了个问号，并迅速映出一个身材高挑，白净，眸子澄澈，略显羞涩的女孩。然而面前的女人，面目模糊，我无法比对确认。声音有些苍凉悠远，这倒无所谓，女人到了中年，还能保持少女的嗓子吗？在外边混得好一点的，最怕家乡人说你骄傲、装大。我不能再迟疑了，那太令人难堪了，遂语气热情起来，说道，是小玉啊，你不是去了日本吗？

小玉笑道，谢谢你多少还关注我一点情况！两年前我就回来了。

上车再说吧！我伸手打开车门。

小玉却打开后门，坐了进去。车门关闭的瞬间，带进来一股寒气。

车子行驶着，轮胎摩擦沙石路面的声音分外清晰，嚓嚓嚓，似巨兽啃食。我打开远光灯。隐隐有种怪异的感觉，心绪开始紊乱，突然想到一个问题，这么晚了你怎么一个人呢？

她的头向后扭了一下，说，你还记得高坡吗？我去那里看月亮去了。

高坡牵动着我少年时最温馨的记忆。在村子的东边，有一个土丘，我们叫它高坡。那里地势高，又僻静，看月亮看得分明。每年的中秋之夜，父母都会带我和姐姐去。最早我们是骑在父母的肩头，吃着月饼看月亮听故事。

我也自然地扭了一下头，其实我已经分辨不出高坡的方向了。小玉提醒我注意安全，反正明天晚上要去的，急什么。

一大堆话题在我嘴边挑来拣去的，但我觉得似乎都不妥，而不聊点什么又太尴尬。车子行到一片玉米地的边缘时，小玉突然说，停！

猛踩刹车，我回头，她的面目似乎融在车厢的黑暗中，我眨眨眼，勉强能够看出一点轮廓。

我正待开口，她的声音飘过来，半调笑半认真地问，以后有事求到你，行不行？

我大度地笑笑说，怎么会不行？

话音刚落，她打开车门，转眼不见了。

此时天亮了起来，月亮从乌黑的一堆云团中跳跃而出，如同刚刚沐浴过的美女，清纯、娇媚而高傲。月夜空旷而静谧，透着说不清楚的诡异。火车通行的隆隆声很遥远，又近在耳边。一只野狗从容地从公路穿过，两只眼睛迎着灯光看过来，像两团燃烧着的绿莹莹的鬼火。

小玉呢？我很奇怪，以为她临时下车，但等了一会儿也没动静。下车，四周都看了，也不见她的影子。点起一支烟，接连吸了几口，红红的烟头一亮一亮。我琢磨着刚才是不是幻觉。刮起了一阵凉风，打了个喷嚏，扔掉烟蒂，上车继续前行。

家乡就在眼前了，却不是灯火通明的景象。这些年，农村成了空村，留守的多是老人和儿童，唯有逢年过节，才有可能阖家团圆。一串大红灯笼高高地竖立在老家的院子里。还是那座泥草房，房脊向中间塌陷。我曾计划翻建，但是父母坚决不肯，说住惯了，舒坦，其实我明白他们的想法。

他们果真没有睡觉，这些年就是这样等着我们回家。屋里所有的灯都亮着。见到我喜不自禁，看上看下，问长问短，而我困顿得不行，敷衍几句倒头就睡。迷迷糊糊的，我还在反省，父母对儿女就是这样无怨无悔啊，可是我们却没有足够的耐心。

姐姐在县城住，和外甥女一早就到了。七旬父母，过年似的，里里外外地张罗着忙碌着。择菜、剥鱼、做饭、洗水果，我们插手也不让，一切都等着他们来安排，如同我们还是小孩子，而他们还那么年轻硬朗。可是他们明显力不从心，母亲用电饭煲做饭却忘了插电；父亲去杀鸡，摔了一个跟头，菜刀扔出老远，那只鸡得意地站在墙头上咯咯咯笑个不停。我就说，别吃鸡了。父亲不肯。我这样说，他反而越发执着，那只鸡终成锅中美味。团圆饭终于准备好了，他们招呼我们坐下。吃着丰盛的菜肴，看着日渐衰老的父母，不禁喉咙酸胀，眼眶湿热。

月亮骑在树杈的时候，父亲拿出一堆月饼摆在桌上，是那种老式月饼。我带回来的是各种精致的月饼，似乎不受欢迎，不过，还有外甥女捧我的场。母亲挑选了几块老式月饼拎在塑料兜里，父亲说，走吧，去赏月。他们还是要照例领我们到高坡上去，那笃定的样子，似要补回空缺的那几年。我们劝不要去了，我们可以自己去。但是他们不肯，那语气，似乎不带领我们，他们不放心。外甥女吃吃地笑，说真搞不懂我们。她不肯同去，捧着手机，纤细的手指飞快地忙碌着。

姐姐扫了她一眼，无奈地说，还没有找到工作，就忙着处对象。

我说，都这么大了，别管了。

去高坡的路途有了很大变化，以前两侧是深沟，现在是成片的玉米地。父亲嘟囔着说，今年遭了冰雹，要减产了。我望过去，玉米地无边无际，仿佛大兵压境，偶尔发出一阵阵齐刷刷的踏步声。走出玉米地，视野开阔起来，是一处坟场。月光之下，石碑和凸出的坟头黑幽幽的一片。这段路有缓坡，以我们的速度是需要一些时间的。

父亲止步，拄着拐棍，直直腰，对我解释说，国家派人在这里钻探，后来就废弃了，也不长庄稼。自从"尹蔫巴"葬在这里后，坟就多了起来。镇里曾经阻止过，最后也都不了了之。

"尹蔫巴"？

是啊，"尹蔫巴"死了都八九年了。

我的眼前就出现这么一个人来，枯瘦，面无血色，低着头走路，无精打采的样子，土话就是"蔫巴"的意思。我至今不知他的真正名字。须臾，他的身边闪出一个人，小玉！小玉是他女儿，就是昨晚我在路上遇到的。她五岁时，妈妈离家出走，再无音信。"尹蔫巴"对媳妇很好的，大家都说这女人没福。"尹蔫巴"既当爹又当妈，可谓含辛茹苦。父女相依为命，大家很是同情，常常给予周济。

小玉和姐姐是好朋友。在幼儿班（那时的称呼是育红班），她们是一张桌，上了小学还是一张桌，放学后也在一起。这样我也加入进去，有时她去我家玩，有时我们去她家玩。我们玩的游戏很多，印象最深的是假扮新郎新娘，姐姐做证婚人，红领巾就是红盖头。我那时曾暗暗下过决心，长大了非小玉不娶。小学五年级之后，就没再玩过，我们开始疏远了。性别意识开始明晰，男生女生一张书桌，是必须有分界线的。不过小玉还是照样和姐姐玩，也有意无意地和我说话，甚至姐姐不在家也过来，带着书本和我一起做作业。

小玉长得快，不知什么时候就比我高了，胸脯鼓胀胀的，越加文静了，一说话脸就红。大年刚过，我就急着让母亲给我找出新衣服。穿之前我还让姐姐熨烫一下。我一边催着姐姐尽快弄好，一边听着外边的动静。凭经验，我知道小玉马上就来了。新衣服是流行的中山装，蓝色卡其布料。穿着合体，裤线笔直，我偷偷照了镜子，觉得挺精神的。不一会儿，小玉就来了，和姐姐在里屋叽叽喳喳地说话，偶尔还瞄我一眼。我拿起一本杂志佯装看得认真，把书页弄得沙沙响，小玉终于好奇地走过来，在离我几步远的地方站定，歪着脑袋看封面，问是什么书。我说是《少年文艺》，她说"哦"，却没有说"借看看行吗"，我很失望。

弟弟，你知道吗，小玉也死了。似乎了解我的心思，姐姐看我一眼，仰头望向月亮，声音低沉地说道。她的话猛地把我从另一个时空中拉了回来。

什么？我瞬间被定住一样，大瞪着眼睛，姐姐！你说什么？

小玉死了，去年死的。姐姐见我愣愣的样子，加重了语气，目光透着怜惜，似要在我的脸上捕捉到什么。

怎么可能呢？昨晚回来的路上，我明明遇到了小玉。可是我没有说出口，这样的夜晚，又路过坟场，我怕吓到他们。他们内心深处的迷信思想仍然根深蒂固。但我明明遇到了小玉，她坐了我的车，还和我说了话。这是怎么回事？仔细回想，自称小玉的人的面貌那么模糊，应该是幻象无疑了。大学毕业后我就留在省城，极少回来，回来也是仓促得很。而小玉突然出现在我的意识里，大概是这月圆之夜，勾起了当年懵懂的情愫吧。

小玉死了？我的目光在姐姐的脸上飞快地跳跃，而后故作矜持地垂下，继续走路，整个人却陷入一种失重感。死了？怎么会呢？死亡的意识本是遥远的和缥缈的，倏然间就成为具象。毕竟，小玉和我是同龄人。我听到老父老母粗重的叹息声，似从内心深处的缝隙中升腾，在浩瀚而孤寂的穹苍下缭绕。年纪轻轻的就没了，可惜啊！

看，那座坟！

顺着姐姐的指向，我看到两座连绵在一起的坟堆，墓碑一大一小，十分显眼。旁边几个瘫软在地的花圈，似静静休眠的怪兽。孤零零长着一丛丁香树，树叶落光了，却有一朵白色的花朵开在枝头，并未枯萎。我暗想，这不是丁香花开的季节。

那就是小玉和"尹鸢巴"！姐姐的眼睛亮闪闪的。

我的思绪丝丝缕缕地生长，在姐姐的叨唠中，缠绕着膨大，最后像抹了油的球一样，再次滑到了少年的时光隧道里面。按说人生更多的经历在青年和中年，而我，少年的记忆却清晰如昨。

中秋之夜，父母带我们到高坡的时候，小玉总是跟着姐姐一起去的。可是，这一年中秋，小玉却没有来。我不好意思问姐姐，内心很是失落。月亮像镜子一样，似乎是小玉若隐若现的脸。若是飞起来就好了，可以亲近小玉，这样一想，脸就热了起来。这么小就胡思乱想？偷偷谴责着内心的罪恶，左右察看，却见姐姐笑嘻嘻地盯着我，我的脸更热了。

往家走的路上，姐姐突然说，弟弟，咱去看看小玉吧。我心花怒放，却故作淡定。到了小玉家，"尹蔫巴"也在，低着头，阴沉着脸，坐在饭桌前不吭声。饭桌上满满的，有书本和钢笔，有几块月饼，小铝盆里的菜汤凝固了，两双筷子整齐地摆放着。

小玉盘腿坐在炕上，头发乱糟糟的，脸上泪痕未干。她飞快地看了我一眼，轻轻地招呼说，来，坐炕上吧。听起来很孱弱。那时候农村家里面睡的就是火炕，而不是床。屋里也没有沙发，凳子椅子也极少有，大家都是坐在炕沿上聊天。她家屋子不大，炕也不大，炕沿上也就能挤坐三四个我们这么大的小孩。两床被褥把炕上铺满了，我奇怪这么早就要睡觉呢。

我一屁股坐上去，有东西硌了一下，我一摸是一把锥子，就拿在手里把玩。锥子很尖锐，上面似乎有暗红色的痕迹。我用手抹了抹，沾下一点颜色。"尹蔫巴"看到了，脸色一变，奔过来一把夺下，压到枕头下面。我愤愤地想，什么好玩意？我家里也有一把呢。那是母亲做鞋用的，多厚的鞋底都能扎透。

姐姐搂着小玉的肩膀问吃饭了吗，她摇摇头。又问怎么了，她不吭声，泪水决堤般涌出。我和姐姐吓了一跳，不知小玉到底受了什么委屈。

"尹蔫巴"突然开口骂道，你这浑蛋，学你妈离家出走是不是，长没长良心？

姐姐拉紧小玉的手，说，你咋惹你爸生气了，快道个歉吧！

小玉不肯。垂着头，用手绢一次次擦眼泪。

真要出走，你傻呀？不怕坏人害了你吗？姐姐劝道。

小玉突然嘶哑着喊了一声，害死了更好！

我和姐姐的心陡然悬了起来，担心激怒她爸爸，还好，"尹蔫巴"只是缩了缩头，似乎明显底气不足。

姐姐犹犹豫豫地说，要不去我家住吧！

小玉噌地跳下炕，拉着姐姐的手就往外走。"尹蔫巴"突然喝道，哪也不许去！小玉愣了一下，倔强地拉开了门就要迈步，被"尹蔫巴"一把拽了回去。姐姐见状，扯着我的衣袖就回家了。我满腹狐疑，小玉是个乖孩子，她到底做了什么让爸爸这么凶？

"尹蔫巴"对小玉平日里的好就不用说了。那年月，农村生活很艰苦，"尹蔫巴"家是贫困户，但是小玉好吃的不断，新衣服也有好几件呢，我们羡慕极了。记得那年小玉被疯狗咬了，"尹蔫巴"急火火地背着她跑到镇医院，时间眼看着就到四十八小时了，如果还不注射狂犬疫苗的话，就没救了。医生说，疫苗用没了。"尹蔫巴"先是一愣，随后就变了样，像一只猛兽，咆哮着拿起医院的手术刀在自己的腿上狂扎，顿时鲜血喷溅，吓得医生尿了裤子，慌忙把私存的疫苗拿来了。小玉的针打完，"尹蔫巴"就像泄气的气球，又恢复到蔫蔫的状态了。小玉就是"尹蔫巴"的命根子啊！

一阵异常的响动把我惊醒，屋子里亮如白昼。我迷迷糊糊睁开眼，看到父亲在母亲的身上，发疯似的动作着。姐姐在另一侧睡得很沉。我很好奇，隐隐地兴奋，带着某种愠怒的情绪又睡了。

第二天小玉去了我家，脸色煞白，似乎大病初愈。母亲问她吃饭没有，她犹豫着说吃了。姐姐塞给她一块月饼，她吃着吃着就哭了，姐姐问到底怎么了，她摇摇头，放下月饼，垂下头，肩头一耸一耸地抽泣起来。临走的时候，她央求姐姐去她家住几晚，父亲和母亲都附和着说，你就去陪陪她吧，好好劝劝，别和她爸爸较劲儿，"尹蔫巴"也怪不容易的！

吃早饭的时候，姐姐跑回家，表情夸张地说，太可怕啦！我们都停下筷子,望着她。小玉的爸爸好怪异啊,半夜嗷嗷直叫，隔着小玉，我看到他用锥子扎自己大腿呢！我就推小玉，她却裹紧被子装睡。后来我做了噩梦，梦到一个魔鬼压在身上，我全身瘫软，喊也喊不出声，这时，哪吒突然出现，魔鬼翻身逃跑。我细看哪吒，竟然是小玉。她正背对着我坐着，手里拿着亮闪闪的锥子，就像持着一把枪,愤怒而警惕地对着她爸的方向。我再也不去了，吓人。

父亲笑笑，说，你这孩子，怎么竟做些千奇百怪的梦呢。

晚上小玉没来。姐姐就担忧第二天，结果第三天第四天小玉都没来。一周过去了，小玉没上学，也没在村子里走动，姐姐和我都很牵挂她。

顾虑着"尹蔫巴"的脸色,我们还是去了小玉家。她家锁门，邻居郭老师说父女俩去城里了。

十多天之后，我和姐姐路过小玉家，远远地透过窗户，看见小玉在屋里蹦跳着，我忙喊姐姐。姐姐探头看看，说，小玉回来了，跳绳呢，跳得真猛。小玉家的门里面插着门闩，姐姐喊了半天，我们打算离开的时候，"尹蔫巴"才打开门。小玉躺在炕上蒙着被子，一动不动。我怀疑刚才看错了，可是姐姐也看错了吗？地面是泥土抹平的，看不出蹦跳的痕迹，却有一摊暗红色的液态的东西渗透进去，我想起父亲杀鸡的现场，一摊鸡血。

屋子里有一股浓重的中药味道。饭桌上摆着一袋奶粉，一瓶水果罐头，几个苹果。这些可是稀罕物，我看了好几眼，涎水憋在嘴巴里面。不用猜，一定是"尹蔫巴"买给小玉的。怪不得这段时间小玉胖了呢！"尹蔫巴"披着衣服坐在炕上，脑袋扎到两腿之间。姐姐叫小玉的名字，她不应答，不知是睡了还是病了。我和"尹蔫巴"说话，他一点反应都没有。我们茫然看了一会儿，就讪讪离开了。

"尹蔫巴"很少出门了，即使出来也是脚步匆匆，头低得更低了，似要触在前胸上。父亲说，这"尹蔫巴"怎么了，见人躲着走。母亲问，是不是小玉欠学费了，所以不好意思，要不我们先给垫上吧。我和姐姐都说好。姐姐问了老师，却不是学费的事。

那是冬天的一个晚上，村子里放露天电影，观众少得出奇，小玉也没有去看。母亲说，"尹蔫巴"请了法师在家作法呢。我和姐姐哪有心思看电影，匆忙跑去看热闹。原来很多人都在这里呢，屋里屋外挤满了人。法师先把"尹蔫巴"和小玉捆绑起来，紧接着全身痉挛变身为张天师，挥舞一根皮鞭，对着两个人一顿抽打，啪啪的响声震落了房檐上的雪块。我担心地看着小玉，她闭着眼睛咬着牙，看起来挺配合的。最后，法师在他们头顶上泼了两盆狗血，如释重负地说道,恶鬼终于逃跑了。解开绑绳,小玉筛糠似的发抖，不知道是冻的还是吓的。

围观者大气不敢出。我和姐姐战战兢兢地跑回家，做了一夜的噩梦。不过，还真有效果。那之后，小玉的眼睛亮亮的，是那种被拯救被释放的表情，欢快地和姐姐跳皮筋、踢毽子，或者热烈地讨论习题，或者说悄悄话，间或掩嘴而笑。

元宵节到了，鞭炮声声，明月高悬。

小玉兴高采烈地来找姐姐出去玩，离开的时候，回头瞄了我一眼，见我一脸羡慕，傻傻地站着，就调皮地笑了一下，我的心立时就狂跳起来。我在灯下复习功课，那眼神那笑容就在眼前闪现，直到姐姐余兴未尽地回来，我其实什么都没学进去。半夜还是被父母的声音搅醒，我恼怒而无奈。

第二天，姐姐一早就去找小玉去了，但很快就回来了，说她家没有开门呢。中午又去了一趟，说小玉和她爸还在睡懒觉呢。第三天我和姐姐就去了县城的亲属家串门（正值寒假），住了一周回来，在路上遇到小玉。姐姐亲热地喊，小玉！小玉躲躲闪闪的，应了一句什么就走远了。姐姐和我去找她，她也不理我们，就躺在炕上，用被子包裹住自己。"尹蔫巴"闷着头坐着，一动不动。

六年级开学，小玉就彻底辍学了。她很少出门，也不再和姐姐玩了，弄得我和姐姐一头雾水。

我到镇上初级中学上学的前一天，小玉竟然来了我家。我一个人正准备行李。她进屋，拘谨地坐在炕沿上，白皙的面颊上浮着两片红晕，宛若桃花。我的脸发热，紧张得不知说什么好。她注视着我，欲言又止，很快，眼睛就红了。我就问怎么了，她摇摇头,迅速换上笑容。我搜肠刮肚地想话题,竟然脱口而出,姐姐天黑才能回来呢！她脸上的红晕瞬间扩大、鲜艳, 瞄了我一眼,有点失望地说,哦,那我就不等她了。说完我恨死自己了,怎么能说出这样的话呢。小玉转身离开,回头深深地看了我一眼,那目光沉甸甸的, 只是我当时没有读懂。我又问了一遍有事吗,她摇摇头。但我总觉得她有话要说。

放假回家,才知道小玉出事了。村里人都骂她不懂事,不知足,像她妈妈一样性子野,没良心。

就在来我家的那天晚上,小玉偷了"尹蔫巴"的钱跑到了火车站,结果被人贩子卖到四川的山沟里,后来生了孩子。令人不解的是,她完全可以逃出来的,她的行动并不受限制。从她失踪的第二年,"尹蔫巴"每年都会收到汇款,后来证实就是小玉寄来的。就是顺着这条线索,公安局才破获了这起贩卖人口案。

"尹蔫巴"随公安局的人赶到那个山沟,我父亲、郭老师和几个村民也跟着去了。小玉见到他们就哭了,但是拒绝回家。她身后站着一个小男孩,怯生生地探头探脑。"尹蔫巴"说,来,姥爷亲亲。小玉突然发疯地打了"尹蔫巴"一个嘴巴,哭着跑远了。公安局坚持把人带回,"尹蔫巴"给小玉下了跪,小玉才只身回到家中。不到一个月,小玉又跑回四川。"尹蔫巴"去找了几次,小玉都没有回来。后来"尹蔫巴"的身体越来越不好,行动不便,只能拄着拐杖站在村口眺望。郭老师说,月圆之夜,"尹蔫巴"的屋里就会传出无比凄惨的哀号。

我一度为没能为小玉做什么而不安,也为她的任性和倔强而深感惋惜和痛心。她是我情窦初开的第一抹色彩,却随着我人生轨迹的延伸和拓展而渐渐褪色。我曾在多少个月圆之夜，想念着她。毕业后参加工作，结婚又离婚，我的世界越来越复杂，再没有小玉的影子了。关于她的消息也到此为止了。

那天，姐姐来看我，拿出来一堆照片，兴奋地说，这是小玉寄来的。

小玉在日本呢！她说，她妈妈其实是日本遗孤，回国继承了父母的产业，成为有钱的人了，后来中日友好，政策放宽，就把小玉接去了，全家都去了。

是吗？

是啊！

小玉羞涩地微笑着，重又从我记忆的尘埃中款款走来。我才明白，有些人和事越是陈年就越难以忘怀，岁月只是把它深深埋藏而不是删除。我反复看着那些照片，背景是积雪的富士山和灿烂的樱花，小玉的脸上洋溢着幸福，左边一个少年，右边一个小女孩。虽然已为人母，仍是风韵犹存。

姐姐叹口气，放下什么似的，悠悠地说，小玉啊，终于过上好日子了。

我说，归宿好就好。但是，为什么不把"尹蔫巴"接过去，一起过好日子呢？村里人骂得凶啊！

姐姐沉默了一阵，终于说出一个惊天的秘密，小玉被"尹蔫巴"强奸了。

我想起那年的中秋。

姐姐说，正是。

我说这可不能乱说啊。

姐姐说，是小玉告诉她的。小玉出走时，又怀孕了，服了"尹蔫巴"弄来的打胎药，拼命地蹦跳，但是没有效果。

牲畜！我骂道。

不过，小玉不是"尹蔫巴"亲生的。姐姐说。

不是他亲生的？

不是，小玉的母亲和别人生的，"尹蔫巴"一直都知道。

姐姐清了清嗓子，仰头看了看。月亮已经升至中天，遥远而又冷清。她的目光又转向坟场，脑袋也随着倾斜，似乎在聆听，等待着回应。很快，姐姐拉一下我的手，我就放慢脚步，与父母有了一段距离。姐姐的讲述开始了。

小玉经常给"尹蔫巴"汇款，寄物品，只是不回来看他，也不允许他去日本。听说小玉得了宫颈癌，"尹蔫巴"大病了一场，后来听说要做手术，需要输血，"尹蔫巴"就搬到村部去住，那里有一台电话，他准备随时飞往日本。

过了一段时间，日本来了消息，小玉的手术很成功。那以后，人们就发现"尹蔫巴"衰老得不成样子了，更加沉默寡言，和大家也不怎么来往了。再后来，据说他信了基督教，在家里挂了一副十字架，大部分时间跪在地上祷告，双腿都变形了。

长时间看不到"尹蔫巴"，村里人也没人在意。郭老师闻到一股奇臭，且一天比一天浓烈，最后确定就是"尹蔫巴"家。大家去看，满屋的苍蝇和蛆，"尹蔫巴"一丝不挂地吊死了。下体满是针扎的伤痕，法医说，有些是新的，有些是旧的，旧的都结疤了，看样子有年头了。地上有一把染了血渍的锥子。大家不明白"尹蔫巴"为什么自虐，公安局也搞不明白。

"尹蔫巴"留有一封遗书，几个字：小玉，爸爸是罪人！大家就说，小玉是他一把屎一把尿拉扯大的，如今在国外享福，为父的，何罪之有呢！大家为小玉不回来奔丧而愤怒，说这丫头留着日本鬼子的根儿，狼心狗肺。

炕上还有一本打开的《圣经》，后来作为遗物之一寄给小玉，又被退了回来。姐姐一直保管着，我曾看过，有一页有明显的折痕。那是《约翰福音》的一段：

　　耶稣说："你们中间谁是没有罪的，谁就可以先拿石头打她。"……他们听见这话，就从老到少一个一个地都出去了（因为所有的人都犯过罪），只剩下耶稣一人，还有那妇人……耶稣对她说："那些人在哪里？没有人定你的罪吗？"她说："主啊，没有。"耶稣说："我也不定你的罪，去吧！从此不要再犯罪了"

小玉请托郭老师和父亲安葬"尹蔫巴"，汇过来不少钱，最终逃过了火化那关。安葬前夜发生了一件怪事，"尹蔫巴"的内脏空了，有人猜测是被野狗吞吃了。

小玉的病后来恶化了，日本也治不好。她留下遗嘱，死后回国，要葬在"尹蔫巴"身边。

下葬那天，小玉的丈夫没有来，他是一名医生，据说工作离不开。儿子和女儿都来了，他们长大了。大家唏嘘着说，"尹蔫巴"就是思念女儿而死的，如今总算遂了心愿。姐姐参加了葬礼。大家都惊叹,小玉的儿子无精打采的样子,那么像他姥爷。

　　一阵犬吠让我回过神来,叫声短促而怪异,我想到了那只两眼绿莹莹的野狗。姐姐止住话题,似乎累了。她询问似的看着我,我假装没注意。其实我很想到小玉的坟前去,可是此时此地显然不妥。心头似有又厚又重的乌云笼罩,我加快脚步,还是无法摆脱。我赶上了父母。母亲说,听说村子里有狼,要当心啊!我就想到那类外国电影,月圆之夜会唤起潜伏的魔性,说不定是狗变成了狼,或者人变成了狼。

　　经过一片林地,穿过一条公路,高坡到了。我想我自己一定找不到的。

　　毕竟年龄大了,走了这么远的路,又是上坡,父亲开始喘气,姐姐过去搀扶,他没有拒绝,嘴里却说着,不用不用,马上到了。我暗暗笑他不服老。母亲的身体比父亲好些。

　　坡顶不再是光秃秃的了,被开垦了,种了一大片黄豆,月色之下,可以看到饱满的豆荚。远处可以看到父母家的大红灯笼。

　　父亲说,看月亮。我们一起望向天空。这真是最佳的位置,月亮似乎近在咫尺。它又大又圆,金黄色的光晕,里面隐隐透着图案,像我们小时候吃的月饼。那时的月饼,一咬硬硬的,馅儿里面掺杂着红丝、黄丝、绿丝。小玉惊喜地说,你看,我吃到红丝了,你尝一口吧!红丝是很少吃到的,我就伸手去接,她却缩了缩手,意思让我咬一口。我咬的时候,猛然张大嘴,吃了大半,小玉嗔怪地看我一眼,就说,都给你吧!说话时,她的两只眼睛里各有一个月亮,像在水中荡漾着。

母亲给我们分发月饼，正是老式月饼。我和姐姐每人一块，吃着，我则暗暗分辨着红丝、黄丝、绿丝。

周围忽然暗了下来。我们再次仰头，一片厚厚的乌云遮住了月亮，隐约可见浅淡的圆形月影。我们都没有说话，每个人都面色凝重。轰隆隆的声音再次响起，坡顶似乎在震颤。

父亲望向远方，忽而欣喜地说，那是新建的高速铁路，你再回来就方便了。母亲附和说，是啊是啊，才三个小时就到了。其实需要四个多小时，但我没有说出来。我知道他们的心愿，而我只在过年的时候才回来，住两个晚上就走了。而最近这三年，竟然没有回来过。这里面有诸多因素，但其实，忙得没时间回老家，不过是托词而已。

我越发愧疚。

一阵风刮来，黄豆地里传来一阵阵哗哗的声音，那是成熟的豆粒在豆荚里蹦跳着要出来。月色似乎牵动着某种躁动。父亲母亲姐姐的头发凌乱地竖立起来。

夜凉了，我说，回家吧！

父亲母亲难掩落寞，看了看我们，又看了看天空，月亮还没有出来。他们的头脑中应该是那样一番情景：我和姐姐欢蹦跳跃地在月色之下玩耍，姐姐说，爸爸，妈妈，给我咬一个月牙好吗？父亲和母亲就依次在她的月饼上小咬一口。而我，则把月饼藏到身后，悄悄躲远了。

姐姐在父母面前比我乖多了，可是父母却格外偏向我。我回想起一个情景，那年的中秋之夜，我从镇上回家过节，姐姐搂着父亲的脖子撒娇，母亲看见了，厉声呵斥。我当时很奇怪，从小姐姐就是这样和爸爸撒娇的。

那时候姐姐学习也好，可是家里的条件有限。姐姐初中毕业，干了几年农活就出嫁了。她常背着丈夫给父母钱，大部分转为我读大学的费用。我为姐姐感到不平。姐姐也经常调侃父母偏心，他们不吭声。我参加工作之后，经济条件越来越好，不间断地给父母钱花，也给家里置办了高档的家具和电器，但这些物品多数都转移到姐姐家里。父亲说，他们不会用，白瞎了。十五那天晚上，我无意间看到母亲往姐姐的兜里塞钱，姐姐拦着，但还是塞了进去。我心里颇感安慰。

返程的那天，父母仍然准备了一桌丰盛的午宴。恍惚间，我仿佛回到过去，我和姐姐半蹲在炕上，用筷子挑着肉吃，父亲母亲乐呵呵地看着我们，说，慢慢吃慢慢吃！那一刻，我真希望时光倒流。

父亲母亲和姐姐送我很远，母亲恳切地说道，儿啊，别拖延了，赶紧找一个媳妇吧！也不知我和你爸还能不能活到看到孙子孙女的那天！她的声音哽咽了，用袖子擦了擦眼睛。我的心猛地被揪了一下，鼻子一酸，泪水溢出了眼眶。母亲紧张地看我，我故作轻松地笑笑说，眯了眼睛，没事儿。

车子驶出村子，我停下，回望长长的乡路和缥缈的村庄，有种数不出的怅惘。我想到了回来的那个夜晚，居然会出现那么一段幻觉。

小玉的悲剧到此为止了，其实还没有。那天姐姐在电话中告诉我，小玉的丈夫强奸了自己的女儿。这个中国人在日本的法庭上痛苦地供述，儿子和女儿是妻子和他父亲的孽种。容忍了那么多年，但是那个月圆之夜，女儿醉酒在家，他没有控制住自己。不久，一个事实彻底击垮了他，DNA 鉴定结果如同一个闷雷：女儿就是他亲生的。判决前一天他就自杀了。女儿怀了孕，准备堕胎，医生警告说，由于先天性疾病，这一辈子，她将无法再怀孕了。

姐姐问我，你领养这个女婴行不行。

我忽然想到八月十四的那个晚上，那个自称小玉的女人下车时说的那句话：以后有事求到你，行不行？这句话是如此清晰。

几个月后，姐姐去了日本，抱回来一个女婴。这孩子白净，眸子澄澈，好奇地打量着我，忽然莞尔一笑，脸颊上浮起两片红晕。

那一刻，我看到了小玉。

2015 年 10 月 4 日初稿

2015 年 10 月 23 日定稿

（原载《鸭绿江》2018 年 11 期）

透　析

这年冬天出乎意料地冷，风尖锐得刺透骨头。

吴世雄被一所高考补习班聘为语文教师后，就匆忙搬过来和父亲一起住了。五年前，父亲得了尿毒症，需要常年进行血液透析，而县城尚不具备医疗条件，他就在省医院附近为父亲买了一处房子，让姐姐过来陪护。

那时候他还是县城的一个局长，几乎没什么难题可言，父亲这边的生活一切正常。医院的费用在县医保办那里能报销大部分，日常的费用也能轻松应对。然而，出事儿之后，他就一下子从云端跌落，一个又一个的困难凸出生活表层，令他日益疲惫、焦躁。而父亲的问题则挺拔成山，压得他喘不上气。

他不能不反省，如果当初不出轨，人生就不会这样转折。

这个家庭本来挺好的，他仕途坦荡，妻子经商，开了一家大酒店，生意兴隆。服务员小秋长得漂亮，吴世雄就偷偷包养起来，过了一年，又给小秋开了一家服装店。吴世雄顾忌后果，找了个借口欺骗妻子办了离婚手续，享受着一夫二妻的生活。

不久，事情败露，一时间街谈巷议，妻子自杀未遂。祸惹大了，吴世雄才悔悟，但是妻子不肯原谅他，说有了新的选择。但是他毫不气馁，软磨硬泡，经过两年多的时间，终于复婚了。服装店交给妻子那天，他像古典故事中那些带着宝贝投诚或是归降的人。而妻子的表情不可捉摸，似笑而非。

复婚三年了，家庭完整了，但是吴世雄总感觉有一层膜似的东西掺杂其间，看不清楚，听不清楚，如同幻境。他常常翻出那些发黄了的相册反复浏览，多么希望一切能回到从前。每张照片上都有风干的水痕，他知道那是妻子的泪水。他不可想象那些个日日夜夜，一个孤立无援的女人是怎么熬过来的。他常常梦到妻子渐行渐远的身影，他呼喊着追寻，回首的则是无奈而又疲倦的面容。他明白，这个伤害深入骨髓，她需要一个疗养过程。

那年四月，万物复苏，他计划带着妻子去看日本的樱花。富士山下，樱花绚丽如霞，花期却短暂。吴世雄心中隐隐不安。果真，更大的不幸不久就封冻了这个家庭的春天，吴世雄因为违纪问题被调查，继而职务被撤，成为又一爆炸新闻。

失去了社会地位，意味着失掉了尊严。而公职没了，则要直面生活的压力，这是更为实际的问题。县城这块土生土长的地方，却容不下曾经呼风唤雨的吴世雄。在省城投了一些求职简历，如石沉大海。只有一所高考补习班看中了他的作家身份，让他试一试，工资两千多一点，总算有了收入。每天起早贪黑，面对黑板和学生的教师生涯开始了，与妻子两地分居的生活也开始了。妻子周末过来相聚，她似乎更满意这种家庭模式。

人到中年，又遭遇接连的变故，吴世雄更加依恋妻子了。一到周末，家里就有了过年一样的喜庆。吴世雄失眠症很顽固，但是妻子睡在身边，他的睡眠就奇迹般改善了，既沉稳又香甜。妻子一般住一个晚上，心情好时会多住一天。但是这样的情况少得可怜。

当年父亲得知儿子外边养了女人，没有阻拦，甚至纵容。他盼望着有生之年能看到孙子孙女。姐姐没有主见，当然也就没有反对意见。所以，妻子对他们一直是耿耿于怀的，常常抱怨说，我对你家人那么好，真让我寒心呐！吃饭时，姐姐极为殷勤，水果备好，好菜备好。父亲也是格外和蔼。吴世雄更是察言观色，唯恐一点闪失惹妻子不高兴。席间，父亲突然呕吐，喷得满桌子都是，从此妻子就不在家里吃饭了。吴世雄就领她去外面吃饭，逛街购物，看电影。他总是主动掏钱，他是丈夫，是男人，这才是他的本分。妻子一离开，他就会马上买单，数算口袋里剩余的钱。但这丝毫不影响他对下一个周末的盼望。

但是这次妻子来，他是有事情要说的。还有一个多月就到了年末，需要准备下年的透析费用了。这是挡在眼前的大问题，推不走也绕不开。说起来其实也不算问题，妻子经商，自然由她来负责家庭开销。起初妻子还算主动，把钱交给他，只是语气有点变调，说，我养你们全家人啊！这本是他们夫妻间惯常的表达方式，然而，对于当前处境下的吴世雄，越品越不是滋味，但还要适应，否则又有什么办法呢。

日常生活中，更多的琐碎让他感到更多的难堪，都是与钱有关的。要交物业费、水费、煤气费、电费，等等，过去他伸手就能在衣兜里掏出来，但现在要从工资折中支取，偶尔也会入不敷出。还有米面油以及生活用品，过去他手里一大堆卡片，都是别人送的，拿了就可以到超市或商场取回所需的，但现在都需要付现金。

　　他那台车排量大，即使节俭使用，每月也要加油五次，两千元多元呢，这就是一笔大支出。最怕的是出现损坏。越怕越有事，不小心倒车时后保险杠撞到马路牙子上，到 4S 店一问，要价三千多，车还没有办理保险，这负担够重的了。忧愁中，突然想到朋友老孔，是开 4S 店的，曾经得到过他的一些帮助。电话迅速接听，老孔热情地说，到我这来吧！他颇感慰藉。过了一段时间，又把车门子碰了一下，凹进去一个坑。他记起老孔的话，车坏了你就过来，自己家的！他就打去了电话，老孔听完了，说来吧，直接找王厂长。老孔似乎很忙，客气话不多。到了店里，王厂长说，孔总没说啊，你让他来个电话吧！吴世雄犹豫再三还是走了。几天后在一个场合碰到，他想老孔一定会问的，但是老孔只是握握手寒暄几句就过去了。他找了一家小修理厂，花了两千多，现金不够，刷了信用卡。后来学校有了班车，集合点离家有很长一段距离，但他还是坐了班车。使用信用卡的钱，是要付利息的，而时间长了利息也多。他绝对没有想到，自己竟成了负债的人。

　　以前洗澡都是到规模大的洗浴中心，现在就在附近的小浴池办了一张年卡，每次消费不到二十元。理发呢，每周一次，到街口去，一个白发老师傅露天里放一把椅子，又快又便宜，只是有时要和老头们排队。离开县城，和很多人没了联系，谁家有个婚丧嫁娶的事，也通知不到他了，倒是省了花销，但新单位的圈子是躲不掉的。

偶尔也得请人吃个饭吧，就像喝了他的血。那次哈尔滨来了几个朋友，可他兜里只有二十多元钱，文友们在烧烤炉子前吆喝着喝酒，他满脸堆笑地陪着，心里却一直惴惴不安。他把这事儿和妻子说了，妻子责备说，你是个大男人，与人交往不能大方一点儿啊？他想说，想大方，钱紧啊！接着，妻子饶有兴致地说，今天请谁谁谁吃饭了、洗澡了、按摩了，等等，他就说，对对，大方点儿。妻子揶揄说，拿我当你呢！妻子花钱他没有一点意见，孤单单一个人，总得有朋友圈吧！

物业公司通知他，房子可以开发票了，但是一算，实际面积与预售面积有误，需要他补交五千多元钱。这可是家里的大额支出，他就给妻子打了电话，电话里很嘈杂，妻子似乎在气头上。她说，你们家什么钱都管我要！不知道我有多么辛苦吗？你以为我赚钱容易吗！好了，有时间给你汇过去！

"你们家"？

"我"？

这两个称呼像锤子一样敲打在心头。放下电话，血往上涌，喉头酸胀，他忽然想哭。

第二天不是周末，妻子却过来了，眼睛也是红红的，嘴上起了一圈水疱，娇嗔道，打电话不分时候，我正和顾客吵架呢！吴世雄的心再次像糖一样软化了。妻子这些年脾气大变，暴躁易怒。他开车陪她逛街，因为走错了路，妻子会大发雷霆；无意间一句话，涉及婚姻问题，她就会往自己身上联想，痛哭流涕。严重时，还会晕厥过去。这是更年期综合征还是抑郁症，或是心脏病，他不确定。妻子说，是他造成的。他内心里满是自责。他多次要领她去医院，她不肯，再说就急了。吴世雄只好处处小心翼翼。她无端发火，他就保持沉默，不料妻子更加气愤，说，你这是无声的抗议。他就道歉，表示自己认错是真诚的，妻子才消了气儿。

那天妻子大方地扔下一张卡，说，这里面有钱，需要花就花吧！他推辞，见妻子瞪起了眼睛，急忙收下。他明白妻子的心意，也明白妻子赚钱不容易。尽量别动这个卡吧，但是还是动了。

毕竟才四十岁，吴世雄盼望有个稳定的工作。有人给他联系了一家国企，可以正式上班那种，他觉得不能让人家白操劳，就请人吃了几顿饭，送了几条烟。可是迟迟没有消息，他咬咬牙，送了一万元钱。晚上回家，他给妻子打电话，弱弱地说卡刷爆了。妻子却语气轻快地说，没事儿，该花就花吧。

窗外的路灯散发着橙色的光亮，雪片静静地垂落着，如同一片片棉絮。他的心温热起来，想象着和妻子并肩行走的情景，妻子像个可爱的孩子，伸手给他看，说，看雪花多美！他不由得慨叹，这些年自己没有呵护好妻子，而妻子却要承担更多的负荷。思绪很快被打断，妻子的声调突然变了，说了句，但是要对得起良心。

他问，怎么这样说呢？

妻子说，吃饭买烟也要刷我的卡吗，你的工资呢？

他解释说，这是省城啊，工资根本不够花。

妻子举了一个例子，说谁谁谁，就是她同学的丈夫，一个月才花五百元钱，你那么多钱都干什么了？

他明白妻子的意思，以前也多次质疑过他，是不是又勾搭上别的女人了？这怎么可能呢？出轨毁了他一生，痛悔深埋于心。即使偶尔还能冒出点儿想法，现在也不具备条件啊，他根本拿不出这笔花销。再说，用妻子的钱做出对不起人家的事，他还真做不出来，良心谴责啊。他曾经以为妻子淡忘了过去或是原谅了他，现在看来，是在心里扎了根。

夜深人静，悄悄锁了门，一个人躺在大床上，他满脑子都是剪不断理还乱的思绪。只有这个时候，他才能畅快地发出心底郁结的叹息，慢慢消磨一切的苦痛和屈辱。面对父亲，面对妻子，他要保持另外一种状态。他们是他最亲最爱的人，决不能让他们担忧。出事儿之后，父亲和妻子都密切关注他的情绪，知道他心思重肚量也小。他异乎寻常的淡定，让他们在紧张地观察了一段时间后终于放下心来。吴世雄想起《圣经》里的一句话，"我们没有一个人是为自己活。"他觉得人生好难，而他活得太苦涩。时位移人，面对天地般的落差，他本来是有心理准备的，也曾是有信心的，只要家庭平安幸福，就比什么都重要。这是他能够坚强地挺过来的信念。但是和妻子之间的关系，却是一言难尽。

楼下传来一只公猫的叫春声，搅得他心烦意乱，他想到复婚之后的那个晚上，两个人满怀激情地爱抚着，感觉却是怪怪的。好不容易进入状态，她突然山崩地裂一般号啕大哭，从此他就一蹶不振了。看黄色视频他还是有正常反应的，但是妻子并不再给他机会。

吴世雄用了三个月的时间还上了这笔零散的花费，如果有可能，他还想把一万元也还上，但是实在是做不到了。其实他还是犹豫的，担心妻子生气，毕竟这样的举动有赌气之嫌。但是妻子没有反应。他明白，妻子不想给他放纵的错觉。

十一月末整理账目的时候，吴世雄吓了一大跳，父亲的账目怎么算都不对，报销的那部分，加上手里储存的，还是缺了一万元钱。脑袋高速旋转了好几天，胀得要爆了的时候才弄明白了，年初和妻子报预算时，没有把医院另收的器械费和交通费、午餐费算进去，可是能要求妻子追加拨款吗？

妻子每次过来，都是愁眉不展的。廉政之风越刮越猛，大酒店的生意受到影响，越来越冷清了，外边欠的账，很难要回来了。他了解妻子，情绪敏锐，有点闹心事就寝食难安。而他却无能为力。开不了口，也不敢开口，他只好自己来解决这差额。医院没那么仁爱，不交钱就别进门。

吃晚饭的时候，父亲拿眼睛瞄吴世雄，而他假装吃得很香。姐姐收拾餐桌的时候，父亲终于说，明天要交十二月的费了。他故作轻松地说，知道知道。正常的情况，他会早几天在饭前就把钱准备出来的。天黑下来的时候，他还在电脑前备课。

父亲咳了几声走过来，转了一圈出去了，很快又回来，试探着问道，钱凑手吗？用不用你姐姐拿点儿？

他的眼睛紧紧盯着屏幕，手指忙乱地敲击着键盘，说，怎么不凑手？早就准备好了啊。他故意把脸向屏幕贴了贴，神情专注的样子。但父亲疑惑而怜惜的目光还是烙在他心里。父亲轻叹了一声走了。他的眼睑冰冰的，抹了一把，是清亮亮的液体。

他迅速给妹夫小辉发了微信，问他怎么还没送钱来？客厅电视里正在播放一部电视剧，情人劫持了男主角的儿子，男主角和妻子前去解救。他一直跟着看，一直牵挂着一家人的命运。今天是大结局，但是他不敢去看，父亲就坐在客厅里。看电视是父亲消耗时间的主要方式，看着看着就睡着了，醒了继续看。

终于响起敲门声，却不是小辉，是物业公司的来收车位的管理费。掏遍了口袋，只有两元折叠的纸币，他尴尬地说，今天买了很多东西，明天送过去吧。十一点多的时候小辉才来。他像贼一样把钱揣进兜里，走进父亲的房间。灯还亮着，父亲慢慢睁开眼，接钱的手有点抖，他认为那是自己的心理幻觉。父亲那浑浊的目光在他脸上寻找着什么，他仓皇离开。

回到自己的房间，锁好门，眼泪不可抑制地簌簌流下。他曾下定决心好好做一个普通人，好好经营家庭，却没有想到如此艰难。

自己已经做到了脚踏实地，甚至找到了一种回归的感觉。结婚之初，为了改变一贫如洗的家庭窘境，他和妻子从做小买卖起步，艰苦创业，有了一丁点的收获就无比喜悦，那时候的日子真甜蜜啊！往事常常不自觉地从心底泛起，幸福、甜蜜，但很快就被酸楚覆盖了。而此时，吴世雄就给自己打气，争气争气，努力努力！

努力终于有了成效，由于他表现卓越，学校给他涨了一千元工资。这是个大喜讯！他再一次流泪，这泪里有喜悦，也有委屈。出事儿以来，他不明白自己的泪腺为何如此充盈脆弱，需要他常常抑制。一年多了，他体会到了谋生者的艰辛。在学校里，他是一个新人，什么都不懂，被人呼来唤去的，这些年当领导哪受过这个呢？还有，教学经验一点都没有，他必须付出辛苦，有时还要拿人格尊严作为代价。曾经被家长当面质疑过他的水平，问他，你有教师资格证吗？没有。你又有什么职称？也没有。他曾经是正科级，教授、副教授、讲师这些称呼与他毫不搭边。尴尬之余，他知道必须给自己充电，用事实来证明。不是为了证明自己称职，而是为了保住饭碗。吴世雄毕业于北京名牌大学，有着扎实的文化功底，很快就熟悉业务，发挥自己的特长，独辟蹊径地探索出新颖的教学方法，让学生们的作文水平大幅提高，其中三个人在全省的作文比赛中获了奖。学校因此又多收了二十多个学生，据说还有报名的，无奈受到教学条件的限制。大家对他刮目相看了。年轻美丽的张翠老师邀他喝咖啡，他犹豫了一下，说改天吧我请您。

　　这个周末，他比平时更加盼望。天气预报说局部有大雪，他担心了一夜。如果封路，妻子就过不来了。当妻子走进家门的时候，似乎把灿烂的阳光也带进来了。

　　他找出她的拖鞋，接过她手里的东西。进到卧室，他讨好地说，我请你吃大餐。妻子惊讶地看着他，他笑嘻嘻地说加薪了。妻子的脸上绽放出笑容，但很快收敛，说，哎呀，你的工资不少啊，那你就攒钱吧，从此你爸的透析费……

　　他嗫嚅着说，那怎么能够呢？不是你拿吗？

　　我拿，凭什么就得我拿？我上辈子欠你们家的？为什么那么理直气壮？你知道酒店生意一直不好，我多着急吗？晚上失眠，白天打针，这样拼死拼活的，你当我是奴隶？

　　如同一阵机枪扫射，又如疾风暴雨，吴世雄呆呆地看着妻子不断张合的嘴，插不上一句话。妻子后来竟然抽泣起来，肩头剧烈地耸动着，委屈得像个孩子。这女人实在是不可理喻，简直是胡搅蛮缠！他恼怒到了极点，却不敢大意，紧紧地盯着，担心她晕过去。

　　妻子的恼怒终于燃烧殆尽，卧室里面似乎被抽成真空，凝滞，麻木，还有些许的尴尬。而他的思想却异常活跃。他开始反思复婚的正确性和必要性，甚至怀疑妻子是一个替身，而本人留在了另一个不相容的时空。到底怎么回事呢？听说妻子的前男友离了婚……这样的猜疑像烧红的利器，他不敢触碰。莫非这是一个梦？如果真是一个梦该多好。他知道这不是梦，这就是他的命。

　　一个男人的骨气还要不要？他愤愤地思忖着。可是，对于这个难题，他一时还没有什么办法。那张薄薄的信用卡帮不上他了。借吧，又怕传出去被人笑话。以妻子的性格，她会认为是故意贬损她。她会质问，我就是那样的人吗？你那样做是要干什么？不想过日子是吧？你再去找小秋啊，看看她管不管你！

　　妻子没有和他睡在一张床上，她在地板上铺了被褥。二人一夜无话，却都辗转反侧，没有睡好。对吴世雄来说，要说的事情还没有说出，虽然时限紧迫，但现在没法开口了。如果硬着头皮和妻子说，她一定不会拒绝的，这一点他并不怀疑，但是他也清楚妻子并不情愿。

他明白妻子不是有意难为他，是担心他乱花钱或是有私心。妻子曾问过他，传说你当官时有很多私房钱，你还要自己留着吗？他发誓说没有。妻子说，凭良心吧。他怀疑是妻弟进了谗言，当初他和妻子关系最紧张的时候，妻弟没有起到积极作用。反过来说，妻弟说的也不是捕风捉影。他确实有些灰色收入，比如利用权势投资入股，但买了那个服装店之后就所剩无几了。姐姐离异后长年照顾父亲，孩子还在读大学，不给她一点生活费怎么行呢？但是自己的解释总是招来妻子的鄙夷。妻子说，当年我问你是不是外边有人了，你向我发誓说没有，你不会忘记吧？想到这里，吴世雄有点怀疑这是不是妻子故意演戏。但随即又否决了。妻子还不至于这么诡诈吧。

更让他不安的是，妻子发脾气的时候肆无忌惮，而房门大开着。此时关上门，他担心反而引起父亲的警觉，会附耳细听，会听得更加清晰。正犹豫间，看到一个身影一闪。不可能是姐姐，她买菜去了。客厅的电视开着，沙发却是空的。他想了个借口去父亲屋里，父亲倚靠在床头上，干瘦得仅剩一把骨架，头低垂下来，如同霜打的茄子。像是睡着了。他的心头一酸，清了清嗓子，喊了一声，又喊了一声，爸，爸。父亲抬起头，目光疲倦而狐疑。他故作轻松，说刚才妻子在电话里和顾客吵架了。但他很快发觉自己的声音如同少了魂魄。父亲怔了一下，宽厚地说了句，告诉她，别生闲气！父亲到底听到没有，他半信半疑。但他宁愿相信没有。

八旬老父一周要到医院进行血液透析三次，每次四个小时，胳膊上经常扎针的部位形成一个大包，像一枚茶水煮过的鸡蛋粘在那里。他看到过血液透析的过程，全身的血液通过两根粗粗的管子在饮水机大小的机器里循环过滤一遍。扎进血管里的针头，比兽用的还粗还长。姐姐说，父亲总是抱怨，说他受够了罪。有那么两三次，不知怎么了，他突然暴怒地拔掉了管子，血液像水一样流失。吴世雄为此责备父亲，怪他老糊涂了，怪他不知道儿子有多么辛苦。但这话他没有说出口。

明年怎么办，今后怎么办？问题就这样悬在心头。他完全可以确定，每年这个时候，都会如此窘迫，而这是他不堪忍受的。能不能做到"独立自主，自力更生"？这是吴世雄在苦苦思索的问题。

学校的薪水也就那样了，自己还能干什么？靠写作吗？稿费低得可怜。那就写网络小说吧，写好了能赚大钱。他曾经在一个文学研讨会上见过一个网络作家，一年赚了一百多万。他看不起纯文学之外的文学形式，但现在好羡慕。不要赚那么多，有十万就足够了。除了父亲的费用外，他还可以大胆地维持和扩大交往圈子。如果有女性朋友呢，喝喝咖啡什么的，似乎也可以——但必须是那种不危及家庭的。眼前浮现出张翠老师含情脉脉的样子，他慌忙打住，骂自己没脸。如果侥幸保住了官职，看来自己仍会重蹈覆辙的，这倒让他有那么一点庆幸。

他特意上网关注了网络小说，多属长篇，文风另类，要想入门需要一番艰苦卓绝的努力。最要紧的是素材，自己的想象力够不够？他现在不能不佩服网络写手们了，思维是如此无涯无际。憋了半个月，才有了一个故事雏形，试着写了个开头，总觉得不伦不类，索性作罢。

随着日期临近，他愈加心神不宁。白天困扰他，晚上也不放过他，失眠更加严重。而父亲的目光似乎也隐隐透出焦虑。妻子周末过来的时候，关切地问他怎么这么憔悴，他说没事儿。妻子说,查查看有什么好电影。他知道这是对他示好。然而此时，他最盼望妻子过问父亲的事，他甚至有意引了引，但结果是失望的。直接提出来，他又不想。

生活中还是有一点儿令人振奋的事情，一个在东莞举办的文学大赛等着他去领取五千元奖金。往返路费全额报销，只是需要垫付。这倒可以克服,买车票住宿现金不足可以刷信用卡的。其他参会人员乘坐飞机，他选择了火车。每次刷卡，刷一下心就收缩一下。火车黑天白天咣当咣当地行进着，这让他有足够的时间胡思乱想。其实他不想想，想睡觉，但是睡不着，无法控制大脑。想得最多最大的还是父亲的事情。还好，这几天可以避开父亲。他不敢面对父亲，一回想父亲的目光，就会痛心好久。妻子怎么会不懂他的心思呢？难道不是夫妻吗？需要自己这么低三下四吗？

离婚！似一道闪电划过，吴世雄为自己的想法大吃一惊。他慌张地环顾左右，确定安全了才敢放任思绪蔓延。离婚？离婚之后……对了，服装店！那是自己复婚前的财产，怎么就忽略了呢？服装店还可以回到自己的手中，租出去的话，差不多就解决了全部问题！如此看来，支付父亲的费用，并不是拿她个人的钱啊。这样一想，思路就通透了许多，他感到一种久违的豪迈，绷紧的神经也放松下来。

　　迷迷糊糊中有声音在凄苦地唤他，那声音他是熟悉的，二十多年了。他的心弦颤得厉害，那是妻子的声音，在喊他的名字，怨恨而无助！他惊醒，却是邻座的婴孩在哭泣。他想到了和妻子的风雨人生，妻子诸般的好处，心就痛起来，似乎一揪一揪地疼。额头流下冷汗，他捂住了胸口。自从复婚后，他就怀疑自己得了某种心脏病，但是他不敢去检查。人生一旦停顿，还会恢复足够的信心吗？他不敢确定。

　　回去就和妻子好好说吧，装什么装，毕竟是夫妻嘛！她也不过是一时气话而已，何必较真！可是吴世雄还是觉得不甘，就这样一直苟且下去吗？自己是一个大男人、大丈夫啊！回顾半生，何其悲哀，何等惨败！无论做官、做丈夫，还是做儿子，都是严重失职的。别说别人，甚至妻子都潜藏着对他的轻蔑和猜疑。这样的情绪重又蒸腾开来，很快如雾霾笼罩。列车毫不停歇地前进，一棵棵光秃秃的树木、一处处荒凉的村庄、一座座积雪覆盖的山岭一闪而过。他多么希望永远别停，越快越好，越远越好，冲出地球，飞向宇宙，那样，他就解放了。

　　笔会有一周的日程，奖金和报销的费用不是现场给付，而是会后汇到银行卡里，这让吴世雄很失望。因为返程还得刷银行卡，需要透支了。会议期间姐姐打来电话，他才意识到忘记给家里报个平安了。其实也不是没想到，他怕听到那个敏锐的话题。然而姐姐只说了句，到了就好，不用担心父亲。通话时他似乎看到那端，父亲也在旁边，目光闪烁地看过来。他咬咬牙，终于下定决心。

　　给妻子打去电话，带着撒娇，但是妻子不耐烦地挂断，说正忙，晚上再说。他本想首先告诉她得奖的事，现在反而庆幸没有说，否则，这笔未到手的奖金会让妻子更加坚信，对于家庭的支出，他吴世雄有能力，或是能力正在增强。如果自己解决，渡过眼前的难关还是可以勉强的。比如去银行办理一笔小额贷款，逐月偿还。日子紧迫一点，倒也可以忍受。但是，这又何必呢？凭什么呢？再说，后年呢，大后年呢？看样子，父亲还可以维持四年五年的，如果时间再长呢？他忽然有了犯罪感，自己不该不希望父亲长寿。

　　手机响了，是姐姐。一定是父亲的透析费的事儿，必是医院催着交款了。前次的电话里姐姐没好意思说明，看来到了不说不行的程度了。吴世雄思忖着，不如就在电话里和妻子直说吧。一旦在妻子那里碰了钉子怎么办？就端出服装店，看她怎么说。还是不行呢，那就离婚！这样想着，他的心又充满了能量。

　　确实是父亲的事儿，但无关透析费。——一个霹雳在大脑里炸响——姐姐说，父亲在透析机上休克，看来不行了。

　　你说什么？吴世雄不相信自己的听觉，这几年，整个人似乎迟钝了许多，正在向父亲靠拢。

　　姐姐抽泣起来，说，父亲不行了……

　　巨大的哀伤潮汐般袭来，淹没了姐姐后边的话，他窒息了。慢慢地，那种即将突破极限的带着些许疼痛的胀满感松懈下来，他不自觉地舒了一口长气。但这样的感觉只是短暂的，父亲的目光骤然在他暗黑的心房亮起，扫来扫去地搜寻着什么。一股无法言明的情绪以更加凶猛的气势奔涌而来。

　　刚刚下过雪，路面很滑。雾霾笼罩之下，中午时间如同黑夜。

吴世雄跟跟跄跄地往家疾奔，风一阵阵刺透他的心脏，他紧紧捂着胸口，怕血流淌出来。一路上，他期待着会有妻子的来电，但是没有。这样大的事情她不可能不知道。一个念头已经铸成坚冰。

一屋子人，都是亲属。大家情绪很好，见他进屋，欣喜的目光都集中过来。父亲这么大岁数了，民间叫喜丧，这他理解。穿过人群奔到父亲的房间，他一下子怔住了，眼睛里抓拍到这样一幅画面：父亲躺在床上打吊针，他对面是打开的电视。电视移过来了？他曾经想过把电视移过来，但是又担心妻子抱怨。而妻子此时站在输液架前，正换一瓶新药，神情专注得如同一个护士。姐姐站在一旁，似要出手帮助，却又心存畏忌。

你终于回来了是不是？又去哪嘚瑟了？你倒省心了，家里的事情都压给我！看到他，妻子的脸就黑下来，嘴里迸出一连串怨恨的话。

2015 年 12 月 23 日初稿

2015 年 12 月 28 日定稿

（原载《飞天》2017 年 6 期，《小说选刊》2017 年 9 期转载，入选《2017 年中国短篇小说年度排行榜》《中国短篇小说年度佳作 2017》）

谁动了我的故事

接到弟弟电话的时候，我正在松花江的鳇鱼岛闷头写我的剧本。常言说，编筐窝篓，贵在收口，我就在结尾处难住了，好几天也不知道如何下笔。故事讲述了一对男女彼此深爱着，后来在战争中走散，许多年来两个人都在苦苦寻找对方。结局有两种选择，一个版本是两人冲破重重阻力终于相聚，另一个是就此止笔。第一个选择会让读者感到圆满，第二个则会留下更多空间，这似乎恰是作家的高明之处。

弟弟语气滞重地说，哥，你回来一趟吧，爸的事。我一急，呼吸失衡。弟弟忙接着说，爸身体还行，是王姨得了尿毒症。弟弟没再说话，我匆忙挂断了电话，收起笔记本电脑，赶往机场。还好，紧赶慢赶，赶上一趟直飞的航班。坐定之后，我的大脑再次为这件事飞速旋转起来。

八年前，母亲去世，父亲在弟弟家生活了一年多，就坚持一个人搬出去住。弟弟给我打了电话，让我回来劝阻。父亲只有我和弟弟两个孩子，但他最喜欢我。父亲当了一辈子官场领导，骨子里却酷爱文学，而在我身上，父亲的遗传基因似乎得到彰显。我在初中时就发表了小说，而后一路飙升，到现在已经是比较有名的作家了。确切地讲，先是热衷于纯文学，后为专职网络作家，近年来随着影视剧的看好，开始应约写剧本。

父亲常常讥讽弟弟说，你看看你，还是个中学老师，连个研究生论文还要到网上抄袭？能不能像你哥哥那样有点出息？父亲是我最忠实的Fans，我的纸媒作品，我编的电视剧，他都是要看的，甚至在他心里，我就是他的偶像，这从他看我的眼神就可以看出来。每当这个时候，我就会想到排着长队等我签名合影的那些粉丝们。所以在家里面，我的话总是在关键时候对父亲能起到改弦易辙的作用。

和父亲一交流，正印证了我的推测，不是因为弟弟一家不孝顺，而是一个老年人的生活习惯外加孤独久了的心理问题。父亲说，王伯伯帮他已经联系好了房子。既然心意已决，且身体还算硬朗，独自生活也没有什么障碍，不如就由着他吧。

大约三个月后，弟弟去父亲的家，却看到家里多了一个人。一个中年女人从厨房里迎出来，应该比父亲小十多岁，相貌还可以。见到弟弟时显得有些尴尬，父亲倒坦然，介绍说这是你王姨。弟弟再去的时候，不管早晚这个王姨都在。弟弟就想获得更多的信息，但是父亲不搭理他。他偷偷去找父亲楼下的王伯伯，但是老人家微笑着不说正题。

父亲这把年龄，身边突然多出一个年轻女人（当然，相对于父亲来说年轻），这不能不让人警觉。我嘱咐弟弟认真了解情况，不可疏忽。没几天，情况就基本明了了。父亲参加了一个中老年文学爱好者协会,认识了一个叫王芳的女人。她刚刚丧偶,有一个儿子还在读大学。她文笔很好,长相也是父亲喜欢的类型(我这么说不是胡乱猜的,弟弟把父亲的那些文章陆续发给我,我看出了端倪,是和母亲完全不同的类型)。父亲动了春心,主动靠近,表白爱慕。但是王芳犹犹豫豫,不是没相中父亲,也不是在乎年龄差,她担心父亲不够真诚,她需要一个坚实而长久的肩膀来依靠。父亲对王芳海誓山盟,保证任何时候任何情况下都不会和她分开。父亲把崭新的爱情抒写在诗作里,而后发表在内部报刊上,被弟弟偶然间发现了。

　　我在为我的母亲感到幽怨和不平。父亲很爱她的,在没有她的日子,我们不敢确定父亲如何能够摆脱那种痛彻心扉的哀伤。情况虽然出乎意料,但很快我就感到无比欣慰。这说明父亲的精力旺盛,身心健康,更为能有一个人在父亲身边照顾他而高兴。但是父亲不把事情说破,也没有进一步的打算,我们做子女的又何必有所动作呢?

　　春节的时候,我和弟弟全家人都去了父亲家。王芳在厨房里忙忙碌碌的,媳妇们要做个帮手,父亲说,这次就让你王姨自己弄吧。媳妇们的脸上都噙着复杂而充盈的笑意,如同草尖上的露珠,稍一不慎就会落下。若是在自己家里,我媳妇准会气恼地指责说,哼,看你们男人多无情!或者笑嘻嘻地说,看你老父亲,好风流哦!弟媳妇的脸上也挂着笑,却难掩轻蔑的警惕。我紧绷着脸,让她们望而生畏,她们很快就收敛了。餐桌上,父亲当着儿子儿媳孙子孙女的面,不断给王芳搛菜,王芳则不好意思地扫视我们一眼,而我们假装没注意或是没在意。

后来弟弟找我讨论这件事，说，父亲如果正式娶王芳，我们怎么办呢？弟弟的担忧不无道理，毕竟父亲名下还有财产和存款，而王芳还有一个儿子。那样会让这个家庭变得复杂，这当然是我们不愿意看到的。何况在内心深处，我们还在顽固地维持着母亲的地位。但是年夜饭的那个场面，我们还是感到父亲对王芳的态度其实是在做给我们看的，要给我们一个心理准备，是某个重大决定前的铺垫。

我离开不久，弟弟就向我陆续报告了新的情况。

王芳的儿子出现在父亲的家里面，不是假期，还有一年多毕业，却住了一个多月，且没有离开的迹象。原来是被学校开除了，什么原因不知道。弟弟的忧虑通过电波传递过来，我的心一下子收缩起来，怎么能让年迈的父亲再为另一个家庭操心费力呢？该采取怎样的行动来阻止呢？恰好这个时候，父亲竟然给我来了电话，问我有没有时间回去一趟。父亲的语气带着小孩子般的讨好，让我想起上初中的儿子，他想更换电脑，语气就是那样。我的心收缩得更厉害了。

到了父亲家，王芳正给父亲的头发焗油。见到我和弟弟，她的笑容里也带着讨好的味道。我四处查看，没看到那个大学生，却在墙角电源插座那里看到一只苹果手机正处于充电状态，是2016款，大约八千多吧。父亲的头发很快就弄好了，王芳进到厨房里去了。屋子里只有我们和父亲。我和弟弟坐在一侧的沙发里，父亲在对面。弟弟紧紧靠着我，两只手搓来搓去的，一声不吭。我注视着父亲，等待着他说话，父亲则沉默着，似在思考如何开口，一时间出现一个尴尬的场面。

　　父亲突然抬起头，脸上堆起笑容，问起我的新作。我讲述了一下故事梗概。他说，好好。那个年代的爱情多么真挚啊，值得今天的人学习啊！我对父亲的评论没有多想，知道这并非他的意图，他是在为后面的话题刻意营造一个舒缓轻松的氛围。这不是父亲的做派，虽然父亲近乎崇拜我，但他多年来养成的官气官威并没有淡化多少。这更让我绷紧了神经，父亲如此用心，情况似乎不妙。

　　果真，父亲清了清嗓子，说道，你们也看到了，你王姨是个不错的人。他温润的目光向厨房方向扫了一眼，之后望着我。他的头发黝黑发亮，脸上的皱褶平展了很多，眼睛里满是期待。我犹豫着点了下头，心中忽然软化起来，动摇起来。王芳就那一个孩子，不投靠过来还能怎么办呢？能让人家母子分离？弟弟似乎感觉到我的变化，偷偷用手肘碰了碰我，意在警醒。

　　接下来的情况超乎我的预料，父亲没有提到那个大学生，而是提出一个更加尖锐的问题，一时间刺得我们手足无措。他说，儿子，我想和你王姨结婚。厨房里的油烟机轰隆的声音戛然而止，屋子里几个人的呼吸声清晰起来。

　　慌乱间我似要寻找某个可以附着的东西来稳定一下心神，目光在屋子里游弋起来，对了，一面墙上应该有父亲和母亲的合影的，但是就在原来的位置上是父亲和王芳的合影。我的眼前浮现出母亲慈爱的脸，心底猛然蹿出一股愤怒，我听到自己的声音坚决而粗鲁：这不行，爸，你老糊涂了吗！话一出口，我有些后悔，我完全可以用其他更好的方式来表达意思的。

　　父亲如同被雷击中，原本齐整整的梳向后面的头发不知怎样就散乱了，一绺垂到前面，遮住了额头。弟弟也惊骇地看看父亲又看看我。片刻之后，父亲的眼睛慢慢活泛起来，红丝如同闪电在蔓延，极度的失望乌云般要流泻出来。我垂下头，心底一阵阵不安。不知该道歉还是该解释，似乎怎么都不妥，又是一阵沉默。父亲垂下目光，叹口气，用手捋了捋头发，我看到了他头皮上的那一层没有染透的白茬，他的背似乎驼了下来，脸上如同一张被揉搓过的纸……父亲瞬间苍老了！

我一阵阵揪心地痛，喉头哽咽，说不出话，也不知该说什么。

良久，父亲望向弟弟，问道，你呢，你什么意见。父亲在寻找最后一棵救命稻草。也许是从来没有被重视过，弟弟慌张起来，支支吾吾地说着含混不清的话。父亲疲倦地挥一挥手，说道，走吧，你们走吧！

我和弟弟没有动，我们不知道该不该走，我能感受到弟弟的身体哆嗦着。走！父亲声嘶力竭地喊了一声，似乎用尽了平生的力气。我们这才站起身，犹犹豫豫地往外走，一边回头看着父亲。父亲一只手捂着胸口，一只手摆动着，催促我们赶快离开。他心脏不好，我们很担心。

这时候，王芳急匆匆走了过去，扶父亲躺在沙发上，在他嘴里塞了几粒药。然后和蔼地对我们说，别担心，你爸没事儿！

回到弟弟家快半夜了，我却毫无睡意。弟弟和媳妇也没有睡，压低声音喊喊喳喳地争论着什么。第二天一早我和弟弟又去了父亲家。门锁着，我就拨打父亲的手机，没有接通，又打了王芳的手机，接通了，她正陪父亲在医院打针。我们慌忙赶往医院，在路上我就决定了，如果父亲坚持，我们就不再反对。确实，只要父亲高兴，那些个顾虑无关紧要。

　　到了疗区，隔着门看到王芳正在给父亲更换衣服，那样子就像母亲对孩子。我的心热了一下。进了屋，王芳热情地找来椅子让我们坐。父亲很憔悴，但是表情平静，看不出对我们的不满。

　　老病，没大事儿！父亲说，你该回去就回去吧，别耽误创作计划,那部连续剧一定会受欢迎的。对了,男女主演有目标吗？我说了两个演员的名字。父亲摇摇头，说出了另外的男女主角的人选。我怀疑父亲的标准就是他和王芳。

　　之后我们父子间就沉默了，我想了很多话题都觉得不恰当，父亲似乎也不愿意和我说更多。王芳不断给我们拿水果，聊着家常。很快父亲就打起了鼾声，我和弟弟终于找到了摆脱目前窘境的借口。王芳说,就让他睡会儿吧,你们放心,没啥大事儿！我们站起来，往外走，却又觉得于心不忍。王芳客气地送我们到门口。我们本是他亲生的儿子，却突然间产生了生疏感，好像我们是前来探病的亲属朋友。到了走廊里，我的眼角湿润了。

　　因为繁忙，我回到自己家中，但仍时时关注父亲的事情。根据弟弟的反馈，我的心慢慢放松下来。父亲康复之后，在王芳的带领下又参加了中老年朗诵团，每一天的生活很充实，情绪很好。那个大学生去几十公里外的城市打工了，很少出现在父亲家里。

　　我嘱咐弟弟经常去探望，缺什么少什么就吱声。实话说，我对王芳的印象越来越好，总觉得我们的态度过于自私和苛刻。有时想想，就会有那么一点愧疚。

　　这样父亲和王芳一起生活了八年，父亲继续写作，继续朗诵，那股劲头，让我都羡慕，似乎在重走青春的路。至于和王芳结婚的事，他再也没有提过。弟弟在父亲写的一篇散文里面，初步判断是王芳发挥了作用，这个女人不想让父亲为难。如果不是父亲故意美化的话，我们全家就不得不敬佩她了。但是如果讨论是否准许给她名分，绝大多数人是不会同意的。两个媳妇仍对她的动机持保留态度。大家都说，就这样维持吧，不是挺好吗？

　　这样维持着是挺好的，所以听到王芳得了尿毒症的消息，我是不肯相信的。她才五十多岁，身体很健康，生活条件也好，怎么会得那种病？但是弟弟说，是真的。这就面对着一个这样的现实问题：尿毒症很麻烦，要么换肾，要么就得靠常态化的血液透析来维持生命。换肾这个选项几乎没可能了，那么，谁来陪护她定期去医院？谁来照顾她的饮食起居？父亲吗？即使父亲可以照顾，又能照顾多久呢？毕竟他已是七十多岁的老人了，需要天天吃药来维持心脏的功能。实话说，我倒没有过多考虑王芳的医药费问题，相对来说，这不是主要问题。

　　下了飞机我没有到父亲家，直接约了弟弟。我没去弟弟家，这类家务事应该由男人来决定。避开絮絮叨叨的妇女，我可以想象到弟媳妇剑拔弩张的样子。但是不管谁来决定，似乎无可选择，只有一条路可走，那就是让父亲和王芳分开。要不然怎么办？我决定给王芳一笔钱，算是对她照顾父亲的感谢和安慰吧！但是首要的难题是父亲，他会不会同意，不同意怎么办。

弟弟又把大任推在我的肩上，还加了句，哥，这可非同小可啊！

我决定豁出去了，不论如何，必须决绝。

到了父亲家，按了门铃好一会儿，门才打开，是父亲，我吃了一惊，父亲衰老得和我上次见面判若两人。他的背更驼了，满头凌乱的花白头发，人整个瘦了一圈，脸色青灰。父亲看了我们一眼，淡然问了句，回来了？就往屋里走去。我想以父亲的聪明应该知道我们的来意。

进到卧室，我看到了倚在床头的王芳，正在打吊针。她同样让我吃了一惊，整张脸肿胀变形，勉强可以分辨出眼睛和嘴巴。看到我们似要坐正，嘴里说着"回来啦"，声音嘶哑而极度虚弱，脸上努力想挤出笑容，终是徒劳。我站在床边说了一些安慰的话，王芳的嘴频繁地翕动着，嗓子咕噜咕噜地回应着，泪水涌了下来。父亲拿毛巾轻擦着她的脸，哄小孩一般说道，好好躺着吧，哦，放心放心。最后这句话有没有话外音我不知道，却像小锤敲击着我的决心。

父亲摆摆手，我们就走回客厅，坐在沙发里。我和弟弟坐在父亲对面，这让我想起上一次的情景，我警告自己注意讲话的方式和分寸，但一定要坚决坚定。大家都沉默着，我有一种山雨欲来的压力感。我思忖着怎样开口，心里面一次次给自己鼓劲。父亲目光黯淡，也没有看我们，点起了烟，一边吸一边咳嗽。他原本是不吸烟的，我看了弟弟一眼，责怪他不该让父亲吸烟的。一辈子没沾，怎么到了晚年还吸上了！弟弟无奈地看了我一眼，又垂下头。

突然，卧室那里传来咚咚的响动，父亲霍地站起来往那边跑去，我和弟弟紧随其后。果真是王芳，她的嘴巴对着父亲，说着什么。可以判断,她说了什么话,但是声音太小没有传过来,只好用后背碰撞床头,引起我们或是父亲注意。看来她是有话要对父亲说。我和弟弟刚要离开,听到她说,别走。父亲回身说,你们别走。王芳微微点了点头。我和弟弟就站在床边,心里却盘算着可能出现的未知数。当然，这些未知数让我绷紧了全身的神经。

父亲把脑袋伸向王芳的脑袋。王芳的面部抽搐了一下，嘴的部位像过电一样颤抖了几下,贴向父亲的耳朵,声音轻得我根本就听不到。父亲很快抬起头,梗起脖子,注视着王芳,吐钉一般地说,不,不行!王芳的脸上就泪水纵横了。她伸出一只手,把父亲的脑袋拉下去,再次靠近她的嘴巴。我和弟弟慢慢后退,这样的场面应该回避一下。正当我们退到门口的时候,父亲的脑袋猛然垂了下去,重重陷在褥子里。我们吓了一跳,忙奔过去,父亲慢慢抬起了头,但没有转过来,摆了摆手。但我还是搀起父亲,弟弟见状也过来帮助,我说,爸,你去沙发上躺一下吧!你千万别着急啊!

父亲没有抗拒,手抖得厉害,身体很快瘫软下去。我忙和弟弟把他平放到沙发上。王芳用力撞击着床头,喊着"吃药",一只手指向他的衣兜。父亲的衣兜里果真有一小药瓶,我也管不了那么多了,倒出一把药粒塞到父亲嘴里。王芳那边静了下来,父亲长出了一口气,睁开眼睛。

我说,爸,你别说话,歇着吧!父亲坐起身伸长脖子望向王芳那边,我们也看过去,王芳的脸转向一侧,双手捂着,肩头在抽动。父亲叹口气，回身坐好，闭了一会儿眼睛，脸上的肌肉在轻微抽搐。也许感觉到我们的紧张，父亲睁开眼睛，摆摆手，缓缓说道，我没事儿，没事儿！顿了顿，用奇怪的语调说，你王姨让儿子接她回家……就按你王姨的意思吧！

我和弟弟木木的，不知道怎样回应了父亲，也不知道怎样走出来的。去弟弟家的路上，我们一句话都没有说。在弟弟家躺下，却怎么也睡不着觉。弟弟和媳妇又在隔壁喊喊喳喳，弟媳妇有时会弄出几个刺耳的高调，估计是弟弟的提醒，她才又压抑下去。我越发心烦。我知道他们在议论什么。其实我媳妇的态度我也清楚，女人的心思都是这样的。只是她没有弟媳妇那么在意而已。毕竟，父亲和弟弟一家生活，几千里之外的我们没理由在遗产上用心。

有关王芳的一幕一幕，和父亲的形象频繁而交叠地出现在我的眼前，让我的心智就像狂风中招摇的树冠，一些叶子被卷走了，一些枝丫被折断了，想平静都难。好不容易睡着了，却被手机铃声搅醒，天已大亮，是媳妇的电话。她说弟媳妇给她打电话了。我啪地挂断了电话，恼怒起来，我明白她们的意图，弟媳妇在寻求统一战线。我一整天都没有出屋，也没有吃饭，更没和任何人说话。我觉得我就是那棵树，在狂风中伤了心脏，需要疗养一下。但是问题还是大山一般横亘在眼前，必须面对必须解决。影视公司又催了一遍稿，但我的心思还是无法转移到那个剧本的结局上去。

那天突降大雨，王伯伯打来电话，急促地说，你赶快过来吧，开车来！我的心狂跳起来，以为父亲出了事情。到了父亲的小区，远远看到父亲顶着大雨站在马路边，一把伞已经被风雨吹得变了形。我心痛极了，和弟弟下车把父亲扶上车，用毛巾擦去他头上的雨水，责怪他大雨天出去干什么。

父亲说，打车啊，你王姨今天要去医院做血液透析。

我问，你给我们打电话不行吗？

父亲没有回应我的话，只是说，既然你们来了，就送你王姨去医院吧！

我们在医院忙活了一小天，把他们送回了家。回到弟弟家，我给父亲打去电话，问他怎么样。

他说，没事儿，挺好的。

我听到里面的咳嗽声，追问道，爸，你是不是发烧了？

电话那边顿了一下，说，没事儿，吃点药就好了。

这个年纪的老人最怕发烧，我忙和弟弟赶了过去，父亲的额头很烫，但他躲躲闪闪的。就像我小时候发烧却不敢承认。我那是怕打针，而父亲担心的不是这个。我知道他的心事。我们是父子，我们之间有着特殊敏锐的感觉。他在处处维护着王芳。

最终我们还是送父亲去了医院，打了两瓶吊针之后他才退热。父亲要求回家打针，但是医生不同意,怕他药物过敏。这期间，我能感觉到父亲内心的焦灼。如此下去，他这副老身板还能坚持多久？这件事让我强烈意识到，必须尽快解决此事，不能再犹豫不决了。

我给王芳的儿子打了电话，他很冷淡，沉默了一会儿，说，我知道了，一周之后就过来。我想，应该是王芳已经把她的意思告诉儿子了。父亲的家里需要有人来料理，而我正打算和他好好聊聊，就把东西搬了过来住下。

闲暇时间，我继续我的工作。结尾暂时放下，我对全剧进行了一次修改。写到半夜，厕所里面传出一声闷响，我意识到是父亲摔倒了。果真如此，他料理完王芳，要把屎尿送到卫生间里。我扶起他，没看到他哪里有伤，但是当我放手让他自己走的时候，他却站立不稳。

他说，右腿没有知觉。

我说，爸，没事，麻了，走一会儿就好了。

我扶着他在屋里走了几圈，还是站立不稳。我想，岁数大了恢复慢，第二天就该没事儿了。

第二天我起得很早，想带父亲出去散散步，然后寻机和他再谈谈，他的心理需要疏导。父亲的房间出奇地安静，我以为他还在睡觉呢，但是我很快就发现父亲两眼瞪得圆圆的，嘴巴大张着。我奔过去，问他怎么了，他说不出话。我试着扶他坐起，但是他的胳膊和腿都不好使了。一阵恐惧从脊背窜遍全身，我暗叫不好！王芳慌慌张张地过来看，惊得半晌说不出话。

——后来医生明白无误地告诉我们，父亲得了脑血栓，是急性，症状挺严重。

父亲住院了，王芳怎么办呢？我给她儿子打了电话。他说了句"不用你们管"就挂了。王芳哪天离开的我们不知道，我们没有心思去管她了，反正通知到位了。

一个月后我们回到父亲家，空荡荡的。屋里面明显清洁过。我一度有种恍惚感，似乎王芳从来没有出现过。父亲的治疗效果缓慢，生活基本不能自理。我们家庭就做出这样一个决定，由弟弟家负责照顾父亲，我承担费用。这样就需要卖掉父亲的房子。

房子一直没有人问价，我决定先留下来照顾父亲，以尽孝道。父亲需要一日三餐喂食，需要按时吃药和排泄，这已形成规律，所以大部分时间是清净的，对于我的写作没有什么影响。关于那个剧本我通篇修改了一遍，觉得差不多了，再回过头来思考故事的结局。我在笔记本电脑上写了又删，删了又写，还是没有定稿。

有一天我给父亲喂食时发现他有话要说，但是无法表达。我猜了半天，猛然想到，他是不是在提醒我要给王芳补偿呢？我写在纸上给他看，他的目光闪跳了一下，那意思似乎是，又似乎不是。但不管是不是，我还是那样做了。

尿毒症只要定期进行血液透析，大多可以正常生活的。王芳恢复得很好，只是瘦了很多。关于父亲的病情，她问了很多，时不时抹一把眼泪。他儿子见了我们没有打招呼，但也没有离开的意思，窝在沙发里摆弄手机，耳朵和眼神却紧紧关注着我们的对话。当我把那一捆钱拿出来的时候，王芳双手捂脸，抽泣起来。他儿子走过来，打开，一摞一摞地数着，数完，王芳也止住了哭。她儿子点点头，王芳又开始抹眼泪。这多少出乎我的意料，按照我作家的思维，王芳应该拒收的。这似乎是这个黄昏恋的一个瘢痕。不过也可以理解，这也一下子就解决了王芳的难题，儿子有了本钱做生意了。想想人和人之间的关系也真是不可思议。在写那个小剧本的时候，怎么也想不到我的稿费是为了解决王芳一家人的生计问题。

回到家，我用文字向父亲做了报告，父亲似乎想点头，但最终只是手和脚翘了翘。我思忖了下，又把王芳的健康状况告诉他了，他的眼神亮了亮，面部柔和起来。这一天是他得病以来状态最好的一天，但我还是感觉到，他还有什么愿望没有实现，那无疑是最重要的。因为每当我离开他，他就会满是期待地看着我，一只手艰难地移到我的方向。但当我俯下身问他，他却没有任何意思表示。我仔细想了想，还有什么呢？想不出来。

天黑了，我打开电脑，决定选择第二版本。这一对男女能否重逢，让观众去发挥想象力吧！当然，做这样的决定也是颇费脑细胞的。完成后，没来得及关机，我就感到疲乏了。先去看了看父亲，帮他排泄完，换好衣被，我就回到床上睡着了。梦到鳇鱼岛了，一条金色的鳇鱼像龙一样在腾飞，水面上跃动着无数的小鳇鱼，满眼金灿灿的。我极为惊喜，因为鳇鱼这种鱼类早就见不到了，哈尔滨鳇鱼讹人事件，那鳇鱼是人工养殖的。

醒来的时候满屋的阳光，我意识到睡过了头，急忙去看父亲，他竟然没有排泄，也没有饿和渴的表示。我完成了一整套料理父亲的程序。父亲很配合，他的肢体出现了灵活的迹象，真是太好了。

我给影视公司的人回了微信，告诉他稿子已成，很快发出。发出前我还要再浏览一遍。打开电脑，从头开始看，到了结尾，我怔住了。故事的结尾是男女重逢，也就是第一版本。

哎？怎么回事？我清楚记得我的结尾啊！是我弄错了吗？想想这段时间也真够疲劳了，思维都混沌了。我重新修改，完成后又看了看，这回应该不会再错了。正要给发过去，弟弟来了，他说医院的教授想就父亲的检查结果和家属做个沟通。我说，那好吧，你照顾父亲，我就去。

教授姓郝，对父亲的病很负责。他是一名博士生，有好几项国家级研究成果。他说你父亲的病症很特殊，脑血栓病，通常都会有很长时间的先期症状，可是他没有，与心脏病也没有直接关系。

那是怎么回事？我问。

他说，国外有人主张是心理因素所致，因此建议你们注意解决他的心理问题，也许就会出现奇迹。

我在路上一直在想，心理问题那就在王芳那里了，但是能有什么办法呢？回到家里已是傍晚，正碰上王伯伯等人来看望父亲，我就留他们吃饭，没想到他们没有拒绝。（说实在话我是极不情愿的，唉，这些老人家！）弟弟动手做菜，我就得陪他们聊天。手机响了，是影视剧公司的高总，我心里一惊，忙做了一番解释，答应马上就发。但是王伯伯这些老人们吃得慢，聊得多，结束的时候我还得送一一他们回家，否则出了问题怎么办。一切妥当，我也累了，就睡了。

早上起床，第一件事就是把稿子发出去。几家文学期刊两年前就向我约稿，我到现在也没有动笔。但是高总这样的主儿是不能得罪的，一下子就几十万，你能说这不是作家的价值体现吗。之后我就去料理父亲。我惊喜地发现，父亲大有改善，手和脚更加灵活了，脸上也有了些许的光泽。我的心情大好。

剧本很快得到了反馈，被预言说，可能会大红大紫。影视剧公司的人无意中说了大概，我大吃了一惊，故事的结局竟然还是第一版本。我说不可能,但他回答说这就是原稿。我不相信,查看我的邮箱,结果,稿子果真就是现在这样! 我反复看,没错,就是这样! 我快疯了,莫非我的大脑出现了问题? 可是,这一次我记得非常清楚啊! 我是在极为正常的状态下完成的啊! 莫非? 只有另外一种可能,就是有人修改了我的结尾! 那是谁? 除了父亲能是谁呢? 没有谁,答案是肯定的。那么,就是父亲了,可是,可是,父亲有这个能力吗?

我执拗地告诉影视公司,我要马上修改。这打乱了我的计划,因为我已经着手再写另一部剧本,是关于鳇鱼岛的。鳇鱼岛本是一座荒岛,被高总发现后着手开发。他非常看好其潜在的丰富旅游资源和巨大商业价值。但现在,我必须按照我的本意,认认真真地完成这个结局,看了几遍,确定没有任何失误。

鼠标已经移到"发件"按钮了,父亲那边忽然有了声音,我急忙过去,父亲渴了。喝完水,父亲的眼睛还在幽幽地看着我,他似乎要向我表达什么,我却猜不到。随后一些亲属和父亲的老同事老朋友来看望他,也有那个文学爱好者协会的人,她们游移而复杂的眼神让我自然就想到了王芳。我出出进进地接待,很晚才睡。

第二天一睡醒,我就把稿子发出去了。天黑的时候,影视公司的人打来电话,问我这是修改后的稿子吗,我说是啊怎么了,他问,您确定吗? 我感觉很烦,他说,您还是自己看看吧! 随后我就收到一个邮件,也就是我的剧本,故事的结局仍是第一个版本。我恼怒地责问他,你没收到我最新的邮件吗? 就是今天上午九点多发出的。他在电话里压抑着情绪,客气地说,您看看您的发件箱吧，看完再说话好吗？我打开发件箱，惊出一身冷汗，故事的结局果然是第一个版本！

我手忙脚乱地反复查看，今天发件箱里，只发出了一个邮件，也就是说，我的修改稿还是第一个版本！

这真是神了！

我又查看了具体时间，仔细回忆那个时间是否就是我的时间，但是越回忆越糊涂。一定是有人修改了我的故事！我的心狂跳起来，会是谁？还能是谁？这个人难道真的是父亲？我跑到父亲床前，试图扶他坐起来，但是费了半天的力气才把他扶下床。我想放手让他站立，但是又不得不迅速扶住，他根本无法站立，即使是我来帮助，他也只能站立不超过两分钟。

连续好几天闷在家中，我苦苦思索这件奇事。突然间，我想到了夜游症，吓了一大跳。媳妇曾说过，半夜我会突然坐起，说一些奇怪的话。虽然我不大相信我得了这病，不过这正好可以解释这件事。我满腹忧虑地坐在神经科医生的面前，接受种种测试。医生说不像。我不得不和盘说出父亲的事，以便医生准确判断。医生认真地听着，忽然冒出一句，你成全你父亲不行吗？说完之后他马上就感觉到冒失，歉意地笑笑。而我思维的某处似被敲开，灵光乍现——我潜意识里是不是本来就有这样一个念头，只是我在刻意抗拒着？

我把这想法写在纸上拿给父亲看，父亲的双手和双脚都颤抖了起来，两眼突然放出亮光，浑浊的泪水流了出来。我握住了父亲的手，泪水也流了出来。父亲的手变得温热而有力，久久地才肯撒开。

　　当着父亲的面，我给弟弟打了电话。我说，弟弟，爸的事，赶快过来！听得出弟弟很紧张，我忙接着说，爸的身体没事儿，我们去把王姨接回来！

　　弟弟重复问了一遍，你说去接王姨？王芳？

　　我加重了语气，一字一顿地说，是的，接王姨！

2016 年 6 月 6 日

（原载《中国作家》2016 年 9 期）

奔　月

　　皓月当空，如同一面镜子，亮得出奇，溪水里的鱼，树叶的脉络都清晰可见。月光把影子投射在前面，引领着她的脚步。她要步行三个多小时到县城，再乘火车第二日抵达省城。父亲背着她的行李，母亲佝偻着瘦小的身子牵着睡眼惺忪的弟弟，一家人默默地走着。这样的感觉很不舒服，她渐渐加快了脚步，后面的步伐也加快了。终于到了村口，父亲站住，母亲还要再送一程，她坚决拒绝了。父亲拍拍弟弟的脑袋，说，向姐姐学习！弟弟长得又矮又瘦，已经读高中了，他望着姐姐没吭声。

　　爸，妈，弟弟，回吧，回吧！挥挥手告别，亲人们的眼睛像荡漾的秋水，里面跳跃着碎银般的亮光。

　　四年前的那个凌晨，寂静，清冽，压抑，蕴含着某种躁动。有些变化是在看不见的情况下发生的。细胞在充盈的月色的刺激下，分泌出某种高效活性物质，在体内迅速蔓延。走出山村，走出黑夜的时候，她已经变成了大人。

　　这一幕总会在关键的节点浮出，如同注入一针强心剂让她振奋。从那时她就下定决心，要在省城扎根。大学生活转眼成为历史，天道未必酬勤，她没有考上公务员，也没有被事业单位录用，但还是决定留了下来。

现实如此残酷。四处求职，一直没有理想的去处。眼看着一年过去了，下年的房租还没有着落，晓丽焦急起来。一家销售酒品的公司招人，她前去应聘。公司是私企，老板看了她的简历，打量她一番，交流了半小时，最终决定重用她，让她做一家营销店的经理助理。她为自己的容貌和表达能力，特别是当初选学的专业而庆幸。

回到所住的小区，大门口趴着一只白色小泰迪犬，浑身脏兮兮的，样子很可怜。围观的人说，小家伙在小区里游荡几天了，可能是只流浪狗，被人遗弃了。第二天上班，晓丽又看到小家伙了。她蹲下身，它竟然奔过来，仰着头，泪眼汪汪地望着她，嘴里发出嘤嘤的声音，似在乞求。晓丽想，如果下班回来它还在，就收养它。下班回来，小家伙似乎在等她，远远地就跑过来。晓丽心头一热，弯腰抱起，小家伙在她的怀里发出嘤嘤的声音，就像回到母亲怀抱的孩子。到家后，晓丽给它洗了澡，剪了毛，准备了小窝、水碗和饭碗，取名叫小迪。

小迪乖顺聪明，似乎懂主人心思。晓丽不开心，它就会跳到沙发上一边瞄着一边翻滚，不慎滚落，晓丽扑哧一声笑了，它就一跃而起，热烈地摇晃尾巴扑过去撒娇。小迪成了晓丽每天回家的盼望，不管心情好坏，她都希望与小迪分享。她喋喋不休地诉说，小迪目光幽幽地倾听。主人的情绪稍稳，小迪就会衔着飞碟跑过来。飞碟抛出，小迪奔跑着去接，无一失手。

只有一次，晓丽把飞碟抛出了露台，小迪追过去，仰着头对着月亮无奈地吼叫，以为落到了月亮里。每次回家离家，小迪都会在门口迎送。家有了家的感觉。

聪明的晓丽很快就进入角色，筹办了一场大型推销会，邀请影视明星助阵，一些单位和企业受邀参加。豪邦集团的黄总是最后一天参加的。天气特别闷热，晓丽忙得汗流浃背。黄总急匆匆走进会场。晓丽迎上去，微笑着接过他的手包，递过去一瓶散发着冷气的矿泉水。黄总喝了一大口，神情舒缓下来。她忽然感觉身上有热热的光在扫描，寻过去，看到了黄总那一副深邃的近视眼镜。惶惑间检查自己，才发现湿透的衣衫紧紧贴着胸部和腹部，粉红的乳罩，圆润的肚脐眼清晰可见。瞬间她的脸就红了，转身在前面引路，但是仍能感觉到，那贪婪的光就像挥之不去的苍蝇，嗡嗡嗡地在她的后面上下翻飞。她想象着自己的样子，有那么一点儿兴奋。浑身就像被水淋过，皮肉的颜色和形态透出薄薄的紧裹的布料，那无疑很具诱惑力的。

第一次举办这样的活动，效果还不错，有几家企业签订了订购意向书，但是没有豪邦集团。这出乎她的意料，无论是黄总在会场的表现还是对自己的关注度，他都应该成为主要客户。黄总离开的时候她送到车上，镜片后面的目光被酒精熏蒸之后似乎更加迷醉。他要了晓丽的名片，却没有解释为何没有签单。

弟弟考上一所民办大学，她陪着去报到，回家后给弟弟做了一桌丰盛的饭菜。晓丽嘱咐了很多，弟弟嗯嗯地答应着，一边吃饭一边逗小迪玩。晓丽给弟弟一把钥匙，告诉他周末可以来住。她计划让弟弟留在省城，然后争取把父母也接过来。

此时，晓丽升为营销店的经理，更加勤奋了。公司下达了销售指标，她希望能得到更多的奖金。按揭买一套小公寓，和父母、弟弟一家人住在一起，这是她的梦想。当满大街的同龄女孩子们在逛街购物娱乐时，她则怀揣着沉甸甸的梦想，日积月累地攒着钱。

如果没有特殊开销，日子过得还算轻松。不想小迪得了病，吃药一周不见好转，只好去宠物医院。体检、打吊针，花去了一千多元。如果是自己有病，她舍不得花这么多钱的。宠物医院的收费离谱得吓人。她后悔当初没有选择畜牧类专业。

这个冬天雪很频，一上班，晓丽就得带领员工清扫门前的积雪。小牟提醒她手机响了，她掏出来看，屏幕上跳跃着黄总的号码。

黄总，您好！

耳机里兴奋地问，你知道是我的号？还记得我？

黄总的号我怎能不知道？怎么会忘记您呢？晓丽娇嗔地说道，她意识到这位客户终于回来了。

所有潜在客户的电话号码都应该记在手机里的，至于这位黄总，她差不多淡忘了。仔细回忆，应该是戴着一副眼镜，又瘦又高，温文尔雅。

我要订购三百箱正通小烧酒，元旦前用。货够吗？黄总说话的底气十足。

够，足够！晓丽的嗓音有点发颤。这单生意如此之大！仰望漫天雪花，她兴奋不已，看来老天不仅下雪啊！

好生意就此开了头，陆续又接了几家订单，年底结算，效益喜人。晓丽收到了公司的大红包，瘪瘪的银行卡坚挺起来了。她寻思着要感谢黄总，吃顿饭或者送他什么礼物。不想，黄总却主动发来邀请，晓丽欣然赴约，大方地请他点菜。他点了海参、鲍鱼之类，让晓丽暗暗叫苦。反复计算着包里的钞票，她偷偷给弟弟发了微信，让他去家里把银行卡取来。

酒是红酒，是黄总点的，她没有见过这种国外酒。这顿饭她根本没吃好，脸上赔着笑，胸膛里吊着水桶七上八下的。快结束的时候，她偷偷去买单，一问吓一跳，几千元！正要给弟弟打电话，服务员说，黄总已经买完单了。

回到座位，黄总看透了她的心思，笑着说，晓丽啊，我老黄不习惯让美女请客啊！

晓丽说，黄总，真不好意思，说好是我请您的。

这样吧，你下次请我吧！黄总眼镜后面的眼睛眯成了一条缝，射出两束亮光滑进晓丽的 V 字胸口。

晓丽笑了笑，说，好，不过您不可以买单了。

黄总也笑了笑。二人并肩往外走的时候，弟弟气喘吁吁地跑来了。

我弟弟。晓丽介绍说。

黄总亲切地拍了拍弟弟的肩膀，说道，大学生，好啊！弟弟，在这里有什么需要，就直接和黄哥说！

弟弟直勾勾地看着黄总上了一辆奔驰越野车，车子跑远了才收回目光。

晓丽让弟弟去家里住，弟弟说要回学校，明天有课，不时望向酒店旁边的胡同。晓丽上了出租车，暗中观察，看到弟弟搂着一个女孩也上了一辆出租车。大学生恋爱很正常，但晓丽有种莫名的担忧。

到家近十一点了，晓丽搂着小迪刚刚入睡，小迪突然支起耳朵，跑到门口，一边摇尾巴一边叫唤着。晓丽透过门镜往外看，竟然是弟弟。进了屋，弟弟目光闪躲，晓丽急切而疑惑地追问，他才说，欠了校园里放高利贷的，人家押着他来取钱来了。晓丽看向门外，楼道缓台处果真站着几个秃头墨镜文身的年轻人。

晓丽厉声问，你怎么会招惹高利贷？

弟弟小声说，女朋友打胎借了一千，两个月后就得加倍还，我没敢和你说。说着抹起了眼泪。

晓丽又生气又心疼，包里刚好有准备请黄总吃饭的钱，交给了弟弟。不好好学习竟胡闹！不许再有下次，知道吗？晓丽喝道。弟弟嗯嗯着转身下楼。晓丽突然想起什么，追过去，逼视着问道，我的银行卡呢？弟弟愣了一下，从裤兜里掏出来。

弟弟的女朋友就是同学小雯，这女孩子热衷于淘宝购物，都是弟弟负担。家里给的生活费远远不够，就经常找借口向晓丽要钱。照顾弟弟是当然的责任，可是他一点不体谅晓丽的艰辛。每学期都有补考不及格的科目，重修需要向学校交钱，已经交了三千多元了。

春节来临前，母亲打来电话，说父亲突然尿血了，很焦急的语气。其实晓丽一直惦记母亲的身体。还在她没离开家的时候，母亲突然腰疼得不能走路，但坚决不去医院，怕花钱，用了土方治疗。熬过了疼痛期，腰就再也直不起来了。

到车站接了父亲，在白求恩医大一院就诊。父亲得了肾炎，需要一段时间才能康复。这扰乱了她的生活，既要尽量不影响工作还要往返陪护，这些都是可以克服的。只是费用远远超过医保报销的范围，无疑增添了她的压力，但她还必须装得很轻松的样子，病人需要良好的心态。

黄总的电话打过来，晓丽，怎么没在单位？

哦，没有，您去了我单位吗？

黄总说，是啊，顺路看看你。

谢谢您啦！

晓丽，怎么了，有什么事情吗？

哦，没有，只是家里的事情。

晓丽啊，我可是把你当朋友的，有困难别客气哦！

其实晓丽多么需要有人关心啊！即使是诉说一下自己的感受，也好啊。但是她与黄总毕竟不是朋友。对待大叔级男性，她还是有着本能的谨慎。在这里，她没有亲属朋友，几个大学同学，也都各自打拼，极少往来。

回到家，小迪谨慎地观察着她的脸色和神态。哭泣是女人减压的有效方法，这个时候，聪明的小迪会任由主人发泄。待发泄完毕，再默默地轻柔地舔掉她眼角的最后一滴泪珠。然后，它把飞碟叼来。晓丽一开始还磨磨蹭蹭的，很快就进入娱乐状态了。

医院又催促了一遍治疗费，晓丽卡里的存款不够了，她想来想去想到了小牟，他会帮助她的，但犹豫不决，毕竟小牟也不宽裕。没想到在医院走廊遇到了黄总。

黄总好！她招呼道。

晓丽！他摘下蒙了一层水汽的眼镜，一边擦一边说，我是来找你的，知道你遇到了困难。

您怎么知道的？

黄总戴上眼镜，目光温煦，笑着说，我从你的微信判断出来的。

这些天压力太大，她在微信朋友圈里发布了一点儿心情。没想到黄总这么有心。晓丽强忍着不让泪水流下来。

黄总从包里拿出一沓钱塞到晓丽手里，边离开边说，先用着，不够就告诉我！晓丽想追上去，把钱还给他，但是两只脚却像粘住一样。医院的楼道里冰冷冰冷的，而那沓钱却带着温热，顺着手臂传递到心底。

年底，黄总又在商店里订购了三百箱正通小烧酒，他说他的客户多数是南方人，但喜欢北方酒，一喝就会感受到坐在东北的热炕上用大碗畅饮的豪放。晓丽知道黄总是在故意捧她。

父亲的病有了好转，不用住院了，住到晓丽家里，定期去医院复检。晓丽的心情好起来，她给黄总打电话，请他吃饭。

黄总说，好是好，不过呢，如果能够品尝你的厨艺那该多好！

晓丽犹豫了一下，说，家里面乱乱的，怕委屈了您。

黄总调侃说，你的意思是说我挑剔呗！

晓丽只好答应。

黄总到家吃饭，晓丽是忐忑的，一是家里太窄小简陋，二是怕父亲多心。父亲很少出山村，也没有文化，对现代社会的一些交往肯定不会适应和认可。黄总带了一大堆东西来，都是日常可用的。临走还扔下一沓钱，说是头一次见老人家的一点心意。他夸赞饭菜可口，还说有机会再来。送走黄总，晓丽准备挨父亲责骂，但是父亲的表情很平常，甚至还隐约透着喜悦。晓丽注意到，黄总扔下的钱不见了。

唯独小迪似乎不喜欢黄总，始终一脸敌意。黄总一走，它就欢快地摇起尾巴，扑到晓丽的怀里。晓丽拍拍小迪的脑门，问道，喜欢黄总吗，小迪即刻垂下尾巴，眼光移向别处。晓丽亲吻小迪，问道，怎么，小迪吃醋了？小迪嘴里发出嘤嘤的声音，两眼泪汪汪的。

情人节临近了，营销店增加了一些促销活动。下了班，晓丽还在整理账目，小牟也没有离开。

晓丽问，怎么还没走？

哦哦，一个人不急着回家。小牟试探地问，下班有事吗？

晓丽奇怪地看了看他，说，没有，怎么了？

小牟鼓起勇气说，请你吃饭好吗？

这出乎意料，想起与小牟的交往，她意识到他可能喜欢她了，心里一阵激动，但是很快又冷静下来。小牟的家庭不比她好多少，如果结婚，父母不会提供任何帮助，两个人的生活比现在一个人还要艰难。她想婉拒小牟，又不忍心，犹豫着一下还是答应了。

一家小烧烤店，屋子里温度不高，脏兮兮的。两个人一边吃一边聊，晓丽想尽快结束，就直接把话题聊到婚姻上，建议小牟找个经济条件好点的对象。

我也一样，否则只靠我们自己的奋斗，多难啊！晓丽敬了小牟一杯酒，说谢谢你的关照。

借着酒劲儿，小牟激昂地说，晓丽，我会努力拼搏，一定会成功!

晓丽笑了笑说,祝你成功!

手机响了,是黄总。她下意识地扫了小牟一眼,站起身走到稍远的地方接听。黄总问,想不想去看冰灯,晓丽问,这个时候,去哪?黄总说哈尔滨,她想了想说,好。坐上黄总的车,晓丽看到站在后面的小牟,被车子扬起的雪尘淹没了。

哈尔滨出奇的冷,晓丽正担忧自己的棉服,黄总从后备厢拎出一件厚厚的衣套,说,晓丽,来来,穿上这个!

打开,是一件雪白色的貂皮短衣,竟然正是晓丽喜欢的。她曾几次流连在皮草店的马路上,往橱窗里探望,并把这款衣服带回到自己的梦里。

黄总,这个,我……

我什么我,快穿上吧!这是送你的礼物。

黄总说着,动手帮晓丽穿在身上,顿时全身温暖舒适,晓丽的心就像春风轻拂。

情人节的礼物如此贵重,晓丽还要继续矜持下去吗?当晚,她就和黄总住到了一起。关于他们的关系如何定位,她没有问,黄总也没有说。她在读高中时就不是处女了,因为那个男生对她好。丢了钱父亲必会打她,还会连累母亲,是那个男生掏了钱给她,她没有别的方式报答。作为女人利用自身的资源,有什么不对吗?这样的想法让她吓了一跳,"妓女"两个字闪跳出来。但她认为不可比较,这是感情的自然发酵,是心甘情愿的事情。

天还没黑,黄总就迫不及待地扒了她的衣服,一边说着甜言蜜语一边在她滑嫩白皙的肉体上纵横驰骋，之后沉沉睡去。没有想到去了表皮的瘦男人这么可怕，就像一具骷髅。更没想到这样的文弱之躯居然可以如此勇猛。这时就想到小牟赤膊的样子，晓丽有点燥热，偷偷瞥了黄总一眼，去洗手间淋浴。

水温而柔滑，哗哗流淌着，她突然想起小迪，猛地睁开眼睛，关闭了水源。离家前她交代弟弟照顾的，不知道弟弟在意没有。急忙擦了擦，出来打电话给弟弟。弟弟的电话响了好一会儿才接，里面传来迪厅里面的声音。

你没在家？小迪呢？

我刚从家出来，喂得饱饱的。

真的？

真的。

晓丽突然想到房门，最近出了故障，关不严实。她曾告诉弟弟找人维修。弟弟，门修好了没有？

门……弟弟一时语塞。

记得找人修门！她叮嘱道。

嗯嗯。

弟弟，你现在在哪？

我在酒吧玩会儿。

是不是和小雯？赶紧回学校，听到没？

弟弟嗯嗯答应着，晓丽知道他在敷衍她。回到床上，她恨恨地想，那个小雯会把弟弟毁了的，但是她劝不进去。小迪忽地跳上来，泪眼汪汪地看着她。她伸手去抱，小雯靠过来，戏谑地笑着，手里拿着一根绳子，猛然套住小迪的脖子，收紧，扯着就走。小迪挣扎着呜咽着，求救的眼神像绳子一样抛向晓丽，晓丽猛然跳起……黄总醒了，伸手搭在晓丽的胸上摸来摸去，嘟囔了几句又睡了。晓丽再也睡不着了，她轻轻移开黄总的手，进到洗手间里给弟弟打电话，弟弟已经关机了。

早上的时候，又下雪了，黄总想再玩一天，晓丽坚持回去。黄总看出她的焦急，不屑地说，不就是一条狗嘛，它死了我给你买纯种泰迪。晓丽的心被蜇了一下，但是又不好发作，只是说，我只喜欢我的小迪。

高速公路封闭了，只好走国道，但国道的路面很滑，比平时多走了两个多小时。晓丽的心高高地飞在车前面，恨不得马上到家。黄总的另一只手顺着晓丽的领口伸进去，被挡了回来。见黄总一脸悻悻，晓丽娇嗔地说道，安全第一嘛！

往常，打开门，小迪飞奔而出，她顺势抱起，它急切地舔她的脸和手，发出嘤嘤的声音，似撒娇又似抱怨。但是现在，门开了，却不见小迪的影子。晓丽的心紧了起来，一边呼唤着，一边往里面找去。里屋有小迪的窝。小迪果真在窝里，直条条躺着，像条扁平的鱼。抱起来软软的，眼睛半睁不睁的。装水和食物的碗洁净如新。晓丽急忙坐出租车去宠物医院，泪水流下来，落到小迪的嘴边，小迪的嘴巴动了动，舌头伸出来舔了舔。晓丽的泪水更加汹涌，小迪舔着舔着，睁开了眼睛。到了医院，兽医说，没别的病，就是渴坏了饿坏了。她想到了那两个洁净如新的碗，一定是小迪舔净了最后一点儿水和一点儿食物。她气急败坏地给弟弟打电话，弟弟没有接听，他不敢。

晓丽和黄总就这样交往着，频繁地见面、吃饭、逛街、看电影、节假日旅游。春节、情人节、生日，黄总都会送她高档礼物。甜美而富足的生活，让晓丽觉得，如果一辈子这样下去也未尝不可。一段时间后，形成了每周一见的稳定模式。晓丽理解黄总有事业有家庭，不能苛求。有很多这种关系的男女，最终为此分手甚至闹翻成仇，晓丽觉得毫无意义。每次见面，两个人吃顿饭，然后开房。黄总动作疯狂，临走前再来一次，有时明显力不从心还要坚持到底。晓丽给他轻拭着身上的汗水，娇嗔道，慢慢来，人是你的，急啥？

　　这个闷热的夏夜，晓丽打开了所有的窗户还是热。小迪舌头伸出老长，不停喘息着，象征性地在晓丽床上趴一会儿，就到地上的阴凉处仰躺着。家里没有浴盆没有淋浴器，晓丽只好一遍遍用水擦身体，一杯杯喝水，吃冰棍。半夜肚子疼，刚起来就瘫倒了，浑身无力，还阵阵恶心。她支撑着到了卫生间，大便像水一样喷出，头晕晕的，勉强完事，跌跌撞撞爬回到床上。小迪跳上来关切而无助地看着她。突然，它用爪子去扒拉枕边的手机，一下又一下，晓丽明白了，小迪是让她求助。她头脑中第一个闪出黄总，就拨了过去。电话通了，黄哥，她刚开口，里面就传出熟悉的声音，却是愠怒的，你找光哥？大半夜的，打错了！晓丽的心颤了一下，就失去了意识。

　　醒来的时候是在医院里，晓丽以为是做梦，看到小牟才明白怎么回事。原来，她晕过去了，小迪不知怎么撞开了房门，在对面邻居老张的门前狂吠。老张出来了，它就往回跑。老张骂了几句要关门，它又跑回来吼，老张追打，才看到奄奄一息的晓丽，就用晓丽的手机拨打了黄总、弟弟和小牟的号码。黄总的号码关机了，弟弟没有接听，小牟赶了过来，送晓丽到医院急救，几乎一夜未眠。小迪的举动让人们惊奇和感动，一只小狗竟然有着人类的智慧和情义。晓丽觉得，小迪就是上天派来的小天使。还有小牟，这个与她一样挣扎在生活底层的男孩，如此真诚地爱着她。

晓丽以为第二天黄总会来看望她，至少会打电话问候，但是没有。晓丽哭了，小迪就依偎在她怀里用舌头舔她的泪水，嘤嘤地发出声音。晓丽知道那是在安慰她。小迪又对着门外大吼了几声，晓丽知道那是在表达它的愤怒。几天之后，黄总打来电话，她故意不接，但当铃声再次响起，急忙就接了。

怎么不接电话？

我正要问你呢！

黄总笑嘻嘻地说，还在生气？在家里那个时间怎么接听啊？有什么急事吗？

我快死了算不算急事？晓丽头一次发脾气。

黄总哄道，别生气，我错了行吧！乖乖，想不想要新款苹果手机？

不要！眼前闪过那款苹果手机，女孩子们梦寐以求的宝贝，但是她回绝了。

黄总的车就停在营销店的外边，她犹豫着还是上了车，拿到了宝贝，气消得就差不多了。黄总搂住她，一只手伸进衣服里乱摸，说快憋疯了。就在不远处一个僻静的角落，他们搞了一次车震。那一刻，她的头脑开始清醒，她不能失去黄总给她的每月一万元的生活费和那些礼物，还有对事业的支持。她和黄总只能是这种关系了。

日子就这样度过，晓丽已经习惯并安稳于这样的生活。她感到欣喜，提前实现买房的愿望指日可待了。但是，一段时间以来她感到了黄总的变化。忧愁和不安的神色在他的脸上越来越明显。从他和别人的通话中，她判断豪邦集团大不如前，经营大幅滑坡。她很担心，默默为他祈祷，希望他能迅速走出低谷。

他们见面的间隔越来越长，半个月，有时一个月。黄总明显憔悴了，眼镜后面的眼神黯淡无光。两个人取消了吃饭这道程序，直接上床，黄总不说话，闷着头做爱，像一头疯狗或是暴怒的狮子。完事，一脸汗水地靠在床头，目光直直地不说话。晓丽给他擦汗，拿水给他。他一口喝了大半瓶，晓丽劝他，别急别急。她想到了第一次见面的情景，黄总就是这样喝水的，心底泛起一股热潮。而他也似受了感动，终于开口说，企业到了最艰难的时刻。晓丽鼓励他，没有过不去的火焰山。

他搂紧晓丽，哑声说道，如果我落魄了，你还会和我好吗？

晓丽的内心涌起一股侠气，嗔怪道，黄哥，你把我看成什么人了，只要你喜欢，我不会离开你的。

黄总摘下眼镜，用纸巾擦了擦眼角，一把搂过晓丽狂吻起来。

有几个月没有收到黄总给的生活费了，这次的展销会他也没有参加。弟弟来了，在家吃了晚饭，磨蹭着不走，晓丽知道他一定有事。

弟弟吞吞吐吐地说，姐，我想给爸打电话。

晓丽问干什么，弟弟说丢了五千元钱。晓丽斥责道，这么多钱啊？怎么这么不小心？家里哪有钱给你？

弟弟说，那我没钱怎么办，眼看着交学费了。

晓丽真怕弟弟再次去招惹高利贷，只好给了他。几天后，突然接到弟弟微信，说他在三亚回不来了，没钱了。晓丽最初以为是遇到诈骗，电话打过去快气晕了，原来弟弟没有上课，而带着小雯旅游去了，所谓丢了钱只是说谎。

晓丽在电话里尖着嗓子喊，你以为你姐是开银行的，你知道你姐攒钱容易吗？

弟弟在电话里顿了顿，嘟嘟囔囔地说，不是有黄总嘛！

混账！你说什么？晓丽泪水夺眶而出，仿佛一下子失掉了灵魂，瘫软下去。小牟看到了经理室里的异常，跑进来扶起了晓丽。小牟问怎么了，晓丽只是不停地抽噎。最后，还是给弟弟汇了三千元钱。弟弟发来微信，两张机票就四千多，不够啊！晓丽又汇了两千。

弟弟是最让她操心的，但是她无可奈何。想和父母说说，又怕他们操心。不仅仅是操心的问题，父亲会说，你当姐姐的，帮弟弟是应该的啊！父亲就是这样，从小就偏爱弟弟。弟弟所作所为他不会不知道，但是舍不得约束他，管教他，更别说责骂了。晓丽曾想让父亲阻止弟弟和小雯继续相处，本来他是同意的，不知道弟弟怎么说的，父亲反而指责她不支持弟弟的恋爱。父亲说，你弟弟这么个条件，好不容易有人跟他，分了咋办？

去年春节，弟弟把小雯带到家里，像祖宗一样，父亲还让晓丽给红包。晓丽气得暗暗垂泪，自己在外面的辛酸，难道家人就不体谅吗？儿子是孩子，女儿就不是孩子了，这山里的观念还没有改变吗？家里面的担子，就该她这副柔弱的肩膀来扛吗？

回家的途中，她感到身心俱疲，但一想到小迪她就心里有了暖意。买了腊肠和酸奶，那是小迪最喜欢的，她想象着它欢呼雀跃的样子。打开门，小迪蔫蔫地站在门口，她抱起它，感觉到滚烫的体温。小迪又病了。她顾不得把手里的东西放好，扔在地上就给小迪喂药，小迪很配合，但还是呛了，吐了出来，喷了晓丽一身。晓丽擦擦小迪的嘴，再次喂了下去。天黑了，小迪还是不吃不喝，卧在沙发上不动。晚上十点多的时候，小迪浑身发抖。去了宠物医院，抽血化验，B超检查，兽医说打吊针吧！连打了两个吊针之后，小迪不抖了，到了家半夜了。但它还是不吃不喝，第二天又打了两个吊针，喝了水，吃了一节香肠，好多了。

下班时，晓丽正寻思着要不要给小迪打针，黄总打来电话，约她到一家快捷宾馆去。以前他们约会都是在三星级以上的酒店。见一面只待两三个小时，晓丽感觉有点奢侈，但黄总说，不能委屈你啊！如今降低了档次，足见黄总的窘境。晓丽的心头沉重起来。黄总与她虽是这样一种关系，毕竟也是她生活中最亲近的人。一个人在漫漫长夜中醒来，会想起他，期待着见到他。蜷缩在他的身边，嗅着男人特有的那股汗臭味，她还是能体味到女人不可或缺的归依感。

黄总更瘦了，弱不禁风的样子。也衰老多了，像断了根的老秋的瘦长黄瓜。晓丽心里一阵酸涩。她尽所能地配合着黄总的动作，希望能给他以安慰。黄总气喘吁吁地翻下，手机就响了，晓丽听得出是有人向他索要欠款。之后手机响个不停，他看了看，调成了静音。直到分手，黄总也没有和她说什么，她想问问他的情况，也说说她自己，但是没有机会。晓丽知道，黄总见她，就是用这种方式来宣泄情绪，心头掠过缕缕伤感。

回到家，小迪仍在门口迎接她，很孱弱，想蹦跳到她的怀里却没有成功。晓丽抱起它，喂了水和食物，又喂了药。家里面笼罩着凝滞压抑的气氛，晓丽感到莫名的不安。

小迪啊，快快好起来吧！她抱着小迪，像抱着婴儿那样，一边轻轻拍打着，一边在屋子里走来走去。走到露台，天上挂着半轮月亮，忧郁地看着她。新买的飞碟就在露台的一角，显得有些落寞。晓丽一只手拿起来，抖落灰尘，晃动着说，小迪小迪，飞碟等着和你玩呢！小迪抬了抬脑袋又无力地垂下，嘴里发出嘤嘤的哀婉的声音。晓丽突然想到，小迪凌空一跃的雄姿怎么没有拍照留念呢？很快她又觉得晦气，为什么要留念，难道以后没有这样的机会了吗？她暗暗责备自己，不敢继续深想下去。

黄总又打来电话，这次是让她去开房。晓丽以为他可能是不方便吧。这次他似乎火烧了屁股，匆忙做完就走了，账单是晓丽买的。晓丽是从营销店出来的，工作期间，不能耽搁过久，但她还是很想见见他。如果说关于生意的话题敏感，那么随便说点什么都行。做爱的时候他一副凶神恶煞的模样，似乎不是为了发泄而是为了讨债，脸上隐约可见讨了便宜的得意。他快一年没给晓丽生活费了。老家盖房子，父亲打来电话，她拿出了最后的存款。这几个月业绩不好，弟弟又要了几次钱，她不得不透支了信用卡。她开始为未来担忧，要是黄总能给她一点儿帮助就好啦，一点儿就行，毕竟黄总家大业大的。但她终于没能开口，她知道他正在难处，不能添烦。黄总一点都没有为她想吗？离开宾馆之后，晓丽心里不是滋味，有种屈辱感。

几天后，黄总又打来电话，再次让她去开房，她想了想说道，我正忙。黄总在电话里顿了顿似乎想说什么。晓丽挂了电话，回到经理室关了门大哭了一场。她预感到，她和黄总要结束了。小牟在外边伸长脖子，紧张地望过来。

七夕来临了，这是中国的情人节，下班前小牟问晓丽有没有约会，没有的话一起出去玩玩。晓丽的眼前闪过黄总，好久没有他的消息了，黄总没联系她，她也没联系他。最初黄总给她制定了规则，不能主动找他，只能等他找她。黄总的态度让她越来越反感，但有时候还会想到他戴着眼镜的样子。晓丽的心里乱乱的，婉拒了小牟。

父亲过来复查，母亲陪同。医生说情况稳定，晓丽很高兴，请了假带着他们去长白山游玩，自然少不了弟弟和小雯，这样下来花掉了晓丽近两个月的工资。小雯相中一块手表，父亲笑着对晓丽说，买吧买吧！

晓丽再也控制不住了，问道，爸，我哪有那么多钱买这买那的？再说凭什么我买？

父亲怒了，骂道，我养你这么大你就这样和我说话？傍了大款不认亲人了不是？一块手表你舍不得，你自己的手机多少钱？

晓丽知道必是弟弟对父亲提到了她的手机。那个场面可以想象的。姐姐的手机多少钱？他向父亲提出问题。父亲说，几百元吧？弟弟撇一下嘴，你老土了，那只是零头呢！

我使苹果手机又怎么样？晓丽愤愤不平。用个自己喜欢的手机不行吗？满大街的女孩都带着这款手机，小雯早就用了，我这么辛辛苦苦地打拼，就该受到指责吗？竟然说自己的女儿傍了大款，这是亲生父亲吗？

小雯在父亲耳边小声说了什么，晓丽猜到是说黄总，父亲怔了怔，脸上暗了下来。想说什么，但只是嘴唇动了动。

晓丽掩面跑开了，在一个僻静的地方号哭了一场。哭得没了眼泪，嗓子丝丝的疼。冷静下来，她还是买了手表。母亲常对她说，你爸的身体怕气哦。有一件事，晓丽一想就不安。复查那天，医生说，有个疑点，需要半年后检查才能确定。

回到家，晓丽到厨房做饭。忽听小迪痛苦的叫声，过去一看，小雯正用打火机烧小迪的尾巴，弟弟在一旁哈哈笑着。晓丽猛地把小雯扯开，斥责了他们，小雯负气而走。父亲责备说，一只小狗至于你这么对兄弟媳妇吗？难道我们还不如一只狗？

晓丽没有吃饭，也吃不下，小迪也是蔫蔫的没有食欲。过了一会儿再去喂，小迪勉强吃了一点很快就吐出来，摸摸肚皮有点发热，又灌了药。小迪的病本来就时好时坏，这么一折腾，有加重的迹象。

早上醒来的时候，晓丽的手没有摸到小迪。急忙去找，它趴在窝里一动不动，热得烫手，抱起它就往医院跑。体检、打针，到了下午才有所缓解。父亲打电话让她多买点好菜，说小雯不生气了晚上过来吃饭。

晓丽买了菜送回家，又匆匆去了营销店，没想到老板正在店里，脸色很难看。老板说，公司人事制度要改革了，要看实绩，能者上庸者下。晓丽明白他的意思。他乜了一眼晓丽又说，豪邦公司的黄总没有消息了吧？企业倒闭了，欠了一屁股债，人跑路喽。

明明知道，但是真正听别人谈论还是别样的感受。和这个男人交往两年多了，没想到会这样草草结束。那个通话就是最后的联系。落魄的他仍然希望和她保持关系，但是她真的能做到吗？有必要凭一腔侠义来炫耀虚浮的道德价值吗？他们本来就没有爱，本来就建立在互相给予的现实基础之上。不是黄总过于狡猾，就是她过于单纯。想到这，晓丽竟然忘记了场合，嘲讽地笑了笑。老板误以为是针对他，气哼哼地走了。这天营销店一点业绩都没有，晓丽的心里多压了一块石头。她清楚，不能失掉这份工作，必须振作起来。

脚步匆匆地到了家，已经过了饭时了，她想父亲一定会责备她的。进了家门，她看到那一箱子的空啤酒瓶子，知道他们已经吃完了饭，她的心里更加不安。她没有做饭，一定是母亲做的了，真难为母亲了。在她有记忆的时候，母亲就是逆来顺受的，还要挨父亲的打骂。家里面的气氛确实异常，怪异的是，母亲、弟弟和小雯竟然小心翼翼地，连父亲也躲避她的目光。

她猛然意识到什么，心脏蓦地悬起。小迪，小迪呢？她的眼睛瞪得大大的，声音也令人惊悚，像个没头的苍蝇那样闯来闯去。小迪躺在窝里，一动不动，抱到怀里，像一条冻鱼，又凉又硬。她把耳朵贴在小迪的嘴巴上，毫无声息。我的妈呀！晓丽惊叫了一声，双手捧起小迪的身体摇晃着呼喊着，没有一点回应。

　　她发疯了似的跑到宠物医院，扑通一声给兽医跪下，嘴里哀求着，救救小迪，救救小迪！兽医把小迪放到抢救台上，摇了摇头，但还是扎了两针。时间一分一秒过去，小迪没有一点反应。兽医说，真的不行了。晓丽说，不会不会，再等等看。一个小时两小时过去了，父亲母亲弟弟小雯不知道什么时候也来了。

　　母亲的眼睛红红的，叹着气说，孩子，小狗已经死了，回家吧！

　　晓丽瘫在地上，母亲和弟弟把她扶起来。她突然瞪大了眼睛，扫视了父母弟弟小雯，面色骇人，质问，小迪怎么死的？

　　弟弟和小雯缩到后面，弟弟小声说，别看我们，我们没动它。

　　母亲说，确实没有人去碰它，我们吃完饭，就发现小狗死了。

　　晓丽吼道，你们只顾自己吃喝，不知道小迪病了吗，为什么不关心一下？

　　父亲说，不就是一条狗嘛！

　　晓丽愤怒地瞪着父亲，父亲看了看她，转身离开。

　　回到家，晓丽给小迪洗了热水澡，放在床上，盖上被子，希望奇迹出现。也许半夜里小迪会舔她的鼻子尖。这一夜晓丽睡睡醒醒，一次次起身查看，小迪仍是静静地躺着，又冷又硬。早上，晓丽要去上班，弟弟说，赶快把小狗扔了吧，都臭了。晓丽的脸都变形了，厉声说，我看谁敢动我的小迪！

　　到了营销店，刚刚开张，就有人来退货，说喝了头疼。晓丽拿出检验手续，但是顾客坚持退酒，否则就曝光。这一退就得退几十瓶，这一个月算是白干了。晓丽控制不住情绪就和顾客吵了起来，顾客打了一通电话，陆续就来了一帮人，有记者，工商局的，技术监督局的。照相、扣押、制作笔录，似要抄家，还是老板托人平息了事态。

晓丽坚持认为顾客无理取闹，老板在电话中爆了粗口，让她承担一切后果。她哭了，小牟安慰她说，店里亏的，大家加把劲儿就回来了。顾不得场合，她伏在小牟的肩头痛哭起来。她太需要这样坚实的臂膀了。这时，商店门口出现一个女孩的身影，女孩的肚子高高地隆起。小牟歉意地说，我女朋友来看我了。晓丽尴尬地走开，心里起了波澜。

下班的时候，小牟和她一起离开的，他说，晓丽，你这些天的情绪很不好，是不是有什么麻烦？需要我就别客气！

晓丽勉强挤出笑容，说没有，谢谢。

两个人走到岔路口的时候，小牟止步，望着晓丽，鼓起勇气深情地说，晓丽，你知道我喜欢你，别看我有了女朋友……

小牟长得帅，办事机灵，心肠也好，恰是她喜欢的类型，但关键的因素却不具备，那就是最起码的经济条件。两人走到一起会让彼此活得更加艰难。爱情与面包，面包决定爱情。晓丽已经过了相信爱情的阶段了。她打住他的话，笑了笑说，小牟，我知道的，谢谢你的爱。

晓丽没有像平时那样乘坐公交，而是叫了出租。她心里一直惦念着小迪，恨不得马上回到家中。也许一开门，小迪就跳跃着扑到她怀里，发出嘤嘤的声音。门打开时，屋子里是洗麻将牌的声音，父亲、邻居老张、弟弟和小雯正在打牌，母亲在择菜。晓丽找了一圈也没有看到小迪，小窝、水碗和饭碗，小迪的衣服和用品统统不见了。

晓丽的心猛地揪起来——他们扔了小迪和小迪的一切！怒火迅速燃起，她一把掀翻了桌子，咆哮着，我的小迪呢？谁动了我的小迪？你们是罪犯！

父亲站起来，啪的一声，扬手打了一记大耳光。晓丽捂着脸摔倒在地上，母亲变了脸色，急忙去搀，一团血水从晓丽的嘴里流出来，白煞煞的一颗牙齿掉在地上。母亲怒了，跺着脚哭骂道，你个老东西，你还是不是人？你打断了我的腰，还要打坏孩子吗？

邻居老张悄然离开。父亲愣怔片刻，疑惑地看看那只打人的手，看一眼披头散发的晓丽，转身出了家门。弟弟和小雯局促不安地看着，不知所措。

短暂的寂静突然被晓丽尖锐而高亢的哭声撕裂，而后充斥整个空间，像防空警报一样持续着。待哭声趋缓，母亲喊来弟弟把晓丽扶到床上，擦净她的嘴角，暗暗垂泪。

天黑下来了，晓丽终于止住哭，坐起来，喊着，小迪小迪，我的小迪呢？母亲搂着她说，孩子，小狗已经死了，再不扔就臭了。

这时父亲回来了，手里拎着一大兜食物，嘿嘿笑着放在晓丽床头，说，女儿，爸一时糊涂，别生气。我刚才给屯子老李打电话了，他家刚生了小狗崽，我要了一只……

晓丽并不看他，头发蓬乱，脸色惨白，目光茫然，嘴里仍是喊着小迪小迪。小雯端来一碗面条，不敢靠近，远远地递给母亲。母亲几次端给晓丽，都被拒绝了，就不敢再给，怕打翻了。

母亲留在晓丽的房里睡的，母女连心，她总觉得心里惶惶的，要出事儿的感觉。半夜，突然醒来，女儿果真没在屋里。慌忙去找，月色倾泻屋内，晓丽就站在露台，风把她的头发吹得更乱。

母亲走过去，说，孩子，天凉啊，快回屋吧！

晓丽突然抓住母亲的胳膊，一手指向月亮，惊喜地喊道，妈，快看，快看！

母亲凝神看过去，那轮圆圆的月亮静静地悬着，很大很近。

看什么啊？母亲问。

晓丽兴奋地喊着，看，看，看！

父亲弟弟小雯他们一起围过来，伸着脖子看过去。月亮很亮，但里面影影绰绰的，并不清晰。晓丽的眼前却是这样一个情景：月亮里面是一座琼楼玉宇，台阶铺张出一条锦缎般的地毯，正缓缓向这边延伸过来。

晓丽想起上大学的那个凌晨，月光缥缈遥远；而现在，月亮竟然触手可及。千年传说果然不虚，真的是一个实实在在的仙境。里面有嫦娥吗？有玉兔吗？她没有看到，却看到了欢蹦乱跳的小迪，裹着银白的光晕，奔跑过来，摇着尾巴，发出嘤嘤的声音。毛发似有微风吹拂，两眼神采奕奕。晓丽伸手去抱，它又转身跑回去，一边跑一边回头。她明白了，小迪是在引领她走过去。

晓丽一步跨上露台的边沿，说，妈，小迪在月宫里，我去找它！

母亲吓了一跳，上前一步，抓紧了晓丽，但是身材那么瘦小，反倒被拖了过去，她惊慌地回头喊，快来人啊！父亲和弟弟上前抱住了晓丽，小雯吓得哭了起来。

别抓着我，我要过去！晓丽挣扎着喊道。

地毯就在脚下，但是晓丽迈不过去，她不明白他们为什么阻止她。这些亲人啊，真是拿他们没有办法。不如把他们都带过去吧，那边的世界多么美好啊。

但是这需要一点智谋。

晓丽想到这里，笑了笑，收回脚步，说，爸，妈，弟弟，小雯你们别怕，我没事儿。然后平静地对父亲说，爸，你给我搬一把椅子来，我累了。父亲松了手，迟疑着去搬椅子。她又和蔼地对弟弟和小雯说，你们去给姐拿件衣服。两个人有点受宠若惊的样子，答应着闪身而去。

露台上果真很冷，他们都离开了。晓丽笑了笑，突然双手抱起母亲，猛地跨过边沿，说道，妈，咱俩先过去，再回来接他们！

2016 年 8 月 10 日初稿

2016 年 8 月 19 日修改

2016 年 9 月 22 日定稿

（原载《雨花》2017 年 8 期）

约 谈

专案组就在后院的那栋平房里办公，进驻两个月了，却毫无动静。

不管白天黑夜，那几个房间的窗帘都拉着，很少有人出入。

局里面大家各司其职，工作井然有序，呈现出一种前所未有的安宁状态。这反而让吴世雄有种风暴将临的感觉。

回到家里，凡是敏感的电话，他就会关上房门接听。可是房间信号不好，他不得不一边说着一边走到阳台上。

挂断电话，老母亲正惶惑地看着他。

怎么了，儿子。声音沙哑而干涩。

没事儿，妈。他故作轻松地哼起小曲绕过去，但还是感觉到有两束目光黏在自己后背。

饭桌上，老母亲特意煮的鸡蛋，几道他平时喜欢的菜肴。老母亲把剥了壳的鸡蛋给他，说，少在外边吃，菜都不干净啊！

他低着头，嗯嗯着，一副吃得很香的样子。

老母亲又剥了一个，他急忙摆手，但还是接过放到碗里。

唉，也不知我孙子的食堂卫生不？老母亲叹口气说，那些往吃的东西里掺添加剂的人，就该抓起来！

老父亲沉默寡言，目光却是活跃的，时不时和老母亲对视一下，更多的时候偷偷看他。当他抬起头的时候，老父亲的目光才匆忙地移开。他预感到真正的话题还在后面，吃完最后的鸡蛋正要站起来，老母亲突然叹口气说，一下子抓了五个当官的，唉，可要留心啊！

父母不大爱室外活动，大部分时间守在电视机前。他们对节目没有选择，广告也看得津津有味，不过，近两年，他们开始关注两种新闻，一类是食品、药品方面的，一类是政治动态。他们自己关注也罢，还要适时向儿子转播。吴世雄心里明白，那是他们在关心儿子。

夜里睡不着觉，只能在卧室内活动，且要悄悄地，不敢开灯、开电视。若是心存侥幸走出屋子，就会发现父母正雕塑般守在门外，目光齐刷刷地投过来，弹射出重重的问号。此时，他的任何解释都是徒劳的，后果极可能就是其中一个老人躺卧到病床上打吊针。

他不愿意去局里，那里现在过于诡异，连门卫老孙的笑都不可捉摸。

他也不愿意参加各种酒局和聚会，事实上，已经很少有人邀请他了。偶尔熟人碰面，对方突然就客气起来，打着招呼走远。但局里还是要去的，而且必须去。面对那些传言，自己稳住阵脚就是最好的回应。不过，他内心的焦灼谁能理解呢？

真是度日如年啊！

他忽然想起海南有个会议，原是可去可不去的，但现在他想去。那里有他一套房子，去的话可以借机好好放松几天。

他进了局长办公室，局长正写着什么，看到他进来就站起来，笑着说，老吴啊，坐吧。

吴世雄没有长谈的意思，就站着说了。

局长略一沉吟，说，既然是会议，就去吧！回来后我们俩好好唠唠嗑。

一回到办公室，他就在手机上预订机票，弄了好一会儿也没有成功。他给儿子打电话，打了两遍也没人接，正要再打，儿子回了过来，问他接通了怎么不说话。

他说，没接通啊！

儿子说，老爸哎，明明接通了，但是你在里面不说话，只喘气。

吴世雄心里一凛，什么情况，莫非电话被监听了？

儿子很快帮他订好了机票，是第二天早上的。但他恨不得立即出发。他摆弄着手机，想着这些天发生的事，突然明白了什么，必须马上启用另外一部手机，号码保密的。这本是早该做的，却疏忽了。他感叹脑子笨了。

开门喊秘书小马，小马应声而至，他又摆摆手，小马疑惑着。

他说，没事儿了，去忙吧！

他忽然意识到，这样的事情只能自己去办。

到了电信营业厅，工作人员告诉他需要实名登记，他问没带身份证行不行，工作人员看了他几眼，摇摇头。他不想让人看出他有问题，又假装询问其他业务，工作人员看出他心不在焉，也就爱答不理的，他只好知趣地离开了。

　　一边驾车一边琢磨着用谁的身份证来登记。家人的都不稳妥，最好是外人的，可是外人的就稳妥吗？也不尽然。他猛然想起十年前的一个相好的，去年曾偶遇，知道她在做手机类的生意。一翻手机联系人，还好，她的号码还在。

　　他问，能不能买一张手机卡，我没带身份证。

　　相好的对他的突然造访很惊喜，笑嘻嘻地问，当官的，你想要不记名的卡是吧？

　　他有点结巴。

　　相好的说，那就过来吧！

　　路面很拥挤，他转了三圈才找到停车位置，又步行了十几分钟才找到那家店铺。一个女孩给了他一张卡，说，老板娘有事刚出去，这是给您预留的。

　　不见面这正是他希望的，否则估计还要解释一下。

　　60元，女孩说。

　　他说谢谢。

　　柜台里摆着那种最简单的手机，他买了一部，价格是400元。回到车上，他把新买的卡安到新买的手机里，心平稳下来。正要启车，猛然想到，如果有人监听电话的话，那么刚才的通话不就暴露了吗？他想象着这个场景：专案组找到相好的，严正告诫她坦白从宽，她就把他的新号码说出来了。专案组又说，这件事要保密，否则后果很严重，她点头。

　　这个号码不安全！

　　这时，有人敲窗子，一个老太太，背着一个大包袱，应该是讨钱的。做点善事，积点功德吧！吴世雄这样想着，按下车窗，捏着几张零钞伸出去。老太太笑着摇摇头，说我是卖手机卡的。

没有身份证行不？他问。

有啥不行的！老太太翻出一把卡片，让他选。

他选了一张，40元里还包20元话费。这么便宜？

老太太看到他手里的手机，问多少钱买的，听了价钱，老太太说你被骗了，这个手机才120元，我可以把零头抹去的。

他心里暗骂相好的不厚道。

现在，那些不方便见面又不方便电话里说事的，都可以联系了。170开头的号段，只有神仙才知道是谁的。吴世雄终于轻松下来，甚至还有了一些得意。

早上没吃饭，老母亲追出来问，老父亲在老母亲的身后伸长脖子看，吴世雄说去海南出差。老母亲又问，几天？他说一周。老母亲望着他的背影说，外面吃东西可要注意啊。他嗯嗯答应着，急匆匆地走了。

平常小区门口的出租车接连不断，但今天怪了，等了半个小时也没有车过来。一辆黑色红旗牌轿车停下，车窗摇下了一半，司机问，私家车坐不？他说坐。

司机三十来岁，短发，很精干，时不时从后视镜里看他。有事儿？他问。司机说没事儿没事儿。

到了机场，司机对他挥挥手，笑着说，平安！

走进候机厅的玻璃门，他一惊，自始至终，他没说要去的目的地，那么司机是怎么知道他要来机场的呢？

回头再看，司机早已不见踪影了。

到底说没说呢？莫非说了自己没注意？算了，不去管了！

办好登机牌，走进安检通道。排到他的时候，安检员看了看他，说，您等一下。然后叫来另一名工作人员，对着工作台里面的电脑交头接耳。

有什么问题吗？他疑惑地问道。

周围的目光都看过来。

没事儿没事儿！两名工作人员看了他几眼，让他过去了。

安全检查的过程更加烦琐，他脱了外衣，光着脚。而前面的旅客并没有被这样对待。完毕，他出了一身汗。他想抗议，想想还是作罢。

找到登机口，选了个没人的区域坐下，实在不知该干些什么，就玩起了手机。身边不知什么时候多了四个人，两个坐在他左右两边，两个坐在他对面，似乎各忙各的，但目光时不时地在他身上梭巡。他右侧的大个子说，想跑没门儿。他扭头望过去，这个人是和对面的人在说话。是呀，根本就跑不了，不如去自首。对面的是个小胖子，他正低头整理背包。是呀！胖子旁边的另一人笑着附和。

吴世雄心头一颤，仔细端详这几个人，面孔都很陌生，而这几个人也正在瞄他。大个子轻咳了一声，其他人立时就不再看他，安静了下来。

很快就登机了，吴世雄靠窗坐下，身边座位还没有乘客。他感觉困了，闭上了眼，就睡了过去。他梦到张总塞给他一沓钱，他拒绝，但张总还是硬塞到他的提包里。他盘算着如何满足张总的要求，计划着这一笔钱的用途。

有人碰他，他睁开眼，是坐在旁边的乘客——候机室里的那个大个子正微笑着看他。吃点东西吧，大个子说，这样的待遇不一定总有。他身边的小胖子说，落地就没有喽。

吴世雄没搭理他们，自顾自地吃完了那些东西，又喝了饮料。

望向窗外。

云朵如同棉絮，一层一层的。没有云朵的地方，可见下面色彩分明、条块齐整的大地。

大个子看着吴世雄说，这么高跳下去会怎样？小个子说，不可想象。那个刘局长从六层楼上跳下，摔成了肉饼，惨不忍睹啊！

他们是谁？莫非是专案组的？是跟踪还是要抓捕？吴世雄闭上眼睛，大脑飞转，心脏充气般地扩张着。但不管如何，也只能静观其变了。

猛然听到前妻的声音在喊，世雄，快下来啊！他一扭头，见前妻正抱着儿子站在站台上向他挥手。他刚要下车，三名乘警挡住了他。列车开动了，母子俩的身影越来越小，很快见不到了……

广播再次响起的时候，飞机已经落地，正滑行着。吴世雄醒来，辨别着眼前的情景，大个子目光射过来，又避开。

舱门打开，他快步走出，很快上了一辆出租车。司机不说话，两眼紧盯着前方，不急不缓地开着。走了许久，吴世雄问，你知道我要去哪吗？司机没转头，冷着脸说，你去哪都得先走这条路。又走了一会儿，到了岔路口，司机问目的地。他看着司机的侧脸感觉眼熟，又想到他说的是北方话，就多了心眼，说去亚龙湾。司机迟疑了一下，吴世雄又重复了一遍亚龙湾，司机开始加速。到了亚龙湾公园附近，他下了车。司机递给他一张名片，说，也许你用得着。

看着车子没了踪影，他撕了名片，又叫了一辆出租车。听司机是本地人口音，他放心了，报了具体位置。司机说，哇，好远！他有点兴奋，知道是一笔大单。

车子飞快前行，两侧的热带植物快速后移。吴世雄茫然地看着，胡思乱想了一路。

小区里树木葱茏，泳池碧蓝。

想一想有一年多没来了。当初买这套房子时还没有离婚，他带着前妻、儿子在这小住了几天，一家人体验了一把在高档生活小区饮食起居的感受。

打开房门，强烈的光线一下斜射在大方块瓷砖铺就的地面，头脑中瞬间就浮现出上面一幕，心里暖暖的又是痛痛的。

这一夜睡得极好，他是在鸟叫声中醒来的。打开窗子，空气中弥漫着绿色植物特有的味道，海风裹挟的咸腥味也扑面而来。他正醉心于这美好的早晨时，突然想到手机，这么长时间里会不会有什么电话，急忙打开看。

手机虽是苹果最新款，但反应奇慢。他焦急地等待着，等全部的功能恢复后，发现果真有几个未接来电，其中小马打的就有三个。他用另一部手机回了过去，告诉小马用其他电话回话。小马把嗓音压得很低。吴世雄的下属孙处长被约谈了，一天一宿之后才回来。孙处长有意躲避着小马，所谈内容不得而知。吴世雄回忆着自己和孙处长的往来，揣摩着专案组的用意，心不由得沉重起来，后悔自己对一些事的处理过于轻率。

物业公司上门催缴费用。来的是一位大妈，以前见过面的。这么快就知道业主回来了？他感到惊讶。

大妈避开这个问题，说，哎哟，没想到还能看见您呢！

他的心一颤，问道，您这话什么意思？

大妈刚要开口，对讲机响了，她把钱放进包里转身离开，嘴里叽里呱啦地说着什么。全是方言，没有一句能听懂的。

来到海边，他坐了很久。看拍打沙滩的浪花，看海边捡拾贝壳的游人，看盘旋着的海鸟。他不知道以后还有没有这样看海的机会。那些烦心的事情线团一样缠绕着，膨大着，塞得他心里胀胀的，有点痛。凉风起了，夕阳落在海面上，向他铺展过来一条红彤彤的毡毯。他一度恍惚，真想踏上去离开。

回到小区，路灯已经亮了，居民要么三三两两在散步，要么几人聚在石桌旁下棋、聊天。泳池里有人在游泳。吴世雄回到家里想找泳衣，又觉得兴趣不大，打开电视，搜来搜去也没找到什么好看的节目，就关了。手机一天都没响，查看信号，满格，话费也还有很多。

这不正常啊，他是食品药品监督管理局的副局长，掌管着一大摊子工作呢！登录微信，涌出一大堆信息，这个群那个群的都有。鲁琪给他发了几条，问他在干什么，为什么好久不联系了。他想拉黑她，这个时候不能让女人坏事儿，但是跟她认识的两个月来，自己已投入很多，又觉得不甘心。他就用另一个号给鲁琪打过去，说自己正被调查，耳机里呀了一声，声音就低沉下去了。过段时间再联系吧，他说。里面嗯嗯应着。吴世雄有了某种解脱感。但很快鲁琪又打电话过来，嗳嚅着说，我没钱了。他皱了皱眉，说账户也许已被监控了，以后再转账给她。

刚刚放下手机，发现屋里不知什么时候多了几个人，其中一个大个子说我们是专案组的。吴世雄问，我怎么没见过你？那人说，别废话，跟我们走吧。吴世雄说，我没有问题啊，让我去干什么？几个人不容分说，围过来用绳子绑了他。他一边走一边想，如今专案组抓人的手段也改了，不用手铐了？都说检察院凶，纪委比检察院还凶。看来一会儿要遭罪了，他从头到脚开始出汗，头脑中快速搜寻着救命稻草，郭主任在头脑中定格，只有这位老领导能出手救他了。但怎样才能让郭主任知道他被抓的消息呢？他看了看，专案组人员居然走到他前面很远的地方，他转身撒腿就跑……

手机铃声中断了吴世雄的梦境，是那个新买的号码，他一骨碌爬起来接听，是小马。小马惶恐地说，内部可靠消息，专案组这几天要找我。

找你？

是，找我！

吴世雄的心猛地提了起来，小马是自己的身边人，跟了自己十几年，专案组这是怎样的节奏？开始动手了？他越想越害怕。自己有很多的事情需要和小马统一口径，如此危急关头自己怎么可以擅自离开呢？真是猪脑袋。

他赶忙预订第二天一早的机票，但是订票系统一直没有反应。难道自己的出行已经被限制了吗？这不大可能吧！他只好求助于儿子。儿子还在上大学，他不能让儿子知道这些，就找了个借口，但儿子对他异常的举动似已生疑。果真半小时后，前妻的电话就打过来了，她告诫说，专案组正在你们单位蹲点儿，传闻你出事了，可要小心啊！

没事儿没事儿，吴世雄呵呵地笑着说，别听那些，你就放心吧！既然有人正在监听，他故意放松语气。

前妻嘱咐他注意身体后，犹犹豫豫地挂断了电话。

放下电话，他擦了擦眼角，手指肚上沾满了湿凉的泪水。这些年他对不起前妻，但是又不得不离婚，他有苦衷啊。他长叹口气，只要他们母子平安，自己真出事儿了也值！但现在最紧要的是小马，必须马上见到他。

吴世雄坐在飞机上闭目养神，但内心已似着了火。有那么一瞬间，他的思考的问题忽而拔高到哲学家的高度：人类为什么要形成社会呢，为什么要有国家呢，为什么要有法律？可是又一想，没有这些，自己又凭什么养尊处优呢？

不久，思考的问题又回归到现实：现在怎么办？听天由命？潜逃？找关系摆平事？最好的情况就是与自己有瓜葛的人能做到守口如瓶，凶险自会烟消云散。孙处长那边问题不大，甚至可以忽略不计。唯有小马左右着事态的走向，自己是吉是凶，就看他了。小马这人他心里是有数的。这小子军人出身，其老婆的工作是他给安排的；孩子去实验学校，也是他说的话，为其省下了巨额的择校费；买房子时他给开发商打了一个电话，又给小马省了几万元。小马曾多次表忠心，可以为了他不惜一死。

走出空港大厅，却没看到小马，打他电话语音提示关机。这不是小马的作风，正疑惑间，一个人快步走了过来，说是小马的弟弟。就在他飞行的时间段里，小马被专案组找去了。吴世雄这才明白刚才为什么那么烦躁，自己是有第六感的。专案组的动作如此之快，让他失去了跟小马碰头的机会，他嗓子一下子就起了火苗。小马毕竟没有被约谈的经历，一旦出现疏漏可就麻烦了。

吴世雄没有回家，也不敢去局里，他根本无法掩饰自己的情绪。在一家洗浴中心，他在池子里半躺着，让自己快要燃烧的体温降下来。他不停地看手机，直到天黑了也没收到小马的消息。看来只能在这里等了。

手机响了，他慌张地接听，是老母亲打来的，他有点烦，但还是轻快地说，挺好挺好，三五天就回去了。老母亲那边稍作沉默后，就挂了电话。过了一会儿，手机又响了，是小马的妻子，她客气的语气中透着焦急。吴世雄安慰了她几句，暗示他不会不管小马的。在这个时候，小马的家人需要安抚。

询问这么久，都半夜了还不让回家，这到底是什么情况呢？胸膛里似有几只青蛙在蹦跳着，而他束手无策。

门开了，进来一个人，细看之后发现，是前任局长老刘。可老刘去年就死了。吴世雄心里有点害怕，这不是见鬼了吗？不过他还是打了招呼。您不是死了吗？他问。老刘笑笑。旁边又多出一个人，竟然是老家屯子里的隋老三。这人还活着的话应该有九十岁了吧，不过听老母亲说，他也早就死了。吴世雄的脑袋忽然"轰"地一下，莫非自己也死了？这也太突然了吧？自己还有很多的事没有处理和交代呢。年老的父母谁来照顾，儿子大学毕业的去向，与前妻的复婚……

手机突然响了，他去找手机，那两个人也渐渐隐去，白墙、白床清晰起来，仍是在洗浴中心。手机在床头柜上一蹦一跳地鸣叫着，是刚买的那部。他心一紧，接听，是小马。小马说我回来了，一宿没让睡觉。吴世雄拉开窗帘，阳光猛烈，刺得眼睛发疼，他又急忙合上。

不到一刻钟，小马就气喘吁吁地来了，人明显地瘦了一圈，眼睛有些红肿。专案组问的都是和吴世雄有关的问题。小马说他宁死不屈，啥都没有说。吴世雄痛怜地说，小马啊，你是好样的，我的好兄弟！小马说，吴局长啊，这明明是冲着您来的，您可要早早安排啊！

安排？怎么安排？这个时候找人安排，会让人感觉到他心中有鬼，或许会更激发出专案组的决心和斗志。再说，只能找郭主任了，但这张牌，不到万不得已是不能打的。他把这个想法约略讲了，鼓舞小马发扬宁死不屈的精神。

小马缓缓地抬起头，脸绷紧着说，专案组说还会找我，如果还是这样不配合，会对我采取措施的。

不会的，吓唬你的。吴世雄笑起来，不过笑得很勉强。专案组的确有可能采取进一步措施，不过，只要小马坚持到底，就万事大吉了。

小马的眼神有些黯淡，他沉默了一会儿，语气低沉但是口齿清晰地说道，局长，能不能挺得过去，我心里没底啊。

吴世雄的心口猛地一震，小马的意思再明确不过了，是在告诉他，继续下去，就有可能供出他来了。冷汗瞬间就流了下来，他才意识到自己太大意了，人类社会，除了自己谁都不可靠，到了关键时刻，人人自保，这是人之本性。当务之急，必须给小马打气，必须稳住他。不过小马的话也不全是威胁，也是实话，专案组的办法多的是，在凌厉的攻势之下，一般人很难挺过去。小马是他的第一道防线也是最后一道防线，事态已经到了极为险峻的地步了。

他当着小马的面给郭主任打了电话，约定了见面的时间、地点。放心吧，我的亲兄弟，他拍拍小马的肩膀，任何时候，你的事就是我的事，这次何况还与我有关！小马的脸色缓和了些，恢复了恭顺的样子，说，局长，不，大哥，为了你我宁死不屈，放心吧！

把情况和郭主任说了，郭主任答应得很好，说第二天就和专案组打招呼。吴世雄暗暗感激这位老领导，看来自己这些年没有白站队，关键时刻还是得有靠山啊！

小马急切地期待结果，吴世雄宽慰小马说，领导忙啊！其实他心里也很焦急，不知道会有怎样的反馈。与郭主任见面后的第三天还没有回音，吴世雄忍不住去郭主任单位了。郭主任正在开会，秘书说是一天的会。第二天一上班吴世雄又去了，在秘书办公室等了两个多小时，仍没等到郭主任。他拨了郭主任的电话，没人接，又拨了几次也没人接。秘书接了一个电话，嗯嗯应答着，之后脸上挂着笑，说，吴局长，主任不来了，可能有其他的事。

这样又煎熬了几天。

这天，他没有经过秘书的同意直接去了郭主任的办公室，门正开着，有人在说话。郭主任像没看到他一样。那个人上下看了吴世雄几眼，就知趣地告辞了。

关上门，吴世雄开门见山地说，老领导，照这样下去，能不能挺得过去，我心里没底啊。见郭主任没说话，他紧接着说，特别是医和医药二厂的事……

郭主任闻言一怔，嘴角随即浮出笑意，和蔼地说，世雄啊，这几天总是有会，那件事嘛我已经打招呼了。

吴世雄追问道，他们咋说？

这个你就别问了，怎么变得不懂政治了呢？

吴世雄还想说什么，秘书这时进屋来了，看到他愣了一下，随即说，主任，您开会的时间到了。郭主任站起身，吴世雄有些不舍地离开，一边走一边琢磨，这是什么情况？郭主任到底说了没有？他是不是担心受牵连而刻意回避？

不过，无论如何必须稳住小马。但很快他就意识到自己做错了一件事。小马要见他，他高度警觉，换了三个地方，两人才在黑夜中碰头。他说那边的情况很乐观。小马轻松起来，但很快脸上又现出了疑云。他看懂了小马的心思:既然领导过话了，怎么还跟做贼似的？就马上解释说，兄弟啊，即使专案组不难为我们，但我们自己还是得谨慎些好，胜利在望，不能出现半点纰漏了。小马顿悟似的点头。

两天后，小马又被找去谈话，吴世雄虽然对他做了战前部署和动员，不过他心里仍没有把握。天黑的时候，小马的妻子打来电话，带着哭腔，问小马会不会被留下。吴世雄嘴上说不会不会，心里却越发地慌乱。

看来不得不做最坏的打算。他反复回顾了那些敏感的事情，然后一一做了应对准备。他想起几天前做的那几个梦，就到网上找解梦的资料。比对他那几个梦，有的解释说是吉，有的说是凶。他感觉是凶兆。人们常说，做了噩梦说破了就好了，那么，跟谁来说呢？在头脑中反复过滤，最后选择了前妻。他给前妻发了微信。前妻回的是：呸呸呸，坏的不灵好的灵，我给你找人看看吧！她说的找人，就是找跳大神的。他没有反对，心里反而稍稍安稳了些。

电话刚撂，小马妻子的电话就打了进来，他正寻思着怎样来安慰她，耳机里就传来了她兴奋的声音，小马回来了，小马回来了！很快，电话里就传来小马的说话声。吴世雄眼前大亮，放下电话立即就去见小马。这次见面没搞得上次那么神秘。

小马的情绪平稳多了。他说，专案组的态度比上次好了很多。吴世雄郑重地点了点头，说，嗯，郭主任发挥了作用。

小马也点点头，接着说道，不过呢，还是揪着几个问题不放，让我先好好想想，再找我谈。

哪几个问题？他问。

小马把问题说了一遍。

他说，没事儿，打官腔而已。

小马在他的脸上看了又看，似在寻找确信的证据，忽然说道，大哥啊，是不是让郭主任再烧烧火？不能没完没了啊！

他说，放心，你坚持住就行。

小马声音变了调，说，我倒是能坚持，只怕老婆不能坚持啊！

吴世雄急问，你老婆知道什么？

小马垂下目光，嗫嚅着说，有几件事她也知道的。

你怎么能让女人知道呢？我不是多次告诫过你嘛！但这样的话他没有说出口。也许小马说的是事实，也许还是在给他施加压力，但不管如何，必须尽快应对，事态一旦发展到不可控制的地步，到时就麻烦了。

他知道自己是个心思窄小的人，也知道自己的身体无法忍受囚禁的生活，到那时，他只想一个走向，那就是自行了断。看来，那梦真的要成为现实了。一想到这，他眼前再次闪现颤巍巍的父母，活泼开朗的儿子，贤惠的前妻……眼泪再次涌出。这一生，他亏欠亲人太多太多，却无法补偿了。

心就像在热汤中蒸煮一样，煎熬过了一周。这一周没事儿，下一周保准有事儿。能有什么事儿呢，专案组至少该找他本人谈话了。但是半个月过去了，专案组仍没有动静。他特意观察了专案组的房间，还是遮着帘，偶尔有人出入，步履匆匆。如此看来，他们在小马这个环节上僵住了，但专案组极可能正在寻找另外的突破口，表面的平静背后实则磨刀霍霍。吴世雄的心再次高高地悬起。危险正在逼近，他能感受到那种凛冽之气。他下了决心，必须让郭主任出手，但他不出手怎么办？那就撕破脸皮。他一再坚定这样的决心，必须拼死一搏了。

这一次郭主任爽快地接见了他，地点不是在他的办公室里，而是一间类似库房的地方。

医和医药二厂的事，有什么问题吗？郭主任淡淡地问，目光却像探照灯。

您忘了吗？一大批针剂。他加重了"针剂"二字的语气。

不是正常审批的吗？郭主任的目光尖锐起来。

您说呢？吴世雄挑衅似的反问道。

郭主任沉默了一下，拍了拍吴世雄的肩膀，一脸笑容地说，没事儿没事儿，我再给那边强调一下，现在就说。电话很快就拨通了，他说，还是那件事，拜托了啊！收起手机，他轻松地说，世雄啊，你就回去吧，没事儿了！

吴世雄没好意思问那人是谁，但肯定是能解决问题的人。他的心里亮堂了。临走的时候，郭主任嘱咐说，不过，关键还得看你自己，要能坚持住。吴世雄愣怔了一下，这话他也和小马说过。不过他还是点点头，说明白明白，有特殊情况，我再和您汇报。郭主任说好好。后面的话，纯粹是自己安慰自己，郭主任还能反复说情吗？不可能的。如今气候不好，人人自危，谁还敢轻易当别人的保护伞？

专案组真的撤了。

吴世雄不能确定是不是郭主任起的作用，心里还是忽上忽下。

过了一段时间，专案组的结论出来了，给几个人以纪律处分。孙处长因为主动交代问题，只做了诫勉谈话。吴世雄一度怀疑这是在做梦。经过反复确认之后，他欣喜若狂，可还是强迫自己必须镇定，但内心又平静不下来，遂决定再去海南散散心。

去海南前，他必须做一件事，就是去郭主任那里。当他把一沓钱拿出来时，郭主任竟然像躲瘟疫一样从椅子上弹了起来。不行，绝对不行，语气异常坚决。这出乎吴世雄的预料。关于专案组，郭主任是这样说的，世雄啊，应该没事儿了，不过也不能掉以轻心啊，专案组的策略多着呢！吴世雄明白，老领导这么说一是基于实情，另外也是为自己转移一部分压力。

老父亲和老母亲的眉头紧锁，目光在他脸上啄来啄去，他们问：怎么还去海南？

此时的吴世雄无须再演戏了，他的情绪很快就让两位老人放心了。老母亲说，多穿点衣服吧，气温不正常啊，患感冒的人可多了。他笑着说，我去的是热带，不冷。老母亲想了想又说，你去别乱吃东西，很多食物里放的添加剂对人都有害啊！他嗯嗯应着。

给前妻打去电话，说去海南时，前妻停顿了一下，似乎有什么话要说。最后她说出的是，到了那边自己照顾自己吧！他嗯嗯应着。前段时间，他非常怀念和前妻在一起的日子，打算尽快与她复婚，但这一次，他心里还是想着另外一个人。

自己试着在手机上订票，居然成功了。对他的控制解除了吗？他给儿子打了电话，儿子的声音像刚睡醒。

老爸有事儿？

没事儿，我能订票了！

您这么高兴，问题解决了？

啥问题，你老爸会有啥问题？

老爸，你可别掉以轻心啊！这是一句玩笑话，不过他的心里还是蒙上了层阴影，只是很快掠过。

正要挂断电话，突然想起什么，急问道，你的嗓子哑了？

哦，没事儿，小感冒。

不严重？

不严重。

几天了？

一周多了。

感觉严重了一定去医院知道吗？实在不行就打打针。

嗯，知道了。

通话结束，他忽然产生了一种不太好的感觉。儿子就在省内读书，他这个做父亲的，对儿子关心得太少。愧疚之外似乎还有些什么，不过一时也理不清头绪。

他本想让小马送他到机场的，刚要拨号又放弃了。小马很长时间没联系他了，他有些感伤，他们之间悄然有了隔阂。

一辆黑色红旗停在身边，车窗摇下，司机问他，私家车坐不？他说坐。

很快就出发了。他想，怎么每次坐的私家车都是一样的车型呢？不同的是，这次司机是个女的，戴着墨镜，三十来岁，模样端庄。一路无话。到了机场，他才想起这个问题，司机是怎么知道他的目的地的？莫非她能根据行李、物品、装扮判断出客人的去向？

办好登机牌，走进安检通道。排到他的时候，安检员看了看他，说，您等一下，然后叫来另一名工作人员，对着工作台里面的电脑交头接耳说着什么。

有什么问题吗？他疑惑地问。

周围的目光都看过来。

没事儿没事儿！两名工作人员看了他几眼，就放行了。

身体检查的过程更加烦琐，他脱了外衣，光着脚。前面的旅客并没有被这样对待。安检完毕，他出了一身汗。如今，他看透了许多事情，面对不公平对待，他已能做到无所谓，不生气，一切只要平安就好。

来到登机口附近，坐下，打开手机，他想起了什么，点了鲁琪的头像，发出一行文字：美女，在干什么？很快收到回复：没干什么，你没事儿了？他回复：没事儿了，想你了。鲁琪问：真的假的？他回复：都想坏了，还能假？鲁琪回的是一个亲吻的表情。紧接着她问：你在干什么？他回信：我在机场，去海南。鲁琪问：海南？我也去。他打出几个字：好，现在打车来吧！临发送时，他想了想，又删了。他发出是另一句：等以后再说吧！这一刻，他想到一个词：色即是空。

吴世雄站起身，一边活动着身体，一边透过身旁的大玻璃墙看外面的飞机起落。

身边不知什么时候多了四个人，两个人一左一右坐在他身边，另两个坐在他对面，似乎各忙各的，但目光偶尔会在他身上梭巡。他右侧的大个子说，想跑没门儿。

嗯？这话有点耳熟。

他扭头望过去，这个人正在和对面的小胖子说话。是呀，根本就跑不了。小胖子笑着回应。吴世雄的心猛地下沉，再次打量他们，感觉似乎在哪里见过，但仔细辨认，却又陌生得很。

进了海南的家，眼前再次浮现出一家三口在一起的情景，他突然间很想念前妻和儿子。

独坐了一会儿，有点困，他就躺下了。这时有人敲门，他起身去开门，还是那位大妈。物业费不是刚交完吗？他问。突然涌入几个人，为首的是一个大个子，有点面熟。我们是专案组的，他说着把工作证晃了晃。你应该知道是怎么回事吧？你的靠山倒了！

一副锃亮的手铐在眼前晃动，吴世雄一急，听到了一阵紧似一阵的手机铃声，忙睁开眼，原来又做梦了。号码显示是前妻打来的，他意识到有什么紧要的事，赶紧接起。

儿子在医院呢！

怎么回事？他呼吸加快。

在小诊所打针出了事故。

现在怎么样？他屏住呼吸。

抢救过来了。

他舒了一口气，接着问：是什么原因？

是针剂有问题。

针剂的生产厂家知道吗？

是医和医药二厂的。厂家已经来人，要和我们私了。

吴世雄心头一凛，重复道，医和医药二厂？

是的。听说不久前有人用了他们的药死了，也是私了的。

前妻说这话的时候，吴世雄眼前浮现出郭主任的影子。直到前妻在电话里提醒他，他才回过神儿，说，我明天就回去！

别回啦，儿子已经没事了，你就再待几天吧！

吴世雄心里忽地乱了起来，像长了草。他觉得有必要在这里想清楚一些事情。

晚上，他给前妻打去电话，是儿子接的。他嗔怪儿子不应该去小诊所，可是儿子揶揄道，老爸哎，您怎么能推卸责任呢？您是主管局长，监管不严呐！呵呵！

儿子的话一下子撬动了他某根神经。

紧接着老母亲的电话打过来，他知道自己一定是要挨骂了。他暗暗埋怨前妻不该什么都跟父母讲。但是，老母亲说的话题不是他想的那个。她说，儿子哎，你看看电视吧，省里有重要通知。现在就看，知道吗？

会是什么通知呢？人老了就变得怪怪的。但他不能不看，否则老母亲问起来怎么办？他知道在海南收看不到，就想到了在自己省内网站上找。那个标题吓了他一跳，是督促职务犯罪人员坦白自首的通告，省检察院和省法院联合发布的。一行字跳入眼帘：在期限内坦白自首的，可以从轻、减轻或免除处罚。

老母亲为什么让他看这个？难道单纯就是让他知道而已？这问题如同一条引线，迅速在大脑里蔓延开来，缠裹着，膨大着。

晨光熹微，他终于理出一条线索：与其这样日夜惶恐，不如弄清楚自己到底有多大问题。俗话说，死要死个明白。

他去了几家大型的律师事务所，把自己不光彩的事情通通说了，这是在外省，不过他也没说是自己身上的事。咨询费并没白花，律师们的结论基本一致：这些事情，多数属于违纪，或是严重违纪。个别可能需要追究法律责任的，也在从轻、减轻、免除处罚之列。只有一项，就是关于医和医药二厂药品审批的环节，他有渎职之嫌。如果那批针剂流通范围过大，势必造成越来越多的人员死伤，那问题就严重了。

吴世雄出了一身冷汗。

儿子的声音在耳边萦绕：老爸，您怎么能推卸责任呢？您是主管局长，监管不严啊！他想告诉儿子，是上面领导有话。

又一想，和儿子说这些有啥用呢。

　　回到家中，他反复研究了那份通告。一夜未眠，他的头脑前所未有地清醒，甚至有些亢奋。

　　早上前妻的电话打进来，问他要不要接受医和医药二厂的私了。吴世雄语气坚定地说，不能私了，你听明白没有？下午我就回去了。前妻犹豫地挂断了电话。

　　前往机场的途中，郭主任的电话打了进来，他没接。他知道他还会再打进来的，果真，又打来了几遍，他均未接，还将手机设置成了静音。临上飞机前，他给局长打了电话。局长说，老吴啊，这是正确的选择！我在局里等你。

　　舷窗外，云朵如同一堆堆雪浪花，凝固在浩瀚无垠的大海上。云朵的下面，是斑斓的大地。恍惚间，吴世雄感觉自己幻化成了一只大鸟，鸣叫着，扇动着一对翅膀，向家乡飞去。

2016 年 8 月 5 日初稿

2016 年 9 月 26 日修改

2016 年 10 月 31 日定稿

　　（原载《啄木鸟》2017 年 9 期，《领导科学》2017 年 9 月转载）

哥哥和我

辗转深圳、广州、厦门、福州四城市有两个月了，抓回了三个犯罪嫌疑人，专案组即告解散，我想可以好好在家休息两天了。期间母亲打来几次电话，问啥时候结束，我知道还是相亲的事。

对于一个奔三的男人来说，不是不着急成家，只是一直不顺利。在警察学院的时候，女朋友就是同学，很相爱。临到毕业，她却说父母认为两人都当警察不好。我问有什么不好，她说出一大堆，是我没想到的，却是实实在在的困难。你会转行吗？她问。她明知道我不会，当警察是我的志向。我也问她，她说不会。那场失恋给我打击很大，一年后我才调整好自己。母亲四处托人给我介绍对象。多数对我的职业有顾虑，问我能调到机关不，我说很难，结果就不再联系了。

不过，有些女孩子还是发自内心喜欢警察这份职业。有个叫小洋的美女，一见面就喜不自禁，她说好帅气哦。我以为遇到了知己。事情就坏在那个情人节，本来约好了见面的时间地点，我还准备了精美的礼品。就在赴约的途中，所长打来电话，说是特殊行动。行动前手机被收缴，直到三天之后，打多少电话都不接听了。为了表达诚意，我三番两次地去堵。终于堵到了，我说原谅我吧。她很郑重地说，我原谅你，但是无法接受你。

不久母亲又安排了几场相亲，和女孩互留了联系方式，有一搭没一搭地联系着，我甚至忘了谁是谁。

这次，母亲态度坚决，说，儿子哎，你回来就得和人家姑娘见面！我答应下来，她才肯挂机。

手机突然响了，我想一定还是母亲。这也太急了吧，我很快就到家了。但跳出的名字却是所长。昨天我们通过电话的，是他让我休息的。难道他要补充辛苦了之类的安慰话吗？他似乎不是这样的人。果真不是。他说，世雄，赶紧回所！我的嘴张开还没有发出声音，电话已经断了。不得不说有些懊恼，但我意识到情况紧急，必须迅速到位。

一进单位就感觉到了紧张的气氛，民警小丁匆匆走过来，告诉我去会议室。会议室正在开会，我吃了一惊。市委政法委书记兼市局局长、分局局长坐在首位，下面除了我们所的民警还有一些人，个个神情严峻。我悄悄绕到后排坐下。此时一个人走进来必会引来注目，但是没有人看我。

情况很快就明了了，辖区内发生了一起案件，源于一个十三岁的少女被人强奸。这类案件并不少见，但这个少女智障，很难正确表达自己的意思。某一个夜里，她突然疼痛难忍，送到医院确诊为宫外孕，但为时已晚，抢救无效。少女一家来自偏远农村，经过别人提示后才想到报警，而此时，少女已经成为骨灰了。她死前在纸上写了一个"弓"字，不知何意。此事经媒体报道后迅速升温，省市领导均做了批示，警方的压力可想而知。

会后，所长把我叫到办公室，说，世雄啊，你也听到了吧，领导表态说案子破了，重奖有功人员。奖不奖的倒无所谓，政治上上进才是重要的。你研究生毕业，又年轻，要抓住机会啊！

他离退休不到一年时间，私下常对我说，小子，好好干，你就是我的接班人。说实话，我们一批同学已经有好几个人的职务比我高了，我心里不服气。所长的话常常给我鼓舞，不过也常常令我信心不足，自己没有什么关系，更没有靠山。父亲当过教育局的处长，也许能跑跑路子，但是已经去世三年了。不管怎么说，这的确是个立功的机会，即使不求立功，这也是分内的责任。何况，犯罪分子的恶行令人憎恨。所长说，这个案件组成专案组，你来负责。夜巡的事我来负责。夜巡就是整个晚上不间断地在管区内巡查，很辛苦。我刚要说什么，所长摆摆手，说，快去开展工作吧！

很快，我们就锁定了嫌疑人。少女家住的小区是九十年代政府机关的公房，楼房又破又旧，一条胡同贯穿其中。如今这里多数都是打工的人租住。有两个人进入我们的视线，他俩都住在胡同口的一栋楼里。一个是刑满释放人员，叫朱晓伟，三十多岁，曾因强奸罪被判三年。此人曾用名张晓伟。少女写的"弓"字，是不是没有写完的"张"字？这个人嫌疑最大。

另一个住在四楼，六十多岁，单身，叫宫振远，从市委机关退休才一年多。据少女的父母介绍，宫振远对少女很好，时常送她玩具和好吃的。如果回到家孩子不在，那肯定就在宫振远家里。小区里他是和被害人接触最密切的人。

案情分析会上，分局长同意我们把重点落在前者身上。调查随即开始，但这个朱晓伟是老油条了，耍了我们一天一夜，要么不回答，要么说别的，末了才说到正题。根据少女的怀孕时间我们确定了受到侵害的时间，他当时不在本地。再把时间前后延长半年，他也不在本地。但我的感觉却是指向他的。所谓感觉，就是一个警察的职业敏锐度。面对尚未掌握证据的罪犯，一个精干的警察会嗅出某种味道，这也许没有科学依据，事实上却有十之八九的准确度。一定是什么地方疏忽了，但是几个途径回馈的信息没有任何异常。离开的时候朱晓伟阴阳怪气地说，你们超了一个小时，这是非法拘禁，我要告你们。

没想到第二天一早纪检委就来了，我正要去法院调取朱晓伟的卷宗，在门口被拦了下来，让我跟着走接受调查。我说我正在工作，一会儿自己去你们那里。纪检委的人黑着脸，严厉地告诫说不行，你的工作要服从我们的工作。

他们把我带到市郊的一个小宾馆里开始问话，那样子似乎确定我已经有了问题。我在心里算了算时间，扣掉中间休息和用餐时间，讯问朱晓伟应该不超过二十四小时。我的底气就足了，这在他们看来是态度不好。

中午他们给了我一盒盒饭，我说我正在承办一起大案，问多久结束。他们笑笑说，你还是先管自己吧。我灰心了，老子这是为了工作，凭什么这么对待我？有人控告你们就管，这没什么不可以的，问题是控告是否属实，有没有必要如此兴师动众，我们都是党的干部吧？多亏母亲不知道，否则就会吃救心丸的。母亲对这个职业一直不看好，一看到新闻里面的报道就害怕，动不动就说，儿子哎，转行吧，平安不说，找对象也不难。

胡思乱想间，有个人手机响了，放下电话，他极不情愿地说，你先回去吧，随时准备接受调查。我没搭理他们，站起来走出去。所长等在门口，他拍拍我的肩膀，说，世雄啊，没办法啊，工作还要继续，但别鲁莽。

一定要继续，一定要把这个朱晓伟绳之以法。我暗暗较劲儿。

法院的案卷调来了，却没有什么帮助。专案组多方查证，反复研究，又请示了分局和市局，认为可以排除对朱晓伟的怀疑。

我的感觉有了偏差吗？

少女的生活轨迹就是那条胡同，那么犯罪嫌疑人应该不会太远。我们扩大排查范围，也没有什么发现。或许是流窜作案？那就难度大了，无异于大海捞针。

由于案件没有任何有价值的线索或证据，一时陷入停顿。我不甘心，经常在那条胡同里转悠。我还是相信自己的感觉。

母亲打来电话，问我啥时候回家，我说有案子暂时回不去。我以为她还要说相亲的事，但是又不像。她似乎在啜泣，我一惊，忙问怎么了，她说，儿子哎，抽时间你回来一趟吧！

夜巡开始前，所长血压突然升高，我就接替他了。巡查的正好是我家的那个路线，就开了小差。母亲的眼睛红红的，极为委屈的样子。我扶她坐到沙发上，问怎么了。她去里屋拿出一个档案袋，塞到我手里，愤愤地说，你看看你爸做的好事。我接过，问道，我爸的遗物不是都整理完了吗？她说，这是我在他书桌的夹层找到的。我好奇地翻看，是父亲遗留的一部分书信。不过不是普通的内容，是一个女人寄给父亲的。看着看着我就明白了，里面记载着父亲年轻时的一段恋情。母亲的泪水就在眼眶里打转，她无法接受这个现实，因为他们一直都是恩爱的。

我笑起来，说，我的妈妈哎，这算什么啊，那时候你们还没有结婚呢！母亲听了，忙抢过材料看，看了又看，出了一口气，说，哦，还真是。不过她很快抽出一封信，指着说，你看你看，这封信的时间是在我们结婚后，还说她怀孕了！我忙拿过材料看，果真如此，不过一算时间，应该是父亲和那个女人关系的延续。这么说也不对，是两个人断了联系，但是她发现怀孕了，而此时父亲已经结婚了。

母亲听了，情绪又缓和下来，两眼空洞地望着屋子的某处，突然喊道，儿子哎，你记不记得有人举报你爸。我说记得。你记得举报人说，你爸爸有私生子吗？

这个，这个……我想起来了，那时候确有那么一条，不过组织早就有了结论。可是母亲不相信，她说，别的问题我相信你爸，这个我可不确定。我刚要说什么，母亲打断，说，这个问题组织上不好追查的，我看你爸一定有私生子。我说不会不会，如果有，父亲去世的时候，他一定会出现的。母亲想了想，就不再吭声。

夜巡结束已是后半夜了，我回家睡了一觉，梦见进屋一个人，他说是我哥哥。我细看这个人却看不分明。他说，我们是同父异母的亲兄弟。我们还拥抱了一下，彼此都哭了，为我们孤独的成长过程。我说哥哥我请你喝酒，他说好。我们正要干杯，手机响了，哥哥渐渐隐退，我醒了，阳光从窗帘的缝隙间进射进来。已经过了上班时间。是小丁的电话，所里来了几个记者，要对强奸案做后续采访。我说我没时间接待他们。

到了案发小区，已是中午，天燥热难耐，胡同口有一家小卖店，我进去买矿泉水。屋子不大，一个中年妇女站在柜台内，有顾客正在买东西。一个初中生模样的女孩买了一支冰棒，却发现没有带钱。旁边的一个老男人凑过来说，孩子的钱我来付。女孩红着脸感激地看着老男人，说，爷爷，谢谢你，我会还钱给你的。老男人说，不用不用。老男人的头发很茂盛，不知是不是染了色，黝黑发亮。西装革履的，身上有某种香水的味道。我对这样装扮的人有说不出的反感。他们陆续走了，我买了面包和水，坐到一个小凳子上慢慢地吃喝。

那人的心肠挺好啊，我说。是啊，他是一个老干部，应该是一个老领导呢。中年妇女一边整理着货架上的东西一边回答。我心头一震，他是不是姓宫，宫振远？

哦？中年妇女停下手，转头看了我一眼，你怎么知道？

我忙说，我听市委机关的人说过。不过，他怎么住在这里呢？

中年妇女明白我的意思，她说，是啊，这是最破的居民区了，他说他喜欢这里，住了快一辈子，有感情。

就他一个人住？

是啊，老伴儿都没了十多年了，他不想再找，说一个人清静。

吃喝完毕，我又买了一盒烟，其实我不怎么抽烟的。我这样做是为了套近乎。我说，我在这里等一个朋友，可他还没来。

中年妇女说，那就坐着等吧。

对了，大姐，听说这里发生了一起强奸案？

可不是，那孩子真可怜啊，长得还漂亮，就是有点傻，也不知让哪个禽兽给害死了，到现在还没破案。你说这警察有个屁用？只知道罚款。

你对警察有误解吧？我笑笑说。

啥误解，你看警察都干些啥？北京那个雷洋是咋死的？一个嫖娼就把人往死里整？

我一肚子不服，正想和她好好辩解一下，我想说，你怎么不说说警察的功绩呢，一年有多少警察牺牲你知道吗？但我没说，和她辩论这个会影响我的目的。大姐，你说，啥人这么缺德呢？

啥人？谁知道呢？抓住就该枪毙。

那个孩子不上学吗？

不上学，他爸爸妈妈上班就把她放到家里，虽说她傻，但是从来不远走，就在胡同里玩。

胡同里平时有外人进来吗？

也有啊，卖东西的，回收电器的。

大姐，你说能不能是外来人干的？

照理说，这孩子没自己走出胡同啊。她对陌生人很警惕，一旦有人靠近她，她就会一边跑一边喊叫。

那她都在哪里玩呢？

在家里面玩娃娃，她特别喜欢娃娃，我家那些不想要的娃娃都送给她了。

她和谁接触多呢？

和谁？中年妇女把脸从手机上抬起来，眼珠子转了转，摇摇头。

我想直接说出宫振远的名字，觉得突兀，就说，邻居对这个孩子都挺可怜的吧？

可不是嘛，到我这里买东西也不带钱，我能说不给吗？还有老宫，就是那个宫振远，就像对待自己的孙女，有时还留家里吃饭。

留家里吃饭？

可不是，唉，好人啊！

手机响了，所长让我回去，说分局长要听案情汇报。正好我也想就此结束话题，就起身说，朋友有特殊事情来不了了，再见。中年妇女的目光跟在我屁股后面。

一路上我想着该怎样汇报呢，毫无头绪。不过，宫振远的样子总是在眼前闪现，我不敢确定我对他是不是有了感觉。

分局长听了短短几分钟的汇报后，脸拉得很长，看得出很想发火，但是又没有理由。以目前的状况来说，他说不出我们的工作有什么问题，也说不出有实际意义的指示。为了让领导不至于过于沮丧，我说出了我的怀疑，那个宫振远。分局长一听，眼神亮了起来，听着听着又黯淡下去。证据呢？他看着我问，有证据没有？宫振远刚从处长的位子上退下来，可不是普通人啊！你们想怎么着？传讯他？

分局长说完，见我们蔫蔫的，又打气说，你们的工作态度是好的，我要表扬你们。这个案子挂了号，一日不结我们一日不安生，得给社会一个交代不是？他顿了下，又说，我不反对你们怀疑任何人，但前提是不能违法，更不能弄出影响来。

分局长的话让我的眼前闪过那么一丝亮光。

汇报结束我就召集办案组开了个小会，决定对宫振远进行全天候监视。会议内容我没让所长知道，毕竟我们措施的正当性有待商榷，我不想让所长担政治风险。他心脏不好，严重失眠，就盼着顺利退休。其实我这么做风险更大，有可能断送前程，但是还有别的办法吗？何况，这个宫振远总是在我心里面不安分。

调查得知，少女常去的地方就是小卖店和宫家。不过说到宫振远，少女的父母一脸的感恩。啧啧，一个老领导，那么和蔼可亲！我决定接触一下这位老领导。

放学时间，宫振远坐在楼下的椅子上看报纸，不远处几个人在下棋。我凑过去观看，注意力却在他身上。他神态端庄，与周边人群格格不入的形象，放到官场里最为恰当了。

这时，一群学生叽叽喳喳地路过，宫振远抬头看了看，似乎在找谁。大约半小时后，一个女生走过来，宫振远站起来向她招手。我猛然想起，她就是上次在小卖店里见到的那个女孩。我的某根神经突然就绷了那么一下，佯装没事儿似的走过去。

孩子，怎么才放学？

女生笑着说，爷爷好，我去网吧了。

哦？去网吧了，这可不好。宫振远既慈爱又严肃地说道。

不，爷爷，我是去查找资料的。

这样啊，网吧多乱啊！以后就到爷爷家里吧，爷爷家里的电脑很好用。

女生更开心了，问道，真的吗，真的可以吗？

可以啊，随时过来，现在也可以啊！宫振远一指楼上，现在就可以的。

女生顺着他的手势也看上去，正要说话，我走了过去，谦恭地问，您是宫处长吧？女孩子对着宫振远挥挥手走了。宫振远打量着我，疑惑地问，你是哪一位？我尽量让声音低下来，说了身份。他愣了愣，旋即用淡定而疑惑的语气问，怎么，找我有什么事情吗？我说有一点事情，想向您了解一下。宫振远目光有些尖锐，他问，你是哪个分局的？局长是谁？我一一回答。你想了解什么？他问。能到您家里吗？不会耽误您很久的。我可以想象自己的样子，一副卑躬屈膝的太监相。宫振远陡然警惕起来，四下看看，正了正身子，说，就在这说吧。不远处正好有一张大伞，下面摆着几把塑料椅子，应该是在搞什么品牌的宣传，现在临时休息了。我请宫振远去那边，他想了想同意了。

问话的时间很短，我说我想了解一下少女被害的事情。他说，怎么还在了解，这么长时间了，你们警察早该把犯罪分子绳之以法了。我说还需要群众的帮助。他问需要啥帮助。我说您所了解的，介绍一下吧。他说，介绍啥，你说。我就问，你认为谁最有可能？他说，任何人都有可能，怎么能凭推测办案？我问，您知道谁和被害人关系密切？他立即变了脸色，愠怒地看着我，你是在怀疑我？那你把我抓走好了！我忙不迭地解释，不想他越说越气，闹了半天就是你啊，在小卖店了解过我，还多次在孩子的父母面前问起我是吧？我忙解释说您误会了，我们只是在正常工作。要不要给我戴手铐？你知道为什么警察得不到人民群众的认可吗？他看着我，目光有些嘲讽，就是坏在你们这样的人手里！

我狼狈地离开那里。出了胡同，迎面碰上朱晓伟，他阴阳怪气地说，警察叔叔，抓到罪犯了吗？我瞪他一眼，继续走。但是他的声音还是追上来，哎哎！我说警察叔叔，还是去抓嫖娼的吧，只是别把人打死了。否则栽赃也不是那么容易啊！我听说，北京那个什么副所长已经被检察院抓了起来喽！

我恨恨地想，你小子别犯到我手里就好！

回到所里，所长见我情绪不好，问怎么了，我说没事儿。他说，刚刚分局长来了电话，说市委的一位领导批评咱们了，该抓的人不去抓，冤枉无辜的人。就是那个宫振远告的状。省厅也督办案件了。

我沮丧地说，所长，怪我无能，都是我不好。

世雄啊，别气馁呀，我们再分析分析案情，看看侦查方向有没有问题。

案情分析会一直开到凌晨两点，我驾车往家走，没想到这个时间竟然塞车，整个马路都被汽车尾灯的红色染红了，鸣笛声响成一片，我的心更加烦乱。这时有人敲我的窗玻璃，隐隐地我看到一个秃脑袋的人，胳膊上文着黑龙，黑龙的头部在肩膀处，吐出的信子蹿到了脖颈。我的第一个反应就是手摸向身后。做警察这一行，需要随时提防有人报复。不过那张脸看不出一丝恶意，亲昵地微笑着。我突然吓了一跳，这张脸怎么如此熟悉？不是熟悉而是和我如此相似！我警惕地把车窗露出一条缝隙，以警察特有的语气问，你干什么？

那人说，世雄，我是你哥哥。

我愣了一下。

那人说，我上你的车细说吧！

我眨眨眼睛确定不是做梦，犹豫了一下还是打开了车锁。他坐到了我的副驾驶位子上，简直就是另一个我，只是神态里透出一股痞气。

你是谁？我盯着他的眼睛问。

我是你哥哥，他说，我是你同父异母的哥哥。

后面响起急促的鸣笛声，一抬头，前面的车子已经驶离很远了，我急忙加油。

你说什么？我同父异母的哥哥？

他从手包里掏出几份材料，说，世雄，你看看吧！

我把车驶进路边的停车场，熄火，仔仔细细地审视着。竟然是父亲写给那个女人的书信，父亲给这个女人的孩子取名吴世英。与母亲发现的那些书信是同一时间段。

我就是世英！他看着我，路灯辉映之下，目光晶莹闪烁。

看来母亲的猜测没有错，父亲果真有一个私生子，而我果真有一个哥哥。我的心情从疑惑和复杂中渐渐演变为喜悦，这个世界我并不是孤独的，我有一个哥哥！想到这，看着哥哥，想到父亲，我的眼圈湿润了。哥哥抹了一把眼角，拍了一下我的肩膀，手就搭在上面，说，弟弟哎，只可惜我没有机会给父亲送终！

我们唏嘘了一会儿。

他介绍了他的经历，没有正经工作，一直在社会上瞎混。他说，我们就在一个城市，可是却不能见面，以后也不能公开见面。弟弟你是警察，前途无量，我不能影响你。

可是哥哥，你千万别在那条路上走得太深啊！

不会，他说，弟弟你放心，我有分寸的。

他的手机响了，他没接，用力搂了一下我，说弟弟再见。我急忙下车去追，大喊哥哥哥哥，他早就没了影子。一辆悍马驶过，车窗落下，哥哥伸出脑袋，挥了挥手，再见弟弟！

到家的时候天快亮了，母亲醒得早，盯着我好半天。儿子，有什么事情吗？没有，我目光闪躲了一下，径直走进卧室。我要睡觉了，我说。母亲说，那就快睡吧，我出去跳舞了。听着母亲下楼的脚步声，我毫无困意，我觉得这太不可思议了，我居然有个哥哥，这简直就是现实版的电视剧情。不过不能对母亲说，以后慢慢渗透吧！

专案组升格了，分局长任组长，分出几个小组，我是一个小组的负责人。所长说，是他建议调整的。我说这样好，力量加强了，省得我们单打独斗。

所长叹口气，我原本想让你出出风头的。我忙说，所长我知道你的心思，谢谢你。只要案子破了就好。

我的小组的任务是继续查找线索，重心还在案发区域。一踏进那条胡同，我的神经就紧绷起来。而走近那栋楼，感觉尤为强烈。罪犯应该就在这栋楼里，也就是说，不是朱晓伟就是宫振远。

对于朱晓伟我一直没有放弃。而宫振远更非善类，他明明在引诱那个女学生。鳏夫在性犯罪中占有一定比率。从这个角度说，他是重点嫌疑人。但是我不能和任何人说，特别是领导。领导会相信你的感觉吗？法律可不是游戏。望着那栋楼，我突然产生一个念头，如果进到这两个人的家中，会不会有意想不到的收获？不过这念头只是那么一闪，因为这不现实。分局长会批准搜查令吗？而擅闯民宅，又是什么行为？我又想出一个下策，监视这两个人，一旦发现他们的其他违法行为就有理由进一步审查了。

小组人员两两值班，每班我都参加，我不想放过任何一个可能的机会。中间回家的时候，母亲心疼地说，儿子哎，你看你的皱纹都出来了，头发也白了好多。我说没事儿没事儿。母亲说，别这么拼命了，还是想法调转吧！我安慰她说，过几天就好了，这个案子破了，就没大事了。母亲叹口气，说，人家姑娘还等着见面呢！

睡了一觉，手机突然响了，是小丁，他正在案发区值班，一定是有什么发现了！我顾不得回电话，匆忙下楼，开车就走。途中，小丁的电话又来了，我接听，说我就快到了。小丁说，不好意思啊副所长，我按错键了。有没有什么发现？我问。没有啊，看来不会有什么，我们就是蹲上一年，也没啥意义。我忙说，不能这样想，要坚持下去。掉转车头，我想回家继续睡觉。等红灯的时候，有人敲窗，是哥哥。上了车，他说，弟弟！这么巧！我说，是啊，哥哥，真巧！这么晚你干什么去了？弟弟你就别问我的事情了，你干什么去？还是案子的事，我语气无奈而疲惫地说。

全城人都在热议这个案子，骂你们警察无能。弟弟，你有目标吗？

我是不该和别人谈论案情的，可是我没忍住，心里憋得慌，稍一松动就溜出来了。不过我还没有突破纪律的底线。

弟弟，你重点怀疑这两个人啊？

是啊。那个"弓"字，应该就是"张"字没有写完，不过朱晓伟不占有作案时间。那么就剩下宫振远了，只可惜没有一点证据。如果能去他家里，或许会有什么意外发现。

弟弟，你往那个地方走，他突然催促我说，听我的，走！他想去案发小区。我问你去那里干什么呢，他说，你别管。

距离那个胡同口还有一段距离，哥哥示意我停车。你就在这里等我，他语气坚定地嘱咐说，不等我回应，已经关了车门走远了。他要干什么，要收拾那两个人出出气？还是去人家找证据去了？我焦急起来，他哪里懂得侦查手段呢？会不会帮了倒忙？让人发现了怎么办？会不会伤害他们？一旦被抓了，自然不会供出我，但是侵入住宅是违法的。

我伸长脖子左顾右盼，希望尽快看到哥哥的影子。脖子发酸了，我扭动了几下。忽然，人影一闪，哥哥砰地关上车门，兴奋地说，弟弟，一楼我发现了一些注射器，看来那家伙吸毒，你可以抓他。四楼老家伙睡得像死猪，电脑上插着 U 盘，我复制下来了，也许有用。

没想到他居然随身带着 U 盘。接过 U 盘，装到衣兜里，我慌忙驶离，好像刚刚做了见不得人的事。

我说哥哥谢谢你，不过这太冒险了。他说，我这个身份无所谓的，但是你不行。记住，这件事与你无关。到了一个路口，路边停着一辆悍马，打着双闪，是来接他的。直到那辆车消失在夜色之中，我才启动车子，慢慢地走着，捏捏那个 U 盘，感觉像做梦。对于 U 盘，说实话我是不抱什么希望的。如果是我本人进到屋内，或许会发现有用的东西。还好，没惹出什么麻烦。

回到家里半夜了，母亲非要给我做一碗鸡蛋汤，她说，儿子哎，你瘦了，要补补身体的。喝完回到卧室，我的眼前满是哥哥的影子。哥哥这些年是怎么过来的？现在到底在做什么职业？以后怎么办，什么时候要公开？母亲的反应会怎样？这个案子破获不了，自己还有前途吗？所长退休，能不能接班呢？啥时候能遇到命里的另一半呢？越想越多，一直到天亮也没有睡着。起床的时候脑袋沉沉的，心也发慌，浑身软软的。是不是要感冒，我摸摸脑门，不热。

一进单位的大门，所长带着几个人正往外走，他惊讶地问，世雄，你咋了，病了？我说，没有啊。

你的脸色十分难看，这样吧，今天你看家，我带人去执行任务。

什么任务？我问。

还能啥任务，政府搞拆迁，要我们去配合。

部里不是发了文件，不让我们介入吗？我说。

上有政策下有对策，市长让你公安局派人支持经济发展，你敢不去？

进了办公室，打开电脑，查看了一遍内部通报，突然想到了那个 U 盘，不如就看看吧，那是哥哥的辛劳啊！U 盘里是一些视频，有宫振远过生日的，旅游的，没什么值得看的。

不过有一个文件夹打不开，需要密码。密码是什么呢？我有了好奇心，先是输入了 123456，不对，又反向输了一遍也不对。会不会是这个人的生日？这个不难，我轻松就在内部系统里查到了宫振远的身份信息。这是违规的，但是没什么大不了的。过去相亲，我也偷偷查看过人家的信息的。当警察的，总得有那么点便利吧。不过我并不抱信心，不对就算了。

没想到密码真的对了，点开视频，看着看着我就喘不上气了！奸淫少女的过程就在里面,能够清晰地看到宫振远的面目！原来，少女写的"弓"字，就是宫振远"宫"字的谐音！全身的血沸腾了，我颤抖着手拨打了所长的手机，拨了几次才拨出去。所长的声音传过来，世雄啊，有事吗？我突然说不出话，稍稳一下，尖着嗓子喊道，拿到证据了，快去抓宫振远！所长那边沉默了片刻，声音传过来，世雄啊，这些日子你太累了，休息一会儿吧，我回去再说！似乎身体的支柱突然被抽走了，我瘫软在椅子上，手机落到地上。

睁开眼睛的时候，我是躺在医院里的，所长就坐在旁边。你晕了过去，他一脸慈爱。我急切地问，看到 U 盘了吗？

他笑笑，放心，人已经抓回来了，正在审讯。我以为你累得说了胡话，直到所里打电话说你晕了。小丁发现了 U 盘的内容。刚才分局长和局长都打来电话，表扬了咱们，我直接告诉他们，功劳在你一个人。不过，有一个问题，就是这个 U 盘是怎么弄到手的呢？

所长狐疑地看着我，我这才意识到问题的严重，是啊，这个环节该怎样解释？告诉大家是我的哥哥吴世英秘密潜入得到的？那样就复杂了。所长似乎看出了什么，眉头皱了皱。

小丁突然说道，副所长，事情很简单啊，不是你在胡同里蹲守时捡到的吗？我不知如何回答。所长如释重负般地感叹道，老天开眼啊，那孩子可以瞑目了！

但情况并非如此简单。

宫振远承认多次和少女发生关系，也本打算带她去堕胎的。他说，一年前，朱晓伟强奸了她，是我把她保护起来的，和我她是自愿的。这怎么是强奸呢？

和不满十岁的少女发生关系就是强奸，你个人面兽心的家伙！小丁作势要动粗，我急忙制止。此时我眼前一亮，我想终于逮住泥鳅了——朱晓伟！看来我的感觉没有错。

不过这只是宫振远根据少女的讲述所做的判断而已。我们只能以涉毒的罪名拘留了朱晓伟，但他断然否认和少女有过任何接触，而我们的搜查也没有任何结果。

怎么，警察想诬陷想打击报复吗？别忘了我有控告权！他极为嚣张。

所长退休后，我顺利接了班。交接工作时，只有我和所长。他说，世雄啊，你把门关上。我知道他有话要说，而且很重要，就关了门，空气凝重起来。

他语重心长地说，世雄啊，如今我退休了，算是清静了，只是我不得不嘱咐你。

你说，所长。我看着他，发现他的头发又白了许多。

当警察的，会有许多的无奈。

我点点头。

他加重了语气说道,但是,世雄啊,要记住,凡事不要侥幸啊,不是每一次冒险都能过关的。

我明白了他的意思,他笃定地认为,是我违规取得了证据。我笑了下,没吭声,但表情出卖了我。

所长顿了顿,说道,你别不服气。我查看了监控录像,那天晚上,是你走进了那栋楼。

我差点没笑出声,说,所长,你在诈我?

所长神情严肃,说,我理解你,但是你必须自己检讨。

我的大脑回放了那个晚上的情景,再清楚不过了,哥哥吴世英从我的车上下去,而我一直等到他回来。不过既然所长如此说,辩解没有意义,我就说,所长,我明白,你放心吧!

可以肯定,所长根本没有查看监控录像。我在想,人老了是不是都如此偏执,或者是一辈子的公安工作留下了心疾。

那天周日,市里举办公安英模报告会,英模中没有见到所长。一问,说他身体不怎么好,请了假。散了会,我就去了所长家,他老伴说,他带着外孙儿去公园了。公园就在附近,我走了一圈也没有看到他,却碰到了警院同学张海,他在政府工作,一家人正在闲逛。没想到他的妻子那么漂亮,高挑白净,怀里抱着一个咿呀学语的婴儿。别挑了,赶紧结婚吧!张海劝道。

回到所里,小丁问,见到老所长了?我说没有,改天我们全体去看望他吧。坐到椅子上,对着电脑,脑子里胡思乱想起来。忽然,眼前闪现了哥哥吴世英。好久没见到了,想他了,也不知他的联系方式,几次想问,都没有机会。这时又想到了所长的告诫，就有了冲动，很想查看一下那段录像，给自己一个确信。其实明明已经确信，由于反复想起老所长的话，就觉得有必要再确信一下。这个想法很奇怪，我不确定自己是不是有了心理问题。

找来那段录像，播放起来。很快我就懵了，正如所长所言，那个人正是我。不过我又一想，哥哥吴世英和我如同孪生，连我自己都辨别不清。禁不住笑了笑，却突然僵住了——哥哥胳膊上文着的黑龙怎么不见了？而且，那身衣着就是我的！

呼吸骤然急促起来，心房如同擂鼓。

我站起来，脸贴在电脑屏幕上，看了一遍又一遍。没错，那个人就是我自己！

眼睛花了？幻觉？

坐下，让自己冷静下来。回放着和哥哥的几次见面，历历在目就像昨天。那么这段录像是怎么回事呢？脑袋又沉又痛，怎么也想不明白。或许睡一觉就好了，这段时间压力太大了。往椅背上一靠，迷迷糊糊就睡着了。

这一觉睡得很沉，也没有做梦。睁开眼睛，立刻就感觉神清气爽。手机里有母亲的未接来电，回过去，母亲说，儿子哎，不能让人家姑娘再等啦！

好的。我答应得异常爽快，似乎看到了电话的另一端母亲惊喜的表情。

这个姑娘好啊，她说她的志向就是当警嫂。母亲极为兴奋，明天是周日，行吧？

行，我答道。不知为什么，眼前出现了张海妻子的形象。

我有一种感觉，这个能成。我现在更加信赖自己的感觉。没想到职业的感觉还可以蔓延。

儿子哎，赶紧去理发吧，再洗个澡。

我一一答应。二十多天都没回家了，确实需要收拾一下自己。但现在，这不是我急于做的。

打开电脑，重新看那段录像，肯定不会再有错觉了。但我再次看到了我。我不能不承认，那就是我——吴世雄本人。四下张望着，我慌忙关了电脑。待心情平复下来，给"健康热线"打了电话，不过我隐去了真名。专家说，初步判断是心理疾患，尽早就医还是可以的。如此说来，我的哥哥吴世英根本就不存在。这证明我父亲一生清白，母亲会很安慰，而我却感到怅然。监控录像不容怀疑，这是个不得不接受的事实。

我想应该去见分局长了，这样的状况能否适合继续工作？还有，要不要把违规取证的事一并坦白？但这段时间的工作太紧张了，要打响三个战役，组织两个专项行动，坚持过去再说吧！

下班回家，天已经暗了。在十字路口等红灯的时候，行驶的车流中有一辆悍马引起了我的注意。车窗大开，那个人戴着墨镜，胳膊上文着黑龙，黑龙的头部在肩膀处，吐出的信子蹿到了脖颈……我眨眨眼睛，仔细端详，越看越像吴世英！如果他摘掉眼镜，转过头，就会看得更加分明。他似乎在配合我的想法，摘下眼镜，转过头，对我笑了一下，就在这一瞬间，我心跳戛然而止——就是我的哥哥吴世英，真真切切，毫无差错！

——但这只是我的想象而已。

那个人目不斜视，很快就驶出了我的视角。绿灯一亮，我急忙加油，追了上去。

2016 年 10 月 16 日

（原载《当代小说》2017 年 6 期，《中华文学选刊》2017 年 8 期转载，入选《2017 年中国短篇小说精选》）

我的朋友叫橙子

还记得搬进这个小区那天，风就像发了脾气，把雪尘抛过来抛过去，还抛在我的脸上。说起来，一个人的家，却不是一个人的家当。几十年来的家什一件也无法舍弃，特别是女儿的东西，包括小时候那些布娃娃。一切安置妥当，不小心在台阶上摔了一跤，膝盖疼了十多天。

现在去迎接女儿，走在小区的甬道上面，不经意间看到残雪下面萌发出的嫩绿，我才意识到，整天闷在电脑屏幕前面，不知不觉半年过去了。回顾一下，除了银行卡里多了一点数字，还多了体重，走路有点气喘。

一进屋，女儿就皱着眉头说，都啥时候了，咋还关着窗户？说着就费劲地打开窗户，在扬起的一股灰尘中捂着鼻子。清新的气息奔涌而至，我接连打了两个喷嚏。女儿喜悦地说，好兆头！

女儿大学毕业后在北京结婚，一年内能回来看我一次两次。说是看，不如说是检查。一进屋就用审视的目光扫来扫去。比如，爸，你看这屋里这么邋遢，成什么了。再比如，爸，你血压高，怎么还写通宵呢。这次呢，则是上下打量我，最后目光落在我隆起的肚子上，大瞪着眼睛警告说，爸，你可要多活动啊，不，不是活动而是锻炼，这样下去身体要出问题的。

她多次指示我融入群体，多参加活动，我也不是没有这个愿望，只是找不到方向。对于一个过早离开工作岗位的人来说，在老年人的群体里，我嫩了些；在年轻人的群体里，我老了点。除了给网站编故事，实在无所事事。去健身馆骑了两周单车，膝盖疼了，又改游泳。游泳需换泳装，结束后还要淋浴一下，回家再清洗泳装、用品，比较麻烦。好在遇到小区里的一个人，叫他老杨，我们相约同行，相互提醒，坚持了一段时间。没多久，不知什么原因，老杨突然躲避我，我的动力也就渐渐耗尽了。

我发现了一项适合我的户外运动。我所在的小区位于三环，刚刚完工了一条通往四环的公路。路两侧是正在修建的景观带，有树木河流和起伏的地势，一边走一边看，也不会枯燥。

行走的路线是从小区的南门出发。经过保安亭时，老保安十有八九坐在那里打瞌睡，像秋末的向日葵，耷拉着脑袋。有时我正要悄然而过，他突然睁开眼睛，抬起头，笑着招呼道，出去啊？我嗯嗯着，脚步没停，差点撞到一个人的身上，但我有一次看见一只狗。这么说不怎么恰当，应该说，看见一个人，他牵着一只狗。老保安还站起来对那个人啪地敬了一个标准的军礼。但进入我视线的，确实就是这只狗，一只松狮犬，体型庞大，不怒而威。

这只狗慢慢靠过来，立定，歪着头端详着我。阳光之下，它的影子像巍峨的山峰压了过来。我正紧张着，它竟然欢快地摇起了尾巴。主人愣了一下，上下打量我。老保安也站起身，脖子探出窗口打量我。他们感到很惊讶，我也一样，我从没见过这只狗。结婚成家后，家里面没有养过小动物，因为女儿对皮毛过敏。我正考虑着要怎样回应一个友善的动作，主人吆喝了那么一声，它就垂下尾巴，跟着主人走了，走了一段路，又回头看了一眼。

老保安不无羡慕地说，你知道吗，那人是个包工头，有钱啊！就住在那边的别墅区，看到没有？他走出保安亭，热心地指给我看。别墅区也属于这个小区，临马路，三层小楼围在坚固的铁栅栏墙之内。

这是我必经的一段路。路过的时候，我慢下来，侧着头看过去。不过距离马路还有一条过渡带，加之我没有戴近视眼镜，看不清楚。但是一想到那只狗，第二天的时候，我特意靠过去。

铁栅栏的下面是一截矮墙。空隙间疯长着茂盛的蒿草，在我走近时，突然晃动起来，还发出沙沙的声音，似有旋风刮过。惊异间，看到一只大狗，正是那只松狮犬。它前爪搭在矮墙上往外探身，但只能露出头部。尾巴车轮一般摇动着，蒿草的叶子被打得飞起来。它望着我，嘴里发出嘤嘤的声音。

它真的认识我，且在召唤我！

我惊喜万分，伸手进栅栏里，想触摸它，又急忙缩回，毕竟我还不了解它。或许它认错人了，或许它对谁都这么热情，一旦兽性发作呢？

我和它就这样隔着铁栅栏对望，我问：吃饭了吗？它的两只前爪抬了抬，我理解是吃过了。我问：你认识我吗？它就向上探一探身体，我理解就是认识。但是怎么认识的呢？我不得而知。聊了几句，挥挥手告别，我说，再见，我还要锻炼呢。它一只前爪抬了抬，是在说拜拜吗？

从此，晚饭后的时光，运动中多了份乐趣。

但是这天没有看到大狗。往铁栅栏里看去，院子里是浓密的庄稼。住在城市里，有个独立的小院，再种点庄稼，把简单劳动当休闲，那是富豪的生活。

双手握着栅栏，我喊了一声，橙子！我不明白为什么叫它橙子，或许它的皮毛和橙子一样的颜色吧，反正就这么顺嘴喊了出来。话音未落，就听到庄稼哗啦哗啦响，那只大狗真的跑了过来。前爪搭在矮墙上，急切地向上蹿着。我观察了一下，换了个位置，做着手势唤着：橙子，来这边！它就跟过来，立起身。这个位置好，里面地势高，它半个身子都露出来了。它试图把脑袋伸出栅栏，但是空隙太小，仅能伸出嘴巴。

我问：橙子，我给你取的名字好吗？它摇动了几下尾巴，表示喜欢。我问：橙子，我摸一下你行不行？它把嘴巴往外拱了拱，表示欢迎。不过我还是避开危险区，伸出一根手指小心地触碰了一下它的耳朵。见它摇晃起尾巴，我才大起胆子用手捏了捏，它的耳朵很小，三角形状。

运动结束，我又回来，橙子在我的呼唤声中飞跑而至，把嘴巴伸出来。我试探着去触摸，它的尾巴快速摇摆起来。我大着胆子去摸它的胡须，硬硬的，而皮是软软的，轻轻一揪，就把皮揪了起来，很好玩。最后，我摸了它整个脸。告别的时候，它在院墙内急躁地来回蹦跳。我一边走一边想，真是奇了，这狗居然和我这么友好！

我和橙子越来越亲近了，每一天我都盼望着第二天。那天，我摩挲着它整个脑袋，又大又肥，毛茸茸的，感觉真好。不知什么时候老保安凑了过来，也把手伸了进去，橙子突然大吼了一声，把我和他都吓了一跳，慌忙缩回胳膊。它的嘴巴很大，牙齿又长又尖，样子极为凶猛。老保安面无血色，捂着那只手，好像被咬伤了一样，讪笑着说，可要当心啊，到底是畜生！他一走，橙子就恢复了对我的热情，尾巴摇动着，上半身谄媚地晃动起来，我知道是在安慰我。不过这一次我的确吓得不轻，两三天之后才敢摸碰它。

这天下起了雨，没有停歇的迹象，但我还披是着雨衣出去了。我变得勤快了。老保安打开窗户笑着问，这样的天还去看狗朋友啊？我垂着目光，点点头，有些尴尬。我这么大个人居然和一只狗交朋友，不被人笑话才怪，也不知道女儿知道了会怎么想。他又说，你还是别去了，主人会把它关在屋子里的。我没回应，加快步伐，把他讨厌的声音抛在雨帘里。

铁栅栏湿漉漉地滴着水，草本植物弄湿了衣服。往里望去，那栋别墅静静地矗立着，像个古堡。大玻璃门紧紧地关着，里面隐隐约约有个影子。我第一反应那就是橙子，它守在门后期待着我的出现。我招招手，喊了一声橙子，砰的一声，门被撞开，一个身影冲了出来，正是橙子！还是老位置，它两爪搭在矮墙上，急切地往外探身，我伸手摩挲着它湿漉漉的头。

我注意到，矮墙的砖块不知什么时候缺失了两层，这样在铁栅栏和墙体之间形成了一个豁口。我正疑惑地观察着，橙子用动作给了我答案。它俯下身,慢慢地把脑袋从豁口里面探出来。

多么聪明,又是多么用心啊!那一刻我很感动。捧起它的脑袋,把额头触到它的额头,一开始凉凉的,很快温热就传递过来,蔓延全身。我问:橙子,是你干的吗?它摇动了几下尾巴,表示是的。我问:想我了吗?它张大嘴巴,伸出长长的舌头。我这才注意到它的舌头是紫罗兰色。就在我俯身观察的时候,它的舌头猛地舔了我的鼻子,我一躲,又舔了我的脸,我用手遮挡,它又快速地舔了我的脖子,它的尾巴调皮地晃动着。我骂了句,坏蛋!它就摇得更欢了。

就这样,每天的这个时间,我先和橙子玩一会儿,锻炼回来,再和橙子玩一会儿。我的锻炼坚持下来了,身体也有了变化,脚步轻盈,活力充沛,恍如回到少年。那时候家里有一只大黑狗,和我形影不离。后来是死了丢了还是被吃了,就不知道了,我到县城读高中之后就遗忘了它。我想,狗有没有转世之说?

女儿给我传来了命令。她同学给我介绍了一个女人,已经确定了见面的时间和地点。女儿对我的个人问题很着急,我知道她的担心,人的年龄越大就越怕孤独。其实我自己也有这个需求,毕竟还不到半百的年纪。这几年相处的女人倒是不少,却让我渐渐失掉了信心。

有位黄女士,死了丈夫,相貌贤淑。相处不久,我就不得不怀疑她的动机。她说,老方啊,听说你一年能赚十多万,我说是的,但写字太累。她说,又累不死人,多写点,一年赚二十万好不好。我说,没用,够花了。她想了想说,老方啊,我儿子正在准备结婚,没工作没房子,你说我咋办呢?一边偷偷瞥我一边抹眼泪。

还有位李女士，说刚离婚，小我十多岁，细皮嫩肉的，我动了春心，看电影逛街吃美食如同初恋，我还给她买了一件貂皮。过了几天，我约她来家里，她羞涩地答应了。我们亲热才刚刚开始，就有人砸门，她的前夫带着几个文身的人在门口叫骂。我只好报警，警察在我催了两次后才到。李女士和那些人走了，年轻警察戏谑地告诫说，大叔，人家正在闹离婚，还没离呢！你这年纪可别玩火啊！邻居们忍着笑散开，半个月我也没敢出家门。

还有几位女士，就不说了。

我对女儿说，要不就这样吧挺好。她说，不行，这个必须看的，人家一直未婚，还有身份呢，是个处长。无牵无挂，听起来还真不错。我理了发刮了胡子，翻出许久不穿的西装。失掉工作后也就远离了社会，穿着没必要那么在意了。西装的裤子需要紧缩肚子才能扣上，但整体看，效果不错，女儿在视频里夸我帅。

女人姓鲁，比我小六岁，相貌端庄，举止高雅，我们都有继续了解的愿望。不过她太忙，我们要周末才能见面。见面的时候她的手机也是三番两次地响，有几次还中途离开。女儿告诫我说，人家马上提拔了，前途远着呢。我不知道前途再远与我何干，但是又不忍去驳。没想到鲁女士有些文化底子，对我的作品很感兴趣，常常点评一二，这让我有了知己的感觉。

是她主动提出要到家里来的，我一阵窃喜，这表明我们的关系即将升华。我事先做了准备，让屋子里尽量温馨些，还买了一双女式拖鞋。一进屋子，她就说，这也太小了啊，我的一百二十平方米，还要换呢！我说我就一个人嘛！她似变了一个人，娇嗔地看着我说，老黄，以后还是吗？我忙说不是不是了。真没想到这位处长这个年纪还能展露风情。

我在厨房烧菜，她坐在沙发上摆弄手机，是苹果最新款，和我女儿的一样。人家是客人，第一次来，我没有指望她会下厨，但我知道她不会适应家庭主妇的身份，看来我的角色不容易转变了。不过，两个人吃饭总比一个人有意思吧。就在我胡思乱想间，她站起来，我以为她要过来帮我，但没有，她在屋子里走来走去。

窗帘为什么关着？我听到哗啦一声，知道卧室的那层纱帘被打开了，这层纱帘我是从来不动的。哎呀，笔记本电脑怎么能放在卧室呢，有电磁辐射啊！探头看去，她正在转移我的工作台。老黄啊，怎么还有一堆脏兮兮的布娃娃呢，快扔了吧！那是我女儿的，我急忙走出来，担心她扔出去。你女儿还能玩吗？当古董吗？她的语气里带着责问。我走过去把布娃娃往里摆了摆。她又纠正了我一大堆她认定的错误，现场无法纠正的，就不容辩驳地说，明天就办好知道吗？瞅了一眼布娃娃，说，把它们包装起来，放到仓房去。我嗯嗯着。

饭菜摆好，我客套说太简单了，勉强吃吧。她问没有酒吗，我说有有，找出一瓶正通小烧。她看了一眼说，去我车里取吧！就把车钥匙扔给我。后备厢里一大箱茅台，我拿回来一瓶。我说我不能喝多，一会还要出去锻炼。她说，喝吧，明早我陪你去。——她要留宿！我的心跳骤然加快，浑身燥热，人家可是黄花闺女啊！

　　事实证明我是错的,不过也无所谓,这年头哪有黄花姑娘呢,她甚至比我还老到。激情过后,我们很快就睡着了。我梦到全身被捆绑着,挣扎着醒过来,原来是她正紧紧搂着我,一条腿石柱一样压在我的肚子上。我轻轻移开她的手和脚,才呼吸顺畅。

　　双脚下床,看到的是她穿的那双拖鞋,太小,我穿不了。我的呢? 找来找去,最终在她的那边找到了。大便之后我发现手边的手纸盒里是空的,我明明昨天才换的呀。在我用力夹着肛门半蹲着找寻时,那卷手纸出现在马桶的水槽上面。洗完手,水放不下去,我鼓捣了好一会儿,才找到症结,原来是一大绺长头发塞住了出口。一定是她梳理头发时,忘记了及时清理。极有可能的情况是,她家使用的是先进的自动化的设施。

　　回到床上,她的脸正对着我的方向,呼吸有些粗重,弄得我耳朵痒痒的;背过身,脖子被吹得痒痒的。悄悄挪到床沿,她则贴过来,我不得不绷紧身体以防跌落。过了一会儿,她去卫生间,哗哗的排尿声音在黑暗中异常响亮。回到床上推我一下,见我没反应,又推推,才无奈地躺下,紧紧地贴着我,手和脚蛇一般缠上来。我暗暗祷告,老天啊,让她翻个身吧! 但她一直在保持着这个姿势。我眼睛闭着,却没有困意,反而越发清醒了。我闻到了一股浓重的臊臭味,就挪开她的手脚,去冲马桶。我猜想她家一定是那种智能马桶。谢天谢地,她转了过去,终于有了空间,但被子被她裹在两腿之间。我试着往出拽,刚拽出一点,又被她大幅度拽回去,我只好蜷缩身子睡,像个大虾。睡不着,我想看电视,却没有找到遥控器,它明明就在我的枕头旁边的。朦胧中嗅到一股臭味,是汗臭味和口臭味的混合体,睁眼，她的脸就贴着我的脸，嘴巴半张着。我再次转身，绷紧身体，和她拉开距离。朦胧中橙子用舌头舔我的脸，还企图侵入我的嘴巴，我把脸压在枕头上，它就舔我的脖子。睡醒后我感到奇怪，脸和脖子还真湿漉漉的。

漫长的一夜，睡睡醒醒，天一亮我就起床了。头晕晕的，浑身酸痛，疲惫得很。还是在她那边找到了我的拖鞋。我很困惑，我的鞋对于她来说，简直就是船，她喜欢那种感觉吗？

早餐准备好了，她还没醒，我只好自己先吃。看这情况估计她一时半会醒不了。这我理解，周六周日，多数人都睡懒觉。我把屋子收拾了一遍，把布娃娃装到了箱子里，想了想，还是放在原地。她翻了个身，手伸出抓了个空，又缩回去，打起了呼噜。我打开电脑，开始了我的工作。没有网络信号，反复检查，才发现有一条线没有连接。弄好，才想起眼镜，没在我的床头柜上，别的地方也没有，只好眯着眼睛看屏幕。写了几千字又统统删掉，再写，再删掉，无法进入创作状态。看看时间，下午四点了，我决定出去，完成运动量，但主要是去看橙子。

穿好运动装，正要出门，她醒了，掀开被子，我的眼镜滚了出来，还好没有坏掉。咦，它怎么会在这里？她看着我问，我无奈地笑笑，摇摇头。我说我要出去锻炼，她说一同去吧，你等我收拾一下，很快的。嗓音温温柔柔，还对着我嫣然一笑。那一瞬间，透过近视眼镜我看到了退了妆的中年女人的本色，满脸的沟沟壑壑，让我想起黄土高原，但我掩饰了我的情绪。

她说很快，我就站在门口等。等得累了，才知道不会很快，就回到沙发上等。她在卫生间里忙活了很久，又回到客厅忙活了很久，等她站起身说走吧的时候，过去了两个小时，而我的心似乎在沸水里煮了一遍。

为了放松情绪，也为了显示地主之谊，我带着鲁女士穿过小区里面的休闲区。凉亭里面正有四个老年人在玩麻将。这时，一个中年女人怒气冲冲地奔来，拽着其中一个人的手就往外走，嘴里还嚷着，爸，你没记性吗？人家合伙在算计你！另外的人有些恼怒，他们就争执起来。我笑笑说，总有这样的情况。鲁女士撇了撇嘴，说了句快走吧。

老保安的目光在我和鲁女士之间游移，笑嘻嘻地打招呼，问道，还去看你的狗朋友吗？我紧绷着脸走过去，恨不得踹他一脚。你和保安好熟喔！鲁女士说道。我说，这个保安就这样，跟谁都自来熟。哦，对了，什么狗朋友？她忽然想起什么似的问道。我指指那边的铁栅栏，饶有兴致地介绍了橙子。很乖很通人气与我有缘，我说。她的眉头皱起来，厌烦地说道，多脏啊！这时，扑棱扑棱的声音传了过来，我说了句，是橙子，就要奔过去。她止步，脸上明显不悦，我不得不反身回来，和她沿着马路前行。远远地看到橙子立在铁栅栏后面愣愣地看过来，而我心里虚虚的，不敢对视。

行走在油亮的柏油马路上，她似乎恢复了官员状态，指指点点地告诉我关于城市的一些规划。她说，这个地段的改造是市政府第 23 次会议决定的，目的要打造集休闲娱乐健身旅游于一体的多功能活动中心。全市还将……我嗯嗯着，其实一句话也没听进去。

晚饭去外边吃吧？她根本没给我回答的时间，侧脸笑着，紧接着又问，吃过牛排吗？我似被噎住，缓了一口气，说道，真对不起，晚上我们文友聚会。她站住，看了看我，问，会很久吗？我答，不知道啊，这帮人，不见面则已，一见面就得通宵。

文友聚会是我临时想出的借口而已。但说到文友，几年来也确曾聚过那么两次。大家都是网络写手，又在同城，就有了相识的愿望。初见时客客气气，酒过三巡就渐渐露出本相。彼此轻慢，互相挖苦，不欢而散，自此鲜有活动。有个网名叫"孤山一片叶"的，与我联系较多，一起小酌了几次，还相约出门旅游。后来女儿告诫我说，她了解过那个人，曾因嫖娼被拘留过。我记得他煞有其事地讲过那个廉价舞厅，和舞伴发生关系才二十元钱。不过这又有多大问题吗？但我不敢说出来，也不得不拉黑他。

一辆奥迪车接走了鲁女士，她和我握了握手，盯着我的眼睛笑了一下。我知道这一段姻缘终结了，不知道女儿会不会责怪。回到家里，长长出了口气，不知是叹气还是轻松的表现。重新清洁了一遍屋子，那些错位的物品归于原处，布娃娃重新拿出来。床上那股臭味隐隐还在，就干脆统统塞进洗衣机，另换了一套铺好，这时候才看到遥控器就卡在床头那里。躺在宽松的床上，手里握着遥控器搜索频道，突然发现这样的生活如此珍贵。

我开始给橙子带食物了。看到食物，它急于吃掉，又不想冷落我，嘴巴就在食物和我之间不停移动。我大度地拍着它的脑袋说，吃吧吃吧！

那天我煮了骨头，拎着热乎乎的方便袋匆匆而去。还有一段距离，就听到了橙子急切的跑动声和低低的叫声。墙的豁口更大了，它的两只前爪伸出来了，再用用力气，就可以整个钻出来。我拥抱了它的上半身，咸腥的味道，肉感十足的身躯，毛发长得遮挡了它的眼睛。

我问：你生气了吧？橙子摇摇尾巴，我不确定是表示肯定还是表示宽容。我认真做了解释，自然提到了鲁女士。讲完，橙子频频把一只爪子搭在我手掌里，似在安慰我说，无所谓的。

突然一声吆喝，它的身体就僵硬起来，迅速回身，看了我一眼就跑了。我知道它的主人来了。不知为什么，我突然想溜掉，似乎我在勾引人家的女人。声音穿过庄稼地和铁栅栏传了过来：你可以和它玩，但是不能乱给食物，吃坏了怎么办？我不得不止步，返回来，接他的话茬，歉意地表示下次一定注意。主人还算客气，但听得出话里面的愠怒、轻蔑和醋意。如果看到了破损的墙头，不知会怎样，会不会惩罚橙子呢？

担心了一夜，第二天提前就过去了，远远地听到橙子急切的跑动声。豁口已经用水泥修复好了，我忙检查橙子的全身，没发现有被惩罚的痕迹。这时，传来开门的声音，紧接着是通电话的声音，橙子立刻紧张起来，犹豫地看着我，我挥挥手离开了。

第二天，老保安枣核一样的脸上流露出幸灾乐祸的表情，语调怪怪地问：还去看你的狗朋友吗？我嗯嗯着，感到很疑惑，直到走到铁栅栏墙才恍然明白过来。原来，铁栅栏的所有的空隙都塞进了规整的木板条，不是临时性的，而是用螺钉固定着的。我能听到橙子哀怨的低吼，爪子在木板上面的抓挠声。眯起眼睛透过窄窄的缝隙，看到橙子焦躁而无奈的样子。我一阵愤恨，主人是个伪君子，嘴上声称我可以和橙子玩，实际上以这种野蛮的方式硬生生隔绝了我们的交往。我一度想到了那些凄美的爱情故事，梁祝、牛郎织女、白蛇传。突然，里面传来厉声的吆喝：回来！回来！我恼怒而尴尬地离开了。

当晚我病了，呕吐拉肚子。若说有什么因果关系，也实在牵强，也许是吃了凉饭所致吧。到了第二天，不见好转，下午开始发烧，吃了一大把药片昏昏沉沉睡着了。睁开眼睛天亮了，掀开被子正要起床，突然发冷，浑身筛糠一般。女儿来了微信，是个问号，我回了过去，说正在做早饭。怎么没去锻炼？我说马上。又躺了一会儿，感到撑不过去了，就去了小区里的诊所。医生说你39℃多了，怎么一个人来？打了两瓶吊针，黄昏时才感觉舒服了。

走出南门，老保安把脖子探出来正要开口，我没理他，径直走到了铁栅栏墙。很奇怪，竟然没有任何动静。往里窥视，院子里的庄稼已经割倒了，空旷而荒凉。岁月无痕，时光匆匆，不知不觉间已是深秋了。某种情绪在心里飘忽了那么一下。

观察之后，我判断主人不在家，就大着胆子喊了一声橙子，没有动静，又接连喊了几声。那扇大玻璃门静悄悄的，整个院子都是静悄悄的。我想，主人要么把它关在房子里，要么转移到了别处。我没有去锻炼，而是落魄地往回走，保安亭里没有人。我等了一会儿，也没见老保安回来。也许他会知道点什么。

此后就一直没再见到橙子。刮起了北风且越来越凛冽，膝盖又疼了，我就渐渐终止了锻炼。空气污浊起来，雾霾再度笼罩，就干脆猫在家里不出来了。

到南门取稿费单的那天，铁栅栏墙外停着一台警车，写着法院两字，一群人围在不远处交头接耳。我意外看到了老杨，想上前和他打招呼，他回头望了一眼，不知道看没看到我，一闪身就不见了。老保安挤出来，感慨地说，这些富人呐，早晚要出事儿！我无心关心与己无关的事，没搭茬儿。

女儿在微信上和我说话，她先谈到那个鲁女士，说还对我念念不忘，我说不合适。女儿就怪我没有眼光，还说我越来越孤僻了。然后关注我的健康，我谎称还在坚持锻炼。她说好。最后问了屋内环境。我说挺好，她说不行，要看现场视频。看过，她嘱我要保持，要定期通风，消毒。我嗯嗯着。

这天早上，手机响了，是个陌生号码，但是尾号是几个8，应该不是广告推销诈骗之类。那人语气非常客气，说，你好，我是橙子的主人。

什么什么，我移开手机，再贴上，你是谁？

我是橙子的主人，就是那条松狮犬，你不记得了吗？又问，你真的喜欢橙子吗？

我顿了一下，猜测着他的意图，不过还是承认了。怎么了？我问。他说，我就知道你喜欢它，它也喜欢你，我把它关到了地下室，它就绝食，过了好多天才听我的话。此时，我的眼前就出现了相应的场面，心里那么一热。但我预感到关键内容还在后面，就不说话，等着他说。他顿了顿，终于说，晚上九点来我家吧，我把橙子送给你。我不敢相信这是真的，不过千真万确，他重复了一遍，九点你来吧！

为什么呢？我努力让语调不那么激动，为什么要送出去？

耳朵里是忙音，他挂了电话。

我兴奋得顾不上吃饭，早早出了屋子，在南门附近徘徊。一次次看时间，一次次往铁栅栏那边眺望。那边黑黑的，没有灯光。但人家说九点，我不好意思提前打扰。老保安几次想和我说话，见我冷着脸，终于没说，狐疑地时不时瞄我一眼。好不容易熬到时间，急匆匆赶过去，院子里仍是黑黑的。按了门铃好久也没有回应。我怀疑那个电话是我的错觉，不过那个号码还在，就打了回去，提示已关机。

一夜未眠。天一亮，我就跑去按门铃，没有回应，看来没有人。那么橙子在哪里呢？院墙不算太高，我试了几次都不敢跳进去，尖尖的铁栅栏头，差点就刺到我。拨打了几次电话，都是关机。我快快地要离开时，手机响了，正是橙子的主人。他说，今天晚上十点来吧，不见不散。

老保安凑过来，神秘兮兮地说，那家伙不敢回家，怕抓，不过跑了和尚跑不了庙。我想起那天的警车，知道橙子的主人破产了。

这是老天在成全我和橙子吗？

回到家里，我兴奋地规划着。在这个不足五十平方米的小公寓里，橙子的窝和附属设施如餐盒之类，放在哪里为宜。在哪里排便呢？如何给它洗澡呢？

网络给了我更多的帮助，很快就搜到了若干条信息。一大堆的养狗体会，当然也有人诉苦。比如狗毛满屋飞，吃一顿饭就是吃了一顿毛；狗屎狗尿的味道就像粘在墙上，很难除去；夜晚乱叫，四邻不安愤而报警；半夜病了，要赶往宠物诊所打吊针；某地宠物犬咬伤了婴儿的脚趾……

　　看不下去了，心里就像烧到半夜的炉火，坍塌冷却下去。暗暗庆幸没有和女儿说，否则一定挨训。

　　以前我是很少做梦的，但现在我做了个清晰的梦。橙子说了人话，它说，我就是大黑转世。我也变回少年，搂着它的脖子哭了，我说，我不会再让你离开我了。忽然，它充气一般变大，最后塞满了屋子，而我只能被挤在一个角落，快窒息了。我试图转移一下空间，被它发现，突然就凶了起来，张大了嘴巴向我吞来。这时我看到，它的牙缝间塞着我女儿女婿还有外孙，他们挣扎着，我一惊就醒了。

　　拿起手机看了看时间，临近十点了。想了想，用力关了机。第二天第三天没有开机，也没有出屋。中间有人敲了几次门，我也没开。女儿不找我，别人无所谓的。这些年，和亲属几乎断了联系，朋友没有一个。偶尔物业会来收费，但是今年多数费用可以利用微信支付了。

　　一周之后我出去了，天气晴朗，阳光灿烂。老保安正在门口铲雪，我说，雪挺大呀！他起身，似乎惊讶于我的主动，热情地说，是啊，连下了好几天呢！你是没出屋还是出远门了？我说去外地了，目光向铁栅栏那边瞟去。老保安靠近我，恨恨地说，那家伙偷偷卖了房子跑路了。我问啥时候，他说一周了。沉默了一会儿，我问，橙子呢？他疑惑地问，什么橙子？我改口说，那只狗，松狮犬。呵呵，你的那个狗朋友？谁知道呢？但肯定不在那个房子里了，房子已经换了主人了。

　　内心里什么东西回落下来，又觉得隐隐的愧疚。

走过去，看到铁栅栏间那些木板已经拆除了。院子里，一对中年男女正陪着孩子堆雪人，孩子开心地嘎嘎笑着。两个老年人，应该是爷爷奶奶吧，不，也许是外公外婆，就站在玻璃门后面慈爱地望着。如同凝望一幅画，我看了好久。离开的时候，才发现下雪了。突然，一个黄乎乎的影子向我奔来，是橙子！我心头一颤，再看时只是一片迷蒙。隐约一股寒气袭来，膝盖又疼了。

进了家，呆坐了一会儿，脑子似被抽空，茫然中残存着那么一丝丝痛感。还是戴上眼镜继续杜撰故事吧！今天要完成一万字的任务，我想两万字也是可以的，反正闲得慌。

窗帘暗下去的时候，房门有响动，且持续不断。女儿嘱咐我说，要提高警惕，轻易不要相信收费的、维修的、送财神的。猫眼外面，可以看到昏黄灯光下那扇关不严的楼宇门，雪尘放肆地奔涌进来。我正要回身，声音再次响起，节奏急促，大有破坏之势。我又看了看，还是看不到人，就打开了门。一瞬间，就被闪电击中了——橙子就立在那里，欣喜若狂地扑了过来。

2016 年 11 月 18 日初稿
2016 年 11 月 24 日修改

（原载《北方文学》2018 年 4 期）

暗 房

故事从这里开始吧！

一年前，我的工作调到春城，住在一套小公寓里。一到周末就兴冲冲踏上回家的路。但是没有多久就意识到，这干扰了妻子的生活。一是她平时在娘家"蹭"饭，却要给我回来下厨，二是让她在麻将局里白白旷工。她愉悦的表情后面，隐约可见维持礼节一般的无奈。所以这一百多里的路途就让我越来越疲倦。只在节假日或是特殊情况需要，我才会在两地之间奔走。

在单位，我是个闲职，几乎没什么业务。认识的人也不多，颇为寂寥。玩微信就成了日夜不离手的营生。可是刷来刷去的，还是那几个好友，无趣得很。

那夜，外边静静落雪，突然进出一个好友的来信，问你还好吗，头像是个美女。我有点小惊喜，迅速查看她的资料，才知道原来是小雪。我们快两年没有联系了。处于这种境况下的我，思绪就像抹了油一样，滑向了三年前的那家医院。

当时流行一种称为 H5N1 的禽流感病毒，人们大为恐慌，纷纷注射增强免疫力的药物。我用的叫卡介菌，疗程半年。不得不说，我是最怕打屁针的，而这种药物恰恰有这个要求。

那家医院不大，注射室里有三个护士，都是女的。一个脸面像核桃的大婶，一个胖得像水缸的少妇，最后那个女孩不算漂亮，却耐看。我当然希望由她来负责我。她刚刚处置完一个病人，下一个就是我了，我解了腰带，露出半个屁股。她白嫩修长的手指在我的皮肤上摸索着，寻找最佳的位置，而我的肌肉绷得紧紧的。

她用手指略略按了按，轻声说，别紧张！

这时有人喊，小雪，接电话！我才知道她叫小雪。小雪愣了一下，直起身，针头捏在两根手指间，渗出液体，扭头望过去。

大婶凑过来说，我来吧。手粗糙得让我皱起眉头，不过技术不错，我还傻傻地一手提着裤子，她已经把针管啪地扔进垃圾桶，说道，你可以走了。不过我还是希望下次是小雪，不，每次都是。

第二次真的就是小雪了，我半闭着眼，能够闻到某种清新的气息。猛然一阵刺痛，紧接着辐射到半个臀部。我咬牙数着数，终于等到她直起身，把棉球扔进垃圾桶。棉球浸着鲜红的血。在她们的注视下，我是一瘸一拐离开的。小雪窃笑的样子深深印在我的心版上。

第三次我就盼着大婶了，不能为了视觉效果而遭受无谓的痛苦。不想轮到我时，她看了看我，转头对着走廊喊道，小雪，打针！

我问，你不可以吗？

大婶不回答我，去接待另外一个病人。

小雪脚步匆匆地进屋，看了看我，问，上次疼吗？

我若说不疼，她就不会改善。思索一番，我谨慎地说道，还好，一点点儿疼。

她笑笑，说，别紧张就好了。

我说好的。褪下裤子，想象着她一连串的动作，努力平抑着情绪暗暗自责：你这么大人，还怕打针吗！不能让女孩子笑话！

完事，似乎比上次要好，但走起路来还是心存畏惧。一想到需要坚持半年时间，就有放弃的想法。酒桌上和朋友们谈到这事，多数人劝我坚持到底，说是南方都死了好几个人了。

开驾校的吴明笑嘻嘻地说，多好啊！女护士给你打针，你反过来也给她打针啊！肉针！哈哈！

大家坏笑着起哄。当时我倒也没多想，不过不久，这句玩笑竟然在我心底慢慢成胎，我开始留意起小雪来。

那天我去，小雪正在通电话，情绪很差。收起手机，她对少妇抱怨说，驾校来通知，考试没过，让我参加下期学习班，但是另交学费。她眼圈红红的，配药的时候很用力，药瓶磕得啪啪响。一边嘟囔着说都考了两次了，真是笨死了。给我打针的时候可别再赌气啦！我暗暗祈祷。

我知道那家驾校正是吴明开的，思忖了一会儿，终于说道，我可以帮你说话，免你的学费。

小雪瞪大眼睛，疑惑地望着我，你说的是真的？

是真的。我说。

那次针扎得格外仔细，但还是有点痛。

结束时小雪问，怎样，我故作轻松地说，挺好。

又去打针的时候，我才想起我答应的事情。小雪并没有问，态度也很好，但我还是觉得不自然。离开医院我就给吴明打了电话，我当然没说是给谁办事，免得这家伙滋事。中间我出差了一段时间，再去医院的时候，小雪格外热情，眼神温润，原来是驾校同意免她学费了。那两个护士的目光探照灯一般不时扫在我身上。

原来你是当官的啊！小雪说道，谢谢了。她俯下身给我扎针，用手轻轻按摩着扎针的部位。我故作姿态地笑笑，其实心里很得意。这次扎针居然没有痛感，不知是心情还是小雪的技术。我把手机号码给了小雪，说，驾校有事给我打电话吧。并趁机要了小雪的号码。满以为这是我艳遇的开始，但是再去的时候就变了天。

走进注射室的时候，少妇和大婶目光复杂地对视了一眼，之后向里屋喊了一声小雪。小雪出来，并没有看我，就像对待陌生人一样完成了工作，之后又进屋了。整个过程我疑惑地盯着小雪，但是她非常矜持。这样我又去了几次，情况都是如此。

怎么回事呢？我百思不得其解，根本就忘了屁股的感觉了。最后我终于鼓起勇气给她发了一则短信，我认为会石沉大海，不料很快就收到回复了。

她说，我很感激你，但我不是那种女孩。我更加疑惑，小雪吞吞吐吐的，但最后我还是弄明白了。县城不大，我这个当官的还是有点名气的，在老百姓眼里，当官的非贪即色，我无亲无故操心女孩的事情，大家遂起了疑心。

我当然辩解了，尽管我心里发虚。看小雪这样的态度，我原本的信心动摇了。必须保持形象，决不能授人以口实。再去医院，我格外谨慎，完事就走。倒是小雪觉得不好意思了，主动和我说话，而我也是礼貌地应答。

一晃疗程就结束了，最后那次接待我的是少妇，小雪没上班。我心里多少有一点遗憾，但我一副无所谓的样子。晚上突然收到一个陌生的来电，问我方便吗，她说是小雪。我很意外，她的号码已经让我删了。我急忙说方便方便。

她兴奋地说，我今天没上班，去参加驾照考试去了，你知道吗，通过啦！

是嘛！那太好了，祝贺你！我说。

我要请你吃饭。她语气真诚地说，你知道吗，太难过关了！我一个同学考了三次都没过！这里面有你的功劳啊！

我心里一动，连忙说好啊好啊。

不知是不是有意，小雪订了一个遇到熟人概率极低的餐厅。其实我一直有这个担心呢，但是不敢说，刚认识，不能让她感觉我畏首畏尾的。看来不能小看女孩子喔，她们其实聪明得很，社会的事都懂。小雪点的是麻辣口味的，女孩子都喜欢吃的那类。她问我喜欢吗，我说喜欢，其实根本吃不习惯。结账的时候我当然没用小雪买单，我劝阻她说，下次你请，行吧。我这样说她怎么会说不行呢。说实话，我有点喜出望外，但是不明白小雪的思想是如何转化的。不过我心里有数，对这样的女孩子不能操之过急。

在县城里我是不可以为所欲为的，和小雪约会更须慎重。

第一次我驾车载着小雪绕城一周看夜景，高高低低的建筑物上矗立着各种醒目的招牌灯饰，各种颜色，不同形状，就像浮在半空。突然想起那个广告语：天空飘来几个字……

缓慢前行，淅淅沥沥地飘起了雪花。她说，我们下去走走。我说好。那样一个冬天的夜晚，路灯都亮着，雪花落到嘴唇上凉丝丝也甜丝丝。小雪穿一件呢绒短衣，下面是裙子，两条腿似乎裸着，那是肉色的长袜。我知道她在假装不冷，就很绅士地把长衣给她披上。她扭头看我，两眼闪烁着碎碎的亮光。

第二次是个周日，清明刚过，我把车开到了郊野，天空纯净如水，云朵像医院的棉球，脚下是若有若无的绿色。她穿得很单薄，俯身时露出又白又大的半遮的乳房。可是我假装没注意。她很开心，伸展着双手，高举过头顶，像展翅欲飞的燕子。我趁机在后面搂住了她的腰，她愣了一下，用手指试图掰我的手，我试探着加了一点力度，她就不再抗拒了。柔软温热，说不出来的舒服。我的手慢慢向上靠近，手机响了，领导让我马上过去。

就从那天我的人生开始出现转折，有关部门开始对我进行调查。这期间我和小雪见了一次，是她主动约我的。我犹豫着答应了。她说家人给她介绍个对象。我说，那就处处吧，感觉好就结婚吧！小雪对我的态度有点诧异。其实我是不想在这个时期再惹出什么男女问题来的，当断不断反受其乱。

送她到家的时候，小雪看了我一眼才磨蹭着下车，其实我应该说点什么，或者是给她一个深吻，然而我克制了。为了安全，我拉黑了小雪的号码，再也没联系她。

后来我被停职，等着调查结论。原来的下属和朋友都远离了，我变得异常落寞。常常一个人驾车到郊外散心。说是郊外，其实，城市发展的触角已经延伸到这里了，附近就有一座新楼盘。

没想到竟然碰到小雪，我们都很惊喜。她说她结婚了，家就在那里。我顺着她的手指，猜测着她的家应该在哪栋楼哪层。她很关心我的现状，目光在我的脸上游移，说你憔悴了许多。我问你老公对你好吗，她说阿城对我挺好的。她老公叫阿城。

阿城是广东人。父亲是地质勘探队队员，因为工作需要，带着妻儿在这里驻扎下来。后来殉职。阿城结婚后，妈妈没有和他们一起生活，仍然住在那间单位的公寓里。

她看了看我说，要不到我家坐一会吧！见我疑惑，她紧接着说道，阿城出差了，要好些天才能回来。

我暗喜。

到了她家，她打开电视，到厨房里洗水果。

她问道，看你的 QQ 空间，你开始写小说啦？

我说，实在无聊啊，写着玩的。

你呀，净写些男女乱糟糟的事情！她背部对着我，臀部很大很圆。

我笑笑，男女的事情才是人类的本色嘛！

我去了一趟卫生间，故意把尿尿得哗哗响，还没有关门，小雪经过时瞥了一眼。回到屋里，她俯身给我拿水果，我则从后面一把抱住了她，她愣了一下，要掰我的手，我用力，她就不再抗拒，我正要进一步，她突然掰我的手，加了力度，说，这是我家。我只好作罢。

为了转移注意力，我走动着观赏家里的格局。一般只有一间卧室，而她家有两间，且都铺着床品。小雪说，阿城回来的时候，婆婆过来住。我想象着一家三口其乐融融的场面。婆婆的那间有些阴暗，几张照片挂在墙上，一对男女偎依着，很是亲密。

照片里是谁呀，我大声问正在客厅里的小雪，随手打开了灯光。

是阿城和婆婆。

我很诧异，仔细再看，女的很年轻很时尚，怎么看都不像母子。

不知道小雪在忙什么，声音拐了弯传进来，说，正是他们。

你婆婆怎么会那么年轻？还是照片的原因？

我没听到回答，又问了一遍。

小雪的声调变得尖锐，谁知道呢！

她的嗓音有点怪异，我意识到可能自己唐突了吧，就知趣地回到客厅。聊了一会儿，我知道我和她今天是不会发生什么，就告辞了。约她过几天一起去春城玩。她想了想说，只要不是周末就行。

离开的时候我还是亲吻了她，她抗拒着，但还是得逞了。

不久，我的处分就宣布了，免职调动。我很懊恼，也很沮丧。不由自主地驾着车去了农村的老家。老家其实没有家了，只有一座空房子，不过还可以住人。我尽量避开乡亲，不想看到异样的目光。如今信息畅快，我的事情无法隐瞒的。沿着一条僻静的山路到母亲的坟前静坐，坐够了才回去。她生前最担心我出事儿。若是突然给我打来电话，就一定是刚刚做了噩梦。坟前的蒿草又密又高，应该割一割了。手机关了一段时间，打开时看到了小雪的短信和 QQ 留言，但我没有回复，那时候万念俱灰。

　　单位都是两个人或三个人一个办公室，却给了我单独的一间。挺好？可是我不这么认为。同事们都比我年轻很多，和我又生疏，这就是原因吧。没有人到我的屋里谈工作或是闲聊，我曾试图接近他们，但每次都是被客气地对待，让我很尴尬。所以我就索性关上门玩手机。浏览网页，玩玩游戏，保持微信通畅。微信成为时下最普遍的交流工具。有些好友是从手机号码和 QQ 转化而来，但有些名字不是真名，所以就不知道是谁。这也无关紧要，因为日常交流不多。但我还是希望有更多的头像能鲜活起来。

　　没想到还能联系上小雪，我感到浑身燥热。我们的对话自然是先互相问候各自的情况。但是我没想到小雪离婚了，而且离了七八月之久了。她结婚时间不长，夫妻感情挺好的。

　　我问是怎么回事，小雪岔开话题问我，平时忙吗？我说不忙。我想去松花湖，她问，你能不能陪我去？

　　此时已是三月初了，天气回暖，但看风景还早。我的内心暗流涌动着，想起她穿的肉色长袜，又白又大的半遮的乳房。我连说好啊好啊。

　　去松花湖，她需要先到春城和我会合。周日那天早上，我开车去火车站接她，塞车塞了一个多小时，等到顺畅时我又走错了路,接到她时快到中午了。我不确定我是不是故意拖延时间,不过我倒是希望她能留宿,那样我们的事情就可以成了。男人嘛,就这么点企图。

她微笑着小跑着过来,仍然那么青春洋溢。只是穿着并不入时,肤色不如以前细嫩,有点暗黄,细看还是能辨别出眼角的鱼尾纹。我暗暗感叹女人苍老得如此之快。

虽说很久未见,但感觉仍是老熟人那种。车子驶入去往江城的高速公路。车辆不多,视野开阔,沿途都是连绵的小山,荒芜的色泽夹杂着残雪的痕迹。越走天气越好,阳光灿烂,天空浅蓝,云朵就像撕扯的一片片棉花。

小雪摇下车窗,用力呼吸着,我也摇下,微凉的清新的感觉顿时满怀。她笑嘻嘻地看着我,调皮地说,我开一会儿好吗。我犹豫了一下,停车,换了位置。车子还挺平稳,我们都松弛下来。她问,你那个朋友的驾校还开着吗?她说的是吴明。我淡淡地说还开着吧!小雪困惑地看了我一眼。我不想说出这样的尴尬:我们之间连电话都没有了。但我很快就意识到,唯有小雪还一如既往。这样想着,就欣赏地看了她一眼。她正沉浸在驾车的快感中。

车里沉寂下来,轮胎摩擦地面的声音很清晰,驶过桥面的时候,轰隆隆地像火车。很快,关于小雪的那一堆疑问就奔涌上来,关了车窗,我侧头问道,到底怎么回事,说说吧!

小雪如花绽放的脸慢慢绷紧了,凝望着前方没有吭声。

是老公对你不好……有外遇了?

她摇摇头。

是不是你有外遇？哈哈！我调侃着说。

我才不会有呢！我是那样的人吗？小雪转头看我，眉头紧蹙，你是不是把我当成那样的女孩了？

没没，我只是说笑而已，我忙着辩解。不过在心里是不服的，你一本正经怎么会认识我呢。

或者是一时冲动吧，过段时间就好了。我说。

这都这么久了，我们都没有一点儿联系呢。

他不找你吗？

找过几次，我没搭理，最近没找过。

那你呢？

为什么我要主动？小雪噘起嘴的样子蛮好看。

你们都很犟啊！我说道。

小雪笑了。

肯定能和好的。

不会。

怎么不会？

因为，因为他妈妈。

你和婆婆关系不好？

也不是。

婆婆怂恿儿子离婚？

没有。

那到底是怎么回事？

小雪的嘴唇紧紧闭着。我越加疑惑。如今的家庭，早就不是长辈当政的年代了，再说，他们并不和婆婆在一起生活，会有什么问题呢？说心里话，我并不是多么关心小雪的婚姻，甚至知道她离婚，我还有那么点幸灾乐祸。我想这纯粹是好奇。或者与我迷上写小说有关吧。

就是婆婆的问题。小雪终于说，她似乎重重地咬了一下牙。

婆婆的问题有那么严重？作为儿媳的，还是要讲一点孝敬的。我说道，一时间有了长者风度。

我是孝顺的，毕竟是长辈嘛，不过事情没那么简单。

她摇摇头，目光迷茫起来，继而停下车，伏在方向盘上抽泣起来。我伸出右手摸摸她的头发，说，我来开吧。

车子如一叶轻舟，不知不觉间就到了江城境内。远远地就是著名的小丰满水库大坝，建于日伪时期，一幅冰瀑景观呈现在眼前。

小雪抬起头，呀了一声，脸色亮了起来，迅速拿起手机咔咔地拍照。绕过大坝，就是松花湖了。冰层仍然很厚，还有积雪，几艘游艇就孤零零冻结在上面。

小雪孩子似的奔跑到湖面上，我紧跟在后面。回头一望，淡蓝的天空为背景，高耸的山峰，上面悠然飘着大朵的白云。似乎有轻柔的风拂面。那感觉真是好极了。

我向湖心走去，几处很大的冰窟窿，应该是打鱼所致。我小心地踩踩，看不到水，也看不到鱼。走近那几艘插着国旗的游艇，想象着它们游弋在碧波之上的情景。

小雪很顽皮，攀到了游艇上面，钻到室内，从开着的窗户向我打手势，一个 V 字。我及时拍下这一瞬间，心想到底是年轻啊！年轻真好，可是自己已经是中年了，心底就涌出伤感来。

　　游兴将尽，一个男人骑着摩托过来，热情地介绍他家酒店，说是有开江鱼，味道鲜美。停顿了一下，看看小雪，又看着我，笑里似乎多了点内容，说，有包厢，火炕，很舒服的。我扫一眼小雪，她正看着我，我说去吧。

　　服务员是一个约四十岁的女子，脸上的胭脂很厚。她引我们到了一个包厢里。酒菜上齐，她噙着暧昧的笑意，转身出去，随手把门关严。屋里顿时暗了下来，我才注意到只有一扇窄小的窗户。小雪自己要了一瓶正通小烧酒，见我疑惑的样子，笑着说，别担心，平时我也喝酒的。闹心时喝点酒，挺好的。但我不能陪你喝了，我说，沿途有交警。

　　包厢里果真有火炕，坐在上面热乎乎的。鱼的味道鲜美，出乎意料。不过好奇心还是时时涌动，我隐约感到小雪的情况一定非比寻常。一杯酒下去，她的脸颊浮出一层红晕，话匣子打开了。

　　有人说因为我和阿城经常分居，其实我们很恩爱的，这个并不影响。小雪说"很恩爱"的时候，我的眼前就闪现出我和她约会的那些片段，不禁暗笑了一下。

　　就是因为他妈妈。小雪没用"婆婆"这个词，说着脱掉了外衣。里面的毛衫是暖黄色的，胸部撑起两座小山，似乎大了些。我和你说过吧，他一直和他妈妈一起生活。

　　我说，他妈妈真够辛苦的。但我心里想的是，你若是穿 V 领的就好了。

　　是啊，我也这样想。当儿子的孝顺，这我理解。我一个二十多岁女孩，在父母面前娇生惯养的，受呵护惯了，但还是尽心尽力地孝敬他妈妈。然而，日子一天天过去，我慢慢感觉到不正常。

不正常？

是的，不正常。她挪挪身子，说炕太热。我靠过去，把手伸过去，插在她屁股下面，说道，哦，是挺热的！她笑着打了我手一下，说，占便宜啊？我忙抽出手，说，哎呀，我在摸炕，你想歪了！

那次阿城得了急性阑尾炎要做手术，他是最怕手术的，刚进到手术室的时候，他突然回头喊了一声，就像个需要鼓励的孩子。我以为是喊我的名字，就跑了过去，但是他喊的是阿娟。阿娟是谁，我正疑惑间，他妈妈走了过去，抱住儿子的脑袋，在额头上亲了一口，说乖乖听话。原来他妈妈叫阿娟。我为他孩子一般的举动感到好笑，但很快就为自己感到悲哀。我没有他妈妈重要。

我笑笑。对男人来说，妈妈和妻子是一生中两个最重要的女人，却有着不同本质的爱。

阿城周末回来，我满怀激情地盼望着，但是他得先把妈妈接过来，一同吃饭。如果只是我们俩，到外边饭店吃多好啊，简便又随意，然后回到家里尽情欢乐。

哈哈，是啊，小别胜新婚嘛！我打趣道。

但是他妈妈在，我就得下厨好好做几道菜。还常常被油烫着。吃饭时阿城坐在中间，先给妈妈搛菜，然后才轮到我，这也没什么。虽然我任性，但我理解，敬老嘛。只是，我们的座位让我很困惑。

座位？

小雪止住了话题，犹豫着要不要说下去，我忙用目光给她以鼓励。包厢外似有脚步声悄然而至。这位女服务员，还有偷听的癖好？

我发现了一个问题，无论我们三个人怎样坐，他必须要和妈妈挨着。她的话题没完，我就笑了，典型的恋母情结！

小雪干了一杯酒，倒满。她的手有点发颤。我不由得停住筷子，盯着她的脸。阳光透过窗户打在她的脸上，一半是阴暗的，包厢里也是一半阴暗。我暗想，会有什么不可解的问题吗？

那次阿城出差，一个月时间才回来。晚饭后，我一个人忙着收拾餐桌，他去了妈妈的房间。等我收拾完了，回到卧室，他还是没回来。我盼着他快点过来，可是又不好意思喊他。正好他手机响了，我就喊他，他答应着也没过来，我又喊了两遍他才回来。

哈哈，急着享受床第之欢！我笑道。小雪抬头看我一眼，不知是酒精的作用，还是害羞，面如盛开的桃花。我的心怦然一动。都是过来人了嘛，我说，很正常的事，你接着说吧。我暗想，莫不是你这女子还要描写一下香艳的场面？给我暗示吗？

可是，可是，并不尽兴。她的舌头有点僵硬。半瓶酒就要下去了。他做得小心翼翼，我一要喊叫，他就用力捂着我的嘴，还紧张地往门外看。没想到门外还真响起脚步声，足有几分钟才静下来，他才继续动作。事毕，我流着泪质问他，你怕什么。他没有吱声。我说，我们是夫妻，做这种事情，还怕你妈妈不成？

阿城担心妈妈听到，这也没什么。我说。咋的，你控制不住情绪非要喊出来？我坏坏地问道。

我在说正事儿呢！小雪的脸又绷紧了。她放下酒杯，眼里忽然蓄满了泪水，叹了口气，挺拔的身体瘫了下来。她一只手撑在炕上，身体斜向一侧。

当我睁开眼睛的时候，天色大亮，我转头，身边的被子掀在一边。应该去厕所了吧？我多希望一睁开眼就看到他，然后相互搂抱着享受懒在床上的时光。我闭上眼睛，等他回来，准备突然睁开眼睛吓他。可是等了好久他也没回来。不能就这样懒着，毕竟他妈妈在。我打算去准备早餐，他妈妈正好从房间出来，披着一件并不遮体的长睡衣。她的目光迅即垂下，在身后关紧了房门进了卫生间，我则鬼使神差般猛地冲了进去。一刹那，我就被定住了，我不敢相信眼前的一幕——阿城竟然睡在他妈妈的床上，只穿着裤头，一只手向前探着，做出搂抱的姿势。

小雪干了杯，坐在炕上有点发晃，她又伸出另一只手，让两只手在身后支撑，她则向后仰着，脑袋倒垂下去，这个造型是表达什么我不知道，像在做瑜伽。我愣怔着，在判断是不是幻听。突然，她歪倒了下去，我急忙过去把她扶住，平放，头部垫了我的外衣。

小雪抬起手又无力地垂下，嘴里说，我砸了所有的东西，然后就离婚了。

她不再说话，似乎睡了。但很快就爬起来呕吐，我急忙用塑料袋接着。很大一堆黏稠的污秽物，散发着热乎乎的臭气。我强忍着擦干净她的嘴巴，快步出来，把塑料袋扔到了饭店的垃圾桶里。

服务员迅速地投以耐人寻味的一瞥，她肯定对我们进行了某种想象。其实我不得不说，我是希望小雪喝醉的，然后我就……但是现在，我已经没有一点那样的欲望了。

胃里似乎有虫子在蠕动。

太阳很大，却像流尽了新鲜的血液，只剩下染红了的皮囊卡在两山之间。我忽而产生了一种急迫感，把小雪扶到了车里，快速驶向高速公路。

小雪的头左歪一下，右歪一下，睡得很沉，一只眼角沾着一颗泪珠。我忽然痛惜起她来。也不知道她说的到底是不是真的，像天方夜谭，应该是她受到了刺激所致的心里幻象吧。

天黑了下来，我打开了远光灯，白色的交通标志线向远方无限伸展。我的车子孤单而枯燥地行进着。看一眼时间，已经走了大半路程。

小雪轻轻地发出了声音，伸一伸胳膊，突然坐正，问我，咦，怎么回事，怎么回事？

我笑着说道，还怎么回事呢，快到家了。

小雪左看右看，看了半天才缓过神。哎呀，我喝醉了。

我笑笑说，醉了怕什么，我又不会卖了你。

嘿嘿，我知道你是好人。

喊，啥时代了还论好人坏人！

这么说，你不是好人喽！小雪笑嘻嘻地看着我。快说，你都做过什么坏事？

什么坏事？我突然产生恶作剧的心态，坏笑着说，你知道你睡了多长时间吗？有两个小时吧！人事不省啊，你知道发生什么了吗？

小雪娇嗔地用拳头轻轻捶了捶我，眼神溢出妩媚的色彩，声音也嗲起来，你不敢！说着话，她的头歪倒了我的肩上。我的心里又一动。不，应该说是一悸动。我说不清楚那感受，有点亢奋又似乎扯痛了什么。

她突然盯着我问道，我记得和你说了很多啊，说了我们为什么离婚吧？

没有啊，我正想问问你呢。

真的没说？她的目光严肃地在我的脸上一扫。

没说。我语气坚定。

唉，其实也没啥，就是些鸡毛蒜皮的事情，我太任性而他又倔强，所以……

所以可以和好的。我说道。

小雪苦笑了一下，说和好是不可能了。

面对一个小说家，小雪是不是受了某种暗示，借着酒劲夸大了故事？还是面对一个离婚的女人，我头脑中滋生了一个偏颇的主题呢？

小雪突然说，停车。我疑惑地看着她，她脸色微红地看了我一眼，说，我要撒尿。我没想到她会这样说，说得不加遮掩。我把车停到较为安全的路段，她边下车边说，不许偷看哦！声音绵软得很，我不能不心猿意马。根据前面的里程牌上标注的数字，我知道这次约会很快就要结束了。我想起吴明那小子的话：你反过来也给她打针啊！肉针！

很快她回到车里，却坐到了后面，声音嗲嗲地说，还是后面舒服。血往上涌，我下车，拉开后门，也坐了进去。她的眼睛如同星星，呼吸也急促起来。我贴近她的嘴唇，她配合地张开，我的舌头随即探入，猛然，那股污秽物的味道钻进我的鼻孔，眼前出现了那袋黏稠的东西，胃里一阵翻动，我强忍着，转身向车外呕吐。

你怎么了，小雪问。

我说，晕车了。

你开车的怎么会晕车？

我说，从没开这么长时间的车，累了的缘故。

白色的交通标志线向远方无限伸展，我们没有再说话。我很想找个话题，但是搜肠刮肚也找不到。

到了春城，小雪没有回家的意思，但我的车子还是直奔火车站。狭小的空间，弥漫着尴尬的沉默。我能感受到她疑惑而失望的心。

火车站灯火辉煌，小雪坐在位子上看了我一眼，似乎在等待什么。见我毫无表示，下车，嘭地关上车门，往里面走去。转身时我已经看不清楚她的面目了。她挥了一下手，很快就消失在人流之中。我知道我们不会再见了。

回到公寓就睡了。

我和妻子正在亲热，母亲突然闯进来，一改慈眉善目的样子，指着妻子吼道，狐狸精，你夺了我的儿子，说着就扑过来，我一急就醒了。心想，怎么突然就梦见母亲了呢？我是她唯一的孩子，但是她从来没有在我家住过。怎么劝说都无效，说到了城里不习惯，会生病的。妻子难掩欣喜，她特别反感农村人。

那一年婚姻出现严重危机。先是我金屋藏娇的事被妻子发现，后来呢，她和一个男性麻友去泡温泉被我撞见。作为男人，自己可以为所欲为，却决不允许妻子的背叛，我决意离婚。老母亲急急火火地找到我，拿出一瓶"敌敌畏"（剧毒农药），要挟我说，你小子敢离婚，我就喝了。婚姻维系了下去，儿子已经在北京读大学了。后来儿子说，如果你们离婚，我就离家出走。老母亲挽救了一家人。老母亲是那么慈爱，我都上小学了，还在吃奶。一想起她，我的心就像被钢爪揪住，越揪越紧，直到揪出泪水下来。

初秋的下午，我带着一把镰刀到了老家，要铲除母亲坟头的蒿草，小雪的电话就打来了。我急忙挂断，仿佛看到母亲那严厉的目光。

匆匆回到老房子，我把电话打回去，通了，我唤道，小雪！里面却没有声音，我以为信号不好，就要重拨，忽然听到啜泣声。

怎么了，我问。

我要见你，她带着哭腔喊道。

我说在乡下，她说我去找你。我暗暗叫好，真是天赐良机，我现在很需要女人。我曾联系她几次，她似乎正忙于什么，敷衍几句就挂了。坐出租车大约一个小时就到了，两个小时后我打电话问，她说到了，让我去公共汽车站接她。直到车子启动，我还不敢确信她就是小雪。怎么说呢，她似乎经了霜打，黑瘦萎靡。

屋里阴暗，我开了电灯，是那种瓦数很小的老式灯泡，屋内的亮度几乎没有改善。窗户被木板条遮挡着，我费了好大劲儿才折断一根，光线投射进来，在地面上像一把亮闪闪的尖刀。

我指指床，说坐下吧。她坐下，我也坐下，中间有那么一段距离。我问怎么了。她捂着脸呜呜地哭了，含混不清，但可以判断出是关于阿城和婆婆的。看来她一直没有放弃。我就开导说，恋母情结男人都有，你丈夫严重了一点而已，可以矫正的。她突然止住哭，狠狠地抹一把眼泪，说，没那么简单！

会有多么复杂吗？莫非母子二人有乱伦行为？这可是够恶心人的。小雪点点头，确实很恶心，但这不是真相。

到底怎么回事呢？我狐疑地望着小雪，她的眼睛浑浊肿胀。她擤了一把鼻涕（这动作真俗，我忙递给她一张手纸），开始讲述阿城的家史。

未曾谋面的公公叫黄继业，脾气暴躁，对妻子和儿子阿城非打即骂。妻子不堪忍受卧轨而死，阿城在战战兢兢中迎来了年轻的后母阿娟。阿娟很喜欢他，像亲生的那样呵护，后来有了孕，为了阿城，竟然毅然堕胎。阿城18岁那年，黄继业在一次勘探中牺牲，国家根据有关政策，给阿城安置了工作。阿娟和阿城就在那个不足20平方米的公寓里相依为命。

后母呀？怪不得那么年轻？事实上年龄也不大吧？

小雪说，阿娟今年才37岁。面对一个容貌和自己一般姣好的婆婆，我当时很惊异，阿城也不解释，我就以为她保养得好呢！

我明白了阿城和阿娟的关系。但是，他们当初为什么不结婚呢？

事实上，他们不断争取着，努力着。这在政策和法律上并无障碍。但是阿城的单位是央企，很难以宽容的态度对待一个职工的乱伦。领导说，你这样的丑事一旦网上传播，单位多尴尬呀！还有，广东的那个黄家镇，据说是黄飞鸿的后人，家风很严，整个大家族像烧开了锅。现代社会并没有改变千年传承下来的道德标准，阿城的爷爷奶奶叔叔姑姑姐姐弟弟妹妹一波波潮水般涌来，直到彻底湮灭他们合法转身的企图。

我像在听一个遥远的故事，半晌儿没回过神儿。

小雪说，你知道吗，其实我很爱阿城的，所以不甘心，总想弄个明白。

那么现在明白了，有什么打算吗？

她霍地站起来，那把亮亮的尖刀就投射在她脸上，以倾斜的角度贯穿着。她激动地一字一顿地说，我要夺回我老公！尖刀配合着她的情绪一动一动地，像要出击一般。

她打算去广东黄家镇，动员那个大家族的力量，同时雇佣水军，在网络上热炒，给阿城单位施加压力。我想想路子还是对的。但是觉得这样孤注一掷似乎意义不大，离了就离了，可以再找啊！不过看来她心意已决。

我忽然想到，她大老远地来找我，应该是有所求的。很快，她的表情平缓下来，坐下的时候往我这边靠了靠，嗫嚅着说，由于这件事耽误了工作，被解聘了。说着，慢慢抬起头，目光里满是期待。我没有钱了，你知道，做成这件事肯定需要一个漫长过程，我要驻扎在黄家镇和地质勘探队……

需要多少钱？

总得几万吧！

屋外暗了下来，地上的尖刀消失了，灯泡似乎增加了亮度，灯丝燃烧的声音异常清晰。恍惚间我看到老母亲坐在床上，我一凝神，又不见了。

见我没有表态，小雪稍稍动了动屁股，向床上瞥了一眼，目光盯在那个行李卷上，声音嗲了起来，我今晚住在这里行吗？

我不动声色地笑了一下。朋友你懂的，我已经没有兴趣了。

2016 年 3 月 19 日初稿

2017 年 1 月 6 日修改

（原载《青年文学家》2017 年 5 期）

特殊警情

一

办公桌一角立着一个相框，一抹夕阳斜照过来，反射出玫瑰色的光芒。下班时间到了，吴世雄一身休闲装从换衣间出来，抖抖肩膀，仿佛卸掉了什么。一边走出单位，一边给宁宁打电话，他已经连续一周没有回家了。岳父过来有一段日子了，他还没有像模像样地陪老人家吃顿饭。岳父昨天突发急病，正在医院救治，也不知道进一步情况。都靠宁宁一个人，也真是难为她了。

电话通了，宁宁焦灼地说，爸爸今天必须做手术了，否则会有危险，时间排在七点左右。吴世雄说，你别急，我马上就赶过去了。他非常清楚，这是最佳的表现机会。不得不说，他和宁宁的婚姻出现了问题，快到警戒线了吧。当然，他更清楚，责任在他。作为丈夫，没有履行好职责，把家庭的担子都落在涉世不深的女孩肩上。

他和宁宁是大学同学，是他追求宁宁的。宁宁是上海人，是父母的独生女。家庭有点背景，已经为她找好了理想的工作。但是为了爱情，她毅然决然地留在了北方。吴世雄不是那种善于表达感情的人，但是他下定决心，这一辈子绝不会让宁宁后悔。

可是……

他拦了一辆的士，刚关上车门，手机就响了，是副所长陈庚。他的声音很急促，指导员，你今晚代我值班吧，我去抓捕一个通缉犯，现在路上呢！吴世雄还没说话，那边已经断了，他忙回拨，无法接通，再拨还是无法接通。

值班的时间临近了，他只好下车返回派出所。全副武装地端坐在值班室里，心里却琢磨着事情。让陈庚回来已经不现实了，那么谁来替班呢？派出所里值夜班，必须有一名领导带班。现在只剩所长了，所长还有几个月就退休了，但还是被市局抽去参加一起重大电信诈骗案的侦破工作，听说刚刚结束。他在手机上按了所长的号码，又放弃了。所长封闭办案一个多月，身体还不好，应该好好休息一下了。

他茫然地望向窗外。天边的那一片云映入眼帘。就像被烘烤的棉花，熏黑了，而边缘已经红透，似要燃烧的样子。

这时，指挥中心来电，一居民小区的邻居间发生纠纷，有暴力行为，已经报警两次了。吴世雄带民警小杨和小李、辅警大纲刚到现场，一个戴着眼镜的男人就热情地迎上前来。他是报警人鲁良，自己介绍说是市第一小学的副校长。

学校有事可以找我帮助的，他说着把一条中华烟扔进警车里。

吴世雄拿出来又塞给他，说，这个不必了，鲁校长赶紧说说情况吧!

他讪讪地收了烟,愤愤地说,楼上漏水,我去找他很正常吧?但他不讲理,还打人!

怎么打的?小杨问。

鲁校长推推眼镜说,他揪住我的衣领,要勒死我。

小杨歪头查看了一下他的脖子,撇了撇嘴。

鲁校长家只是顶棚的一处墙角有点洇湿的痕迹,不仔细观察很难看清楚。楼上的人叫郭旺,开了一家小旅店。

没什么大不了的事情呀?至于报警吗?他两手一摊,我没对他怎么样呀!

鲁校长气恼地指着郭旺,对吴世雄说,警察同志,他打人我没有证据,但是他私藏枪支,我亲眼看见的,是一把手枪!

小杨三人立即靠过去,贴近郭旺。

吴世雄的眼神变得凌厉,沉声问道,怎么回事?

郭旺挣脱了一下,大声说,来,来,你们跟我来,看看我的枪!说着就往里屋走。小杨三人紧紧跟着,吴世雄的手摸向身后。里屋的床上果真有一把手枪。小杨一把抢在手里。

指导员,假枪!在手里掂了掂,嘲讽地看了鲁校长一眼。

郭旺挑衅地问鲁校长,你还想给我定个啥罪?

鲁校长把眼镜拉到鼻梁下,凑过去仔仔细细地看,又摸了摸,很快就把眼镜推上去,看着吴世雄,警察同志,那水漏到我家里怎么办?

吴世雄看着郭旺。

郭旺嘟嘟囔囔地说,我又不是故意的,也不严重,维修呗!

吴世雄看了看他们，说道，你们要本着互谅互让的原则来处理，远亲不如近邻嘛！

小杨嘟囔说，这叫啥事儿呀？纯属浪费警力！

鲁校长见警察要离开，忙跟上前问道，如果他拒不负责怎么办？

吴世雄的目光在两个人之间梭巡着，告诫说，这事儿归法院解决，但是不可以动粗，知道吗？

鲁校长扫了一眼郭旺，说，对，不可以动粗！他的手机突然响了，他忙走到旁边接听，语气里透着谄媚，你别着急呀，我这就过去了，有我在你还用担心吗？

郭旺睨了一眼鲁校长，一脸暧昧而鄙夷的笑意，问吴世雄，警察同志，这人经常带不同的女人回家过夜，还在我的旅店里住过，算不算违法？

鲁校长变了脸色，推了一把眼镜，尖声道，咋的，我离婚了，处对象违啥法？你都干了啥，别以为我不知道！

吴世雄及时制止，说，算了算了，邻居住着，至于这么僵吗？

鲁校长扶了扶眼镜，换了一副笑脸对吴世雄，说，领导同志，我有急事要出去，改天请你们喝酒，再见！

吴世雄摆摆手，郭旺骂了一句什么，小杨撇撇嘴。

二

走出来，吴世雄才想起什么，掏出手机，果然有几个未接来电，都是宁宁的。他打过去，没有接通，又接着打了几个，还是没有接通。时间过了七点，他头脑中浮现这样的情景：宁宁焦灼地走来走去，眼里噙着泪花不停地拨打电话。在医生的再三催促下，她娇小的身躯吃力地推着病床通过长长的走廊往手术室走去，病床的轮子滞重地滚动着。

刚挂断，手机响了，不是宁宁，是指挥中心的黄指挥长。他快速看了一眼小杨，疑惑地接听。黄指挥长命令道，一名妇女称有人行凶，立即前去处置！吴世雄感觉黄指挥长似有不满，可能因为紧急警情，来不及说吧。他指挥大家上车，鸣起警笛，加速驶去。

车上，他问，指挥中心怎么没呼叫我们的对讲机呢？小杨扭头看了看对讲机，呀了一声，原来频道旋钮的位置错位了，所以指挥中心联系不上。

吴世雄严肃地说道，我们当警察的，可不能有一点疏漏啊，一旦造成后果，责任就大了！

小杨红着脸摆弄对讲机，嘴里说着是是。

隔了一会儿，小李试探着说，指导员你不知道，这一天出警出的，都给人整蒙了。

吴世雄还想说什么，看着他们灰头土脸的样子，话又咽下去。整个派出所就这么十几个人连轴转，真是没办法啊。

街道上车流不畅，一辆路虎车就在前面不慌不忙地走着，有时还违规。吴世雄拿起话筒喊话，喊了几次，它才极不情愿地避让。超车的时候，车窗落下，一个脖子上戴着金链子的人嘴里骂了句，警察牛×呀！小杨气愤地拉开窗户，伸出脖子，刚要开口，被吴世雄拽了回来。别理他，我们的任务要紧。他轻轻拍拍小杨的大腿说道。

吴世雄清楚地知道，这类报警所述如果是真的，那情况可能随时生变。系统内由于出警迟延造成死伤的案例不少，当事警察重则被以渎职罪判刑，轻则纪律处分。有的警员还没有过这类惨痛的教训，而他，作为带班领导，必须事事想得周全，想在前面。他身体前倾，两眼紧盯着路面，提示司机适当加快速度。

到了那个小区，远远地看到一个妇女在急切地挥手，车子还没停稳，就跑过来，气喘吁吁地说，你们可来了，赶快去看看吧，动刀要杀人啊！

吴世雄的手机响了起来，他顾不得看，示意妇女带路，几个人急匆匆上楼。一对夫妻矛盾激化，丈夫叫刘成，妻子叫叶梅，刘成要杀叶梅，叶梅叫来了自己的嫂子，就是这个妇女，她劝解无效报了警。

真的要杀人？吴世雄一边走一边问。

真的，刘成那样子吓死人！嫂子说的时候，眼睛里现出恐惧。

到了门口，却没有一点声音，嫂子立时就变了脸色，吴世雄的心也提了起来，大家迅速冲进屋内。一个妇女披头散发地瘫倒在地上。嫂子尖声呼喊着叶梅叶梅，扑过去抱起她，左右看看没有伤痕才放下心来，掐了掐她的人中。叶梅睁开眼，辨认着什么，突然哇的一声哭出来。哭够了，才断断续续地说，那牲口刚才拿着刀要杀我，我晕了就啥也不知道了，以为死了呢！

你丈夫呢？小杨问。

叶梅的脸向着一个方向扬了扬，大家这才注意到有一扇门是关着的。小杨警惕地踢开门，小李等人冲进去，见一个男人坐在床上，双手抱头。嫂子指了指，缩在后面。小杨把执法记录仪对准了方向，说道，你是刘成吧，我们是派出所的，出来！

刘成磨磨蹭蹭地走出来，问道，派出所找我，我咋啦？

叶梅冲了过来，指着他的鼻子骂道，你个牲口，你不是要杀人吗，怎么不动手了，装什么老实！

吴世雄制止了叶梅，盯着刘成，问，怎么回事？

刘成不服气地说，还能怎么回事？两口子吵架很正常啊！

叶梅像一只愤怒的公鸡跳了起来，吼道，你个牲口，是吵架那么简单吗？你的刀呢？她在屋内找了一圈，俯身从沙发底下拎出了一把刀，闪着寒光，足有两尺长。她的手抖起来，声音颤颤地说，就是那把刀，向我砍来！

小李走过去，把刀拿在手里，看了看，是一把新刀，是肉铺上常见的那种。

刘成说，警察同志啊，这是我买来要剁骨头用的！作势要拿回刀，被小李挡了回去。

到底怎么回事？你说，说不清楚就跟我们走！吴世雄喝道。

刘成低下头，但语气坚定地说，还能怎么回事？是这个娘们儿诬陷我，我又不是不懂法，杀人偿命。

叶梅又跳着脚骂道，牲口，浑蛋，警察来了你害怕了是吧！是个男人就敢做敢当，别做缩头乌龟！

"缩头乌龟"这个词说得很重，还拖着尾音，尾音随着叶梅的眉毛高挑了那么一下。刘成猛地抬头，眼皮剧烈地颤了颤，目光里射出两束光，如同利剑，虽然只是瞬间，还是让吴世雄心头一凛。叶梅说丈夫要杀她，吴世雄认为不过是说说而已，但现在凭着多年警察的敏锐，他意识到绝不可以掉以轻心。叶梅越发激动，连哭带骂。

<h2 style="text-align:center">三</h2>

吴世雄大致弄明白了原委，这两个人都是农民，房子和土地被征用建了工厂，得了一笔数额不多不少的补偿款。像其他失地农民那样，他们没了根基，只能来到城市打工，孩子留在老家父母那里上学。打工三年了，勉强维持生活。有人借钱，说给一角钱的利息，年底结息，两年后还本。贪图巨额回报，刘成不顾叶梅阻拦，把那笔补偿款都拿了出去。第一年如期结息，刘成笃信自己踏上了富人之路，开始不务正业，吃喝玩乐。第二年借钱的人下落不明，刘成就到法院起诉，法院判了，却一直得不到执行。

叶梅带着哭腔说，警察同志，你们看看，这日子还能过吗？房租都快交不起了！吴世雄看了看，这个家可谓一贫如洗。房间大约四十平方米，一台老式黑白电视机和厨房里油腻腻的电饭锅还算是家用电器吧。

刘成低着头嘟嘟囔囔，我还不是为了家嘛！叶梅突然疯了似的冲上去，嘴里嚷着，这个家让你毁了！啪地打了刘成一个大耳光。刘成先是愣了一下，很快就站起来，一把揪住叶梅的头发，另一只手握成拳头，被小杨和小李按住了。

叶梅并不害怕，像斗红眼的公鸡挑衅着，咒骂着。来来来，牲口，浑蛋，当着警察的面你打呀，你打死我！对了，警察同志，把刀拿给他，让他杀，杀！

刘成眼睛大瞪着，胸部一起一伏，两手攥成了拳头。

这样下去只会僵化或是激化，吴世雄觉得有必要分头和他们谈话，就带叶梅上了警车。他批评说，叶梅，你的态度过分了。

叶梅的语气缓和下来，擦着眼泪说，警察同志，他杀我的念头不是假的，你们在，他假装老实。我就想当着你们面刺激他，让他暴露本来面目，你们才能抓他。

可是，不过是夫妻间吵架而已，他真的会起杀心吗？吴世雄问。

叶梅低下头，说，因为我要和他离婚。

吴世雄想到了警校同学文永泉，警院毕业后当了律师。从他那里得知，全国每年的离婚率都在以惊人的速度上涨。在这个飞速发展的时代，各种不确定因素不断困扰甚至冲击着婚姻的基石。离婚这样的事，显得越来越平常。但这是夫妻之间的事情，作为局外人，特别是警察，不能也没必要探究过多。

不管怎么说，这样的理由显然不够充分。

叶梅抽泣起来说，他就是要杀我，这是真的。他先杀了我，然后自杀……

自杀？

有可能的，一辈子的钱打了水漂，他还有啥脸！

杀人这样的案例并不少见，但都是矛盾到了特别激化的程度，且肇事者常常是无辜者，非这种方式不足以消除仇怨。那么刘成无辜吗？值得同情的，应该是叶梅吧！

刘成的陈述很简单，两口子打架，他没有说杀人的话，更没有杀人的想法。如果真想杀她，警察来之前为什么不动手呢？吴世雄在心里表示认同，但他不动声色，为把握起见，需要进一步评估。刘成很聪明，他反复保证说，警察同志，你放心，杀人偿命欠债还钱这个理我懂。表情和语气都很诚恳，综合判断，他认为应该不会有问题了，就安排小杨带刘成回到楼里做笔录。

趁着这空当，他掏出手机，看到了宁宁的未接来电。时间过去了一个多小时，手术应该结束了吧。此时此刻，他的心里极不平静。有多焦急吗？不是。从警以来，他的心态已经适应了这种情况。即使明明知道家里着火了，作为执勤的警察又能怎么样呢？只有深深的无奈和愧疚。

望望天空，夜幕已经垂下，稀疏的星星闪着冷清的光。但愿一切顺利吧！他一边默念着一边给宁宁回拨过去，没有接通。也许是正忙，他可以想象到医院里那些烦琐的细节。也许是生气了吧？不生气才怪！他思忖着，等这里处理完毕，无论如何要赶过去。对了，还要找一个机会，和宁宁交流交流思想，最重要的，告诉她他对她的爱没有改变，以后也不会。但夫妻间真的需要表白吗？自恋爱以来，他就是这个样子，宁宁是知道的呀！那么现在怎么了呢？

回到屋里，他打算简单说几句就撤离。他劝他们说，夫妻没有隔夜仇，都出出气就算了。叶梅见警察要走，拦在门口，像被父母抛下的孩子，可怜巴巴地看着吴世雄，说，领导，你们就这样一走了之吗？回头不安地瞄了一眼刘成。

小杨不高兴了，咋的，还要给你们家站岗放哨吗？

吴世雄对小杨摆摆手，和气地说，叶梅，你放心吧，你丈夫没有那个想法，说了气话，那是吓唬你的。家庭靠两个人共同维持，有困难共同面对，是吧刘成？

刘成低着头嗯嗯应承着，但眼睛里瞬间划过一道亮光。吴世雄注意到了，但没有多想，叶梅注意到了，却像得到了某种信号，突然刁蛮地把胳膊一横，说道，不行，不能走，你们走了他一定会杀了我！

小杨喝道，你这是无理取闹，警察是给你一个人服务的吗？

叶梅激动起来，指着小杨的鼻子吼道，我问你，我要是被杀了，你们承担得起责任吗？

吴世雄想了想说，这样吧，今晚你去嫂子家住吧！

叶梅说，我不去，我不给人家添麻烦！

吴世雄四处看了看，问嫂子哪儿去了。大纲说，她说害怕，在外面呢！吴世雄说，把她叫上来。嫂子进了屋，看看叶梅又看看刘成，最后目光落在吴世雄身上。

吴世雄说，嫂子，你今晚陪他们住一宿吧！

嫂子看看叶梅又看看刘成，没说话。

叶梅带着警告的语气问，领导，这样安排你放心吗？

她这样一说，吴世雄还真多了顾虑，一旦两个女人被杀，那事情可就大了。尽管概率极低，但这是容不得侥幸的。就对刘成说，这样吧，刘成，你出去住一宿！

刘成沉默了一下，站起来说，好吧，我们家的破事儿让警察同志费心了。我支持你们工作，出去住一晚。

不光是今晚，以后也别想回来！叶梅狠狠地说了一句。

刘成低着头，眼皮剧烈地颤了颤。

吴世雄说，嫂子你就陪叶梅一宿吧！

嫂子看着叶梅，叶梅点点头。

赶紧走吧！小杨推了推刘成，刘成不满地瞪了小杨一眼。

刚出屋，吴世雄就听到身后咔嚓咔嚓的锁门声。

见刘成走远了，警察们才上了警车。刚驶出小区大门，吴世雄突然说，停！小杨狐疑地望着他。不能走，再观察一会儿！

小杨说，指导员，不用吧？

吴世雄坚定地说，不行，一旦刘成返回来呢？

小杨不再吭声，刚要撇嘴，又收敛回去。

四

天空变得灰暗。车子熄了火，停在几棵树的里面，不显眼，还可以把刘成家纳入视野。这是一个正待拆迁的老旧居民小区，有那么一两盏路灯散发着暗淡的光，院子里乱七八糟的，不见多少人走动，显得萧条。

吴世雄打开车载收音机，正是"佳旭说法"时间。小李说，指导员，你同学开始讲法了。这是文永泉主持的法律栏目。他喜欢听，也让同事们听。这倒不是因为主持人是文永泉。

他认为，公安民警应该多掌握一些法律知识，特别是和百姓生活密切相关的。事实上，他心里对文永泉多少有那么一点儿反感。宁宁常常拿他做比较，说，都是警院毕业，你看看文永泉吧，名利双收！

听听这期讲了什么，回头告诉我。他说着下了车，关了车门，给宁宁打电话。但打了几遍都没有通。宁宁是独生女，娇生惯养的，依赖性很强，但是她懂得，作为妻子必须支持丈夫的事业。

结婚以来，她努力把自己锻炼成为一个合格的主妇，而这似乎并没有改善什么。她开始失望，进而生怨。她顽固地认为，根本不是职业的问题，而是丈夫的爱在淡化。她对自己当初的抉择一度产生了怀疑。警察接触社会最为复杂的一面，面对诱惑，真能出淤泥而不染吗？是不是丈夫有了外遇？但又不像。那到底是怎么回事？这个家还能维持下去吗？她深深地陷入了迷惘、忧郁和痛苦之中。

吴世雄叹口气，握着手机，思绪万千。不经意地往前方看了看，蓦地瞪大了眼睛，一个人正向门洞走去。虽然只是一个模模糊糊的影子，但是迅速绷紧的神经促使他立即采取行动！他嗖地跳下车，顾不得关门，几步就蹿过去，大喊一声刘成！那人回头，正是刘成。干警们醒了，扑通扑通跑了过来。

刘成惊愕地看着吴世雄，有点结巴地问，领导，怎么了？

刘成，你怎么回来了？

我、我去旅店住，没带身份证！

吴世雄的紧张感稍稍放松，但马上又绷紧。刘成返回来会不会再次爆发夫妻冲突？或者，所谓取身份证只是一个借口呢？

叶梅就是这样认为的，在刘成取走身份证的时候，她拉住吴世雄的袖子说，领导同志，他这是不甘心啊！他真的要杀我！

嫂子站在她旁边，瑟瑟发抖。小杨撇了撇嘴。

吴世雄在楼下追上刘成，还没说话，刘成就说，领导同志，你们就放心回去吧！我理解你们的辛苦，我有个亲属也是警察。

吴世雄马上问道，是谁？

刘成说，二道分局的王伟，我表弟。

太巧了，王伟和吴世雄、文永泉都是警院一个寝室的同学。这样一说，距离一下子拉近了许多，吴世雄语重心长地开导了一番。刘成一边听，一边若有所思。

送走刘成，吴世雄觉得必须趁热打铁，就给王伟打了个电话。王伟说，表哥家里确实出了问题，一辈子的积蓄还没有追回来，表嫂也好像有了外遇。

原来如此，看来杀人的动机确实存在。

必须警惕呀，你马上联系刘成吧！吴世雄叮嘱说，一定要做通思想工作！王伟说好好。正要挂断，他想起什么，忙说，对了，你再联系一下文永泉吧，讨债的事让他帮助帮助。王伟说，好好好。

通话结束，手机热热的，吴世雄的心底也像加了热。他意识到这次出警遇到了大麻烦，整个晚上，想抽身是没有可能了。他向干警们通报了情况。

小杨说，指导员你眯一觉吧！有我们盯着呢。

吴世雄说，密切观察，不要分神，我去打个电话。

五

时间已经九点多了。关了车门，他拨打宁宁的手机，耳机里嘟嘟响着，他盼着马上接通。身旁是一棵干枯的柳树，叶子落光了，他随手扯过一根枝条，一撒手，就弹回去了。他再次扯过来，撒手，又弹回去了。这棵树应该比自己的年龄还大吧？他心里慨叹着，不知不觉地，这一年就要到头了。

还好，电话通了，宁宁那纤弱的声音传过来，吴世雄刚要说话，一抬头看到嫂子从门洞里走出来，他急忙收起电话，奔过去，大喊了一声，嫂子，怎么了？

嫂子吓了一跳，妈呀一声捂着胸口蹲在地上，平复了好一阵才说话。刘成打来电话，说他在旅店里呢，兜里没带钱。

吴世雄的大脑飞速旋转。所说可能属实，更可能是个借口，是调虎离山。也许刘成就躲在附近。如果叶梅出屋，一旦离开警察视线，刘成就痛下杀手。如果嫂子出屋，刘成随即上楼，破门而入。

吴世雄说，嫂子，没事儿，你回去吧，我们去处理。记住，锁好门，一有情况马上联系我们。

吴世雄安排小李和大纲留守，自己和小杨赶到了那家旅店。隔着玻璃门，远远就看到了刘成，就让小杨通知小李二人赶过来。

刘成忙站起来迎接，问道，指导员，你们怎么来了？

小杨没好气地说，怎么来了，你还不知道吗，这么折腾我们，你想干啥呀？

吴世雄没理刘成，问前台的服务员什么情况，服务员说，这个人说没带钱。吴世雄掏出五百元钱，刘成犹犹豫豫地接了，说，指导员，真是不好意思，这钱我明天还给你。

不用了，我会找王伟要的，你就别管了。

哎呀，警察同志，你们怎么来了？

吴世雄回头，竟然是郭旺。这正是他的旅店。听了服务员的介绍，他说为了配合警察，可以免费。

吴世雄摆摆手，说谢谢，会需要你的。心里在默默计划着，就在附近蹲守，过了今晚，明天再说。

办理完住宿手续，小李二人也到了。刘成没有去接房间门卡，抹了一把眼角，垂下头，沉默了片刻，突然双手握住吴世雄的手。干警们见状，正要有所动作，吴世雄用目光制止了。

刘成，有话就说吧！

好，指导员，实话说吧，我是打算杀我老婆的，然后自杀，反正没有活路了。这个念头持续了一段时间，现在过劲儿了。王伟在电话中开导我了，还有，律师说了，那笔款可以分期拿回来。现在想通了才感觉后怕。

刘成一股脑儿地说了一堆，语速极快。所有人都惊呆了。

小杨眨巴着眼睛，上下打量着刘成，问道，你是说，你真想杀人？

是的，小兄弟，不瞒你说，那把刀就是我特意买的。还有我去取身份证其实是借口。

吴世雄的后脊梁蹿上一股冷气，他不自觉地抽回手，问道，在我们赶到你家之前，你怎么没下手呢？

毕竟是夫妻嘛，见她晕倒了我心软了，但决定没有改变，就要在这个晚上彻底解决一切。刘成看一眼吴世雄，歉意地笑了下。

小杨问，那么，说没钱住店也是假的？

不是不是，刘成说，这时候我已经明白过来了。这个家我会尽量维持，因为过错在我。如果叶梅坚持离婚，就离吧！他顿了顿，望着吴世雄，连着鞠了几个躬，嗓音沙哑起来，现在没事了，放心吧！抱歉啦！

吴世雄安排小杨和小李带刘成去做笔录，自己避开他们，掏出手机，屏幕上提示有几个未接来电，他没时间细看，而是拨通了王伟的电话。通话完毕，才觉得心里的磐石真正落稳。

六

又和刘成聊了一会儿，正打算撤离，小杨的对讲机响了，是黄指挥长。小杨说，指挥长让您马上回电话！吴世雄意识到情况特殊，忙拨了过去。原来，宁宁的父亲手术当中需要输血，情况紧急，联系不上吴世雄，宁宁快崩溃了，就把电话打到了指挥中心。

黄指挥长提高了声调，说道，吴世雄，立即率全体人员赶往医院！陈庚那组的任务完成了，接替你们的任务。

吴世雄喊了一句，是！随后狐疑地问了一句，需要输血？情况紧急？全体人员？

指挥长说，不管病人是不是警察家属都需要紧急救助，这是特殊警情！我和你们所长正在局里调动各方面力量寻找血源，你赶紧去吧，那里需要你！其他同志协助，并等待新的指令！

熊猫血？收了手机，吴世雄念叨着，急火火往外走，忘了开门，撞到玻璃门上，还好，玻璃没碎。

刘成忽然喊道，指导员，熊猫血是吧？我就是，我有献血证！郭旺也喊道，巧了，我也是！

警灯一路闪烁，很快到达医院。刘成和郭旺随护士去做输血准备。大家就守在手术室的外边，一侧是一把长椅，一侧是打开的窗户。

宁宁满脸泪痕，样子憔悴，疲惫地倚在窗边，似乎撑不住了。小杨说，嫂子坐下歇歇。宁宁勉强笑笑，说，没事儿，你们坐吧！顿了一下，又关切地问，你们怎么都来了，会不会影响公务？

小杨说，嫂子，你别担心，这是指挥长的命令。

小李说，嫂子呀，你是不知道啊，这一天天的，可把我们累坏了！紧接着大家你一言我一语的，讲了每天的工作状况。

宁宁看了一眼吴世雄，面色稍稍缓和。

吴世雄眼巴巴望着宁宁，嘴巴翕动着。该说的话太多了，是问问情况还是道歉或者安慰，一时都卡在喉咙口，说不出来，只是心里痛痛的。几次想去抱抱宁宁，又觉得不好意思，他不习惯这样。

在椅子上坐下，吴世雄这才注意到旁边的一个人。进来的时候这个人一直陪在宁宁身边，戴着眼镜，有点面熟。那个人越试图避开他的目光，他越是好奇。

宁宁开口说道，这是我同学鲁良，是他一直陪着我，否则我都不知道怎么应对了。哪天你有时间请他喝酒，谢谢人家！语气里带着嗔怪，但透着一缕温柔。

吴世雄想起来，宁宁经常提起这个同学。曾有一次，鲁良和学生家长发生冲突接受警方处理，求宁宁让他给通融一下，在处理时给予关照，但是没有做到。宁宁发了脾气，说在同学面前丢了面子。还有，岳父乘坐的航班半夜才到，吴世雄正在北京执行维稳任务，是鲁良去接的。

似乎还有……

这时郭旺从手术室出来了。真是遗憾，好事没做成！他一边放下袖子一边笑着对吴世雄说，一转头看到了鲁良。他左右看看，似乎明白了什么，看着吴世雄欲言又止。

忽然起风了，有点冷，小杨急忙关了窗户，嘴里说着，如果我们敬爱的嫂子着凉了，指导员会心疼死！宁宁嫣然一笑，瞄了一眼吴世雄，说道，他哪会那么好。小杨说，哎哟妈呀，你不知道么？他办公桌上整天摆着你的照片呢！

吴世雄已经站了起来，走过去，双手去握鲁校长的手。

窗外，黑漆漆的，不知道是要下雨还是下雪。他突然想到那棵柳树，那根拉过来又能弹回去的枝条。鲁良的面孔越来越近了，猛然间，他想起来，今晚的第一个出警，就去他家了。

吴世雄撇撇嘴，又忙收敛。他微微笑着，抖抖肩膀，手上却加了力度。

2017 年 1 月 23 日初稿
2017 年 1 月 25 日修改

（原载《北京文学》2018 年 5 期，《领导科学》2018 年 5 月转载）

现在退庭

　　一年多了，那种恐惧感像一块大石头一般压着，且越来越重。当纪检委的人涌进他的办公室的一刹那，他不由自主地站了起来，心头一凛，石头轰然落地，反倒释然了。在纪检人员的裹挟中往外走，老图暗自庆幸：真及时啊，前三天才把那笔款处理妥当。

　　那是前年，一家企业邀请他去韩国游玩。在济州岛的赌场，他赢了五十万元人民币。由于他的特殊身份，钱转入了企业董总的户头。董总笑着说，图主任啊，你发财了，可要好好请客啊！老图没有把这笔意外之财交给妻子，他觉得自己应该有一笔私房钱。弟弟妹妹都穷，需要接济，还有养情人，离开钱是万万不行的。再者，这么大笔钱会让妻子害怕，一害怕就会露马脚，毕竟国家严令禁止官员赌博的，特别是境外赌博。回国后，董总从银行里提取出来交给他。

　　一摞摞崭新齐整的纸币，散发着说不出的清香。他惊讶地发现，这些钱的号码竟然都是连续的。出于好奇，他把这些号码记在了本子上，还用手机拍了几张照片。这一大笔钱存到银行里有些不妥，存款实名，那可是重大隐患啊！想来想去，只好先藏在自家车库里。

几年来，不断有人举报他，仅仅是那些问题，凭自己的政治资本，他倒并不在乎。巡视组进驻后，与举报内容有关的人员先后被约谈、调查、双规，个别被逮捕，他开始惶恐不安。但是他知道，是祸躲不过，这样的大气候，只能坐以待毙。而那笔巨款如何安置，则是迫在眉睫。

冥思苦想，几乎一夜未眠，最终海涛在头脑中定格。海涛是妻子的堂弟，退伍后没有工作，老图见其机灵，就一番运作，安排在自己单位。一直以来，海涛深受老图的信任，甚至泡女人的事儿，也不避讳。

第二天刚上班，老图就把海涛叫到了办公室，谨谨慎慎地试探。但海涛马上就明白了，说，姐夫，你放心，你是我的恩人，我绝对忠诚于你，任谁都不好使，我办事你放心。坐着海涛的车，老图回车库里取了钱，到了一家银行的门前。

姐夫，大额存款，需要本人到场。海涛说。

老图怀里抱着钱袋子，望着海涛。

海涛脑袋靠过去，小声问，姐夫，有什么不妥？

用我的名字不妥！老图继续盯着海涛，似要挖掘出什么来。

那你的意思，用别人的名字？用我姐的？

不！老图的目光变得尖锐起来，不能让她知道，你明白吗？

明白，明白！海涛带着歉意一个劲儿点头。

就用你的！老图一字一板地郑重地说道。

海涛迟疑了一下，望着老图，忽然挺了挺身子。仿佛一个神圣的使命落在肩上，目光变得凝重了，他语气坚定地说，谢谢姐夫信任，你放心吧！

海涛回到车上时，那个钱袋子瘪瘪的了，老图舒了一口气。海涛把银行卡递给老图，说，姐夫，密码是……

老图打断他，略带责备地说，还给我干什么，放你那里我还担心吗？

海涛的热泪在眼圈打转儿，他说不出话，用力点了点头。

纪检委把老图带走那天，单位的人都围着观看，有惋惜的，有幸灾乐祸的。那些他都不在意了，只是海涛的面目分外清晰，他挤在人群中，两手微微抖着，焦急而无奈。老图的目光投在他的脸上，海涛用力点了点头。那一刻，令老图感动，还有心安。

在一个招待所里，老图度过了人生最难熬的两个月。一开始是一轮轮的审问，不分白天黑夜，如同密集轰炸，他就是组织上认定的堡垒，必须攻破。这只是组织措施，但是比法律措施还难以承受。除了身体的不堪，还有强烈的羞辱感，似乎他已经是阶下囚了。日升日落，不知何时是头。曾有那么一瞬间，他绝望了，甚至想到轻生。曾经听闻有些官员在被控制之后自杀自残，他是鄙视的。现在身临其境，知道自己已离崩溃不远。海涛传进话来，说他在外边运作得很好，让他放心，他的心胸才豁然开朗。

一周之后，老图终于走出了那个监狱般的地方，阳光刺得他睁不开眼，一张无比亲切的面孔在眼前晃动——海涛搀扶着他上了车。他想起小时候在幼儿园受了委屈，放学时见到父

亲的感受。眼泪似要奔涌而出，他忙抽抽鼻子，偷偷抹抹眼角
——他忽然想到自由之后，一切很快就会复原，他应该保持一
点威仪。

海涛带他洗了澡，剪了头，再送回家。他有点奇怪，妻子
怎么没一起来接他。但是他没有问。他觉得对不起妻子，这一
段时间，家里的一切都是妻子在操持，还要忍受这一变故带来
的心理落差。她比他小了十多岁，是第二任妻子。

车子还没进到小区的大门，他就看到弟弟妹妹擦眼抹泪地
迎接他。但他没有停留，而是径直进了家门。妻子果然做了一
桌子的好菜，正在厨房里忙碌着。海涛喊了一声，姐夫回来了。
炒菜声停下来，妻子走过来，眼睛红红的，不知是烟呛的还是
激动的，给他拿了拖鞋，上下怜惜地看着他。如果不是海涛在，
妻子一定会扑在他身上的。但是他还是隐隐感觉有点不对劲儿，
哪里呢，说不好，妻子的眼神里有那么一点扑朔迷离的东西，
也许是错觉。

但是这样的感觉在床上的时候再次出现了。妻子对他的亲
热举动，回应得并不热情。他可是个饥饿的汉子，狂风暴雨折
腾了一个多小时。第二天的晚上他正动作的时候，看到妻子眼
中的泪花。他一惊，停住，关切地问怎么了。妻子说没事儿，
有点肚子疼。他问，那就不做了。妻子没有吭声，但他还是继
续做了。完毕后，他搂着妻子柔软而滑腻的腰肢，而妻子的身
体绷得紧紧的。

在家里休养了半个月，没接到组织上关于让他上班的通知，
他决定直接去单位。这几天他的头脑没有闲着，把工作重新理

顺了一下，扬长避短，必须让工作有起色，从而给自己证清白。他给孙副主任打了电话，没接；又给司机打电话，也没接。他想，这两人肯定又去打麻将去了，一点儿都不懂政治。他拨通了海涛的电话，告诉他临时代理司机职务。

早上七点半，这是他平时上班的时间，西装革履的他健步下楼，迎面碰上海涛。他略带责备地说，还上来干啥，直接出发！

海涛飞快地看了他一眼，低着头说，姐夫，忙啥？

他有点生气了，加重了语气，你怎么搞的？就这么一段时间就有惰性啦？

海涛又飞快地看了他一眼，嗫嚅着说，姐夫，你先别去了。

他感觉到什么，瞪大眼睛问，怎么回事？

海涛说，新主任昨天到位了！

什么？你说什么？不可能！

海涛放松语气，说，也许给你另有安排，粮食局丁局长接替你了！

他愣在那里，头脑却飞转。他暗暗抱怨自己失算了，怎么没有及时和领导沟通一下呢？经过审查，自己没有问题，凭什么另行安排呢？这个单位多省心啊，游刃有余。再说，自己是从单位被带走的，必须光明正大地回去。

回到屋里，他闷坐在沙发上。

海涛建议说，姐夫，要不你找找组织部王部长问问？

王部长没接电话，他想应该是开会呢，领导都忙。

海涛安慰说，姐夫，换换单位也好。可是，我怎么办呢？

老图笑了，说，你这是小事儿。姐夫我还能把你扔那里不管吗？

海涛笑着回应，那不会，不会。

两个人都笑了。

第二天王部长的电话也没有接听。

周日那天，他直接去了王部长家。他和王部长关系不错，曾多次在王部长家打麻将、喝酒。王部长喜欢狗，有一只就是他送的吉娃娃。

海涛驾车，忽然问，是不是带点东西给王部长？他才猛然想起，空着手去领导家不妥。"双规"那么些天，连规矩都忘了。他说，去银行吧！海涛从衣服口袋里拿出一沓钱，塞到他手里，说，姐夫我给你准备好了。他无比欣赏地看了看海涛，收了钱，重重拍拍他的手。一个决定在心里成型，到了新单位，他就任命海涛当办公室主任。

按了门铃，保姆开了一条门缝，愣怔了一下，说领导没在家。几只小狗围在门口，老图看到了那只吉娃娃，摇着尾巴往外挤，保姆重重哼了一声，吉娃娃耷拉下耳朵，灰溜溜跑了。老图问，领导啥时能回来，保姆说不知道，随后锁了门。第二天他给王部长打了电话，还是没接听。第三天晚上又去了王部长家，还是没在家。他感觉事情有点复杂，可是他想不明白为什么会复杂。那几个官员被"双规"之后，都被移送到了检察院，而他平安出来了，会有什么问题吗？他给纪委副书记老于打电话，老于和他是青干班同学，平时称兄道弟的。老于的电话通了，很是热情。但是说到工作的问题时，老于突然谨慎起来，说他被抽到省里搞一个案子刚回来，情况不了解。

外边的情况都是海涛一一搜集的，巡视组还在开展工作，几个部门的领导被调查。看来组织上还没有时间考虑他的安置问题。这个时候就不要给领导添乱了，这个官场理念他还明白。可是也不能就这样在家里憋着，海涛建议他出门旅游。还是去海南吧，海涛说，我的战友在海南，可以全程招待。妻子也很赞成，正好单位这段时间加班。妻子在一家医院做护士长，自从他回来后变得异常忙碌，常常很晚才回家，还经常值夜班。他担心妻子吃不消，思忖着有没有必要向卫生局局长打个招呼。但又一想，形势严峻了，各行各业也都有了危机感。

对海南他并不陌生，每年都要住一段时间。以前都是公务安排，孙副主任、司机还有海涛鞍前马后，什么都不用操心。这次的行程，海涛的战友热情周到，但那种失落感还是像水球一样，按下去又浮上来。海涛说他父亲住了院，照顾一两天就过来陪他。再说，还需要他了解政治动态。一周之后，海涛来电话，说他父亲明天就出院了，他最迟后天到达。还有一个令人兴奋的消息，老丁的位子还没坐热，就被纪检委带走了。

姐夫，你很快就有好消息啦！海涛的音调都变了。

这段时间，原来那些下属、朋友都悄悄避开他，他感到了世态炎凉。而海涛是发自内心维护他，关心他，他不禁为个别时候对待海涛的恶劣态度而愧疚。

老图满怀喜悦地期待着组织的通知，他提醒海涛给他预存话费以免停机。日子慢慢研磨着他的耐心。一周过去了，终于等到了海涛的电话。老图以为海涛到了，但海涛说，父亲病情不稳，还需要留院观察几天。当地的情况也有变动，原本一把手空着的部门，都安排满了。

满了？

满了！海涛的声音透着沮丧。

什么意思？

孙副主任升为主任了……不知道给你安排哪里，海涛的声音弱了下来。

这个孙副主任居然坐了他的位子。放下电话，老图又是一夜未眠。天一亮，他迫不及待地飞回了家中。家里面冷冷清清，茶几上落了一层灰尘。他顾不得这些，他要直接去市委。他给海涛打电话，海涛说他还在医院，暂时离不开。他只好自己去打出租车，伸着胳膊，站了半天，一辆辆出租车一闪而过，有的是空车，却对他的手势视而不见，他尴尬而气恼。他隐约看到有熟人在用异常的目光看他，议论他。出租车距离市委大门还有一段距离，他就下了车。他不能让大家看到他的狼狈。走进市委，陆陆续续碰到一些人，他们和他打招呼，却都保持着距离，脸上的表情不可捉摸。

王部长办公室的门关着，他敲了敲门。过了一会儿，门开了，是纪委副书记老于，老于愣了一下，回头看了一眼，说了句，是图主任。王部长走出来，客气地握了握老图的手，说，老图啊，实在不好意思，你看我正在研究工作！老图探头往屋里看了看，屋里几个人一起向门口看过来，有组织部的还有纪检委的，他都认识，但他们都绷着脸。他很想问问明天过来行不行，但是王部长没有约见的意思，他也不好再问，就说道，部长，那您忙吧！

晚上十点多，妻子回来了，也许是累了一天吧，没问他什么，也没说这段时间家里的事情，就上床了。老图把满嘴的话咽了下去，他不想让妻子跟着着急，毕竟情况还不明了。内心烦躁无比，但是触碰到妻子温软的身体，他还是有了欲望。不等他有进一步动作，妻子闭着眼睛说，太累了，睡吧！

晚上他做了一个梦，王部长告诉他，组织上撤了他的职。他不服，和王部长顶了起来，凭什么撤我？一激动就醒了，床边是空的，还能看见那只枕头的压痕，妻子已经上班去了。他高兴起来，因为梦和现实是相反的，他决定再去一趟市委。海涛接了他电话，先问了情况，然后说他正在等着主治医生，需要等一个小时。一个小时过去了，海涛也没有消息，老图不能再等了，心快被烤熟了。还好，出了门就坐上了出租车，这让他的情绪稍稍平稳。一路上他猜测着组织上会怎样安排他。如果安排他去没有实权的部门呢？比如民航办、地震办、科协……那就认吧，时代不同了，没有权力就没有责任，也好。

王部长的门敞开着，看到老图，他很客气地站起来，招呼说，老图啊，快进来！老图有点受宠若惊，只把屁股坐在沙发的边沿儿。他的大脑在飞快旋转，为什么王部长态度这么好？是因为自己未来的岗位重要呢，还是因为交给他一个破烂单位而感到歉意呢？

但是结果令他震惊！

他被免职了。

尽管组织上承诺，调他到省直机关工作，但他的胸膛还是爆出烈火，脸也在霍霍燃烧。王部长镇定地坐着，等他抛出一连串愤怒的质问之后，问，老图，还有什么。老图瞪着眼睛，一时间觉得打空了子弹。

老图啊，亏你还是一名资深领导干部，当前这样的政治氛围，你以为没有错误就不能免职吗？我们党用干部的原则历来都是庸者下，能者上。

老图想插嘴，但王部长摆摆手，接着说，我们且不说你是庸是能，群众反响不好的干部，组织上一定会调整的。他的目光变得锐利起来，语气也深沉了，你知道吗，这也是保护干部的组织手段。你还在岗位上，群众会不会继续举报你？你敢保证你没有问题吗？你不知道那几个干部的下场吗？

这话深深震撼了老图。他知道，这不是威胁。也许下次，他没这么走运了。那些不知进退的干部的例子还少吗？谁能禁得住纪检委和检察院的反复推敲？脑门上渗出一层汗液，他胡乱擦了擦。

如同失重似的，他不知道自己怎样回到了家里。他坐在沙发里，一直坐到了黑天。而后又站起来在屋里踱步，一杯一杯喝水，其实他不渴，但是他仍是一杯一杯地喝，再一趟趟去卫生间。走累了，再坐回到沙发上，他两眼发直，直到妻子回来。

见到妻子，他忽然想哭，孩子般的委屈。但是妻子很冷淡。没有正眼看他，他的怪异表情自然没有引起妻子的注意。他只好主动说了。妻子一边整理衣柜里的衣服一边听，他说完了，妻子才问了一句，组织决定了？他沮丧地回答，决定了。他以为妻子会愤愤不平，鼓动他去找领导说理。他在心里琢磨着如何说服妻子。他想说，老婆啊，以退为进未必不是良策啊！

但是妻子说，我看这样也好。这些年你也没白干啊。说到这，睨了老图一眼，接着说，见好就收吧！说完就去了淋浴间，哗哗的水声响了起来。

屋里屋外地踱了几步，老图还是闷得慌，不吐不快。他拨了海涛的手机，但是没人接。给海涛打电话不分早晚，有时深更半夜，但海涛总是迅速接听，如果需要，会迅速赶过来，比110反应还快。妻子披散着头发走出淋浴间，老图问道，海涛的父亲怎么样了？

妻子反问，谁怎么样了？我叔叔没怎么样啊？

海涛说老人家住院了，你不知道？

妻子愣了愣，说道，哦，身体最近是不怎么好。

两个人上了床，都不再说话，似乎各有心事。

妻子背对着他，突然说，明天我要去上海参加会议。

去上海？他仰起脑袋没看到妻子的脸，而是散乱的头发。

嗯。

几个人去啊？

好几个人。

停顿一下，他又问，谁带队呀？

妻子往外挪挪身子，说，院长带队。

这一夜，老图心里乱麻一样，五味杂陈。现在他已是孤家寡人了，好在还有妻子和海涛。他需要安慰，然而他们似乎顾不过来他了，特别是妻子的表现让他颇感费解，但现在他的心思全部纠缠在被罢免的复杂情绪之中。

一周之后，老图到省文化馆报到。办公桌上一台电脑，看看新闻，玩玩游戏，就是他目前的工作。晚上，单位寝室里就他一个人。他很难适应现在的状态，每一天都如此难熬。而夜晚更是难熬，他真希望一闭上眼就到天亮，然而这夜是如此漫长。闭上眼睛，脑子里翻江倒海。但是有一件事情让他猛然睁开了眼睛。

那是下班前，单位的行政处长告诉他，单位的家属楼还有剩余，问他想不想要。他问多少钱，处长说，大约八十万，可以按揭。外边的夜灯照射到屋内，他的两只眼睛在黑漆漆中闪闪烁烁的。就在一瞬间，他想到了那笔款，海涛保管的那笔款，他腾地坐了起来。

买下房子，再买一台车，一家人在省城生活，这样的日子似乎也不错的。他打开灯，给海涛打电话。打了第二遍，海涛才接。海涛说父亲这段时间情况不好，中间抢救了几次。

哪天我和你姐去医院看望看望老人家！

海涛忙说，不用不用。

他认为海涛一定非常关心他的情况，他等待着海涛的询问。这些天发生了太多的事情，但都是他一个人承受。他盼望海涛说，姐夫啊，能到省城工作不是挺好吗？不出一二年，你还能东山再起。然而海涛语气急促起来，歉意地说，姐夫，我待会给你打过去吧，这里有点情况。

一夜也没有等到海涛的电话，早上的时间他又打过去，海涛没接。中午又打了，还是没接。

第二天还是没接。

莫非海涛父亲出了什么状况？他给妻子打过去电话，妻子的语气很轻快，里面还有人爆发出爽朗的笑声，不像有什么事情发生。

第三天他给海涛打了数遍，还是没接。

晚上的月光透过窗前的树冠洒下一地碎银。他忽然打了个冷战，一个不好的念头一闪而过，但旋即他就否决了。这不可能，自己怎么能这么想呢？

迷迷糊糊睡着了，他做了一个梦，他梦见海涛来省城看望他，偷偷地把那个银行卡塞给他。醒了，他回味着梦，如果按照上次那个梦的现实意义，应该不是噩兆。

上班时间，他要做的第一件事就是联系海涛。他刚拿起手机，想了想又放下，转而操起了座机的话筒。很快接通了，海涛在里面问，你好，哪位？

我是姐夫，老图说，你怎么好几天不接我电话？

里面的声音戛然而止，缓了一下才说，哦，姐夫啊，别说了，这几天我父亲一直在重症病房，我忙得顾不上电话了。

这个号码就是我的办公号码，这是省文化馆，我有专门的办公室，蛰伏一年半载，咱们还得东山再起！他听到自己说出这样的话有点吃惊，用意不言自明，他发现自己内心无意间多了一点防范。

哦，那太好了！姐夫！

老图就盼着这样的效果。不过隐隐感到不够充实。海涛啊，你最近能不能抽时间过来一趟，我……

海涛抢过话头说，行，姐夫，我过几天就去。

过几天你就来吧，老图强调了一遍，我有事儿。

海涛说，我明白了，放心姐夫。

这句话让老图的心里安稳下来，这句放心，说得很重，海涛何其聪明啊。电话里尽量别说重要的事情，他也不知道对他的监听是否解除了。

老图看了单位的楼房，五楼，面积一百多平方米，采光和格局都好，他告诉处长一周后办理手续。一周之后，海涛没有过来，他用座机给海涛打过去，海涛没接，下午他又用手机打了几遍也没接。最后他发过去几条短信。这样连续三天都没有联系上海涛。老图心头的阴影增厚了，失眠症更加严重，即使睡着了，也很快在梦中醒来。他不敢再相信梦了。

他突然想到海涛的办公室座机，尽管不抱希望，但还是打过去了。正是上班时间，他用了隔壁办公室的座机，没想到接电话的正是海涛。

海涛啊，我是姐夫！

话筒里，他听到海涛吸了一口气，接下来的声调，听得出在竭力保持平稳。

哦哦，姐夫啊，你怎么打到单位来了？

打你手机你不接啊？老图的语气透出不满。

怎么姐夫，有急事？

他必须说有急事，以防海涛挂他的电话。海涛啊，是很急啊，就是那个，那个……你不明白吗？

不明白啊！

老图听到海涛粗重的喘息。卡！那张卡！他想了想，觉得必须说出来了，他顾不了其他了。

卡？什么卡？海涛结巴起来。

就是那个卡，那个，你懂的。

我不懂啊姐夫，我忙了！

电话断了，老图似乎触了电，僵在那里。好半天才缓过神来，他自我安慰说，海涛机敏，怕电话里不安全。但是又感到这样的解释很牵强。

不眠之夜，树冠的阴影整个压下来，笼罩着他的心，沉重而湿冷。

再次拨打海涛的手机是在第二天的早上，话筒里面说，您拨叫的电话已停机。老图出了一身的冷汗，预感到情况不对，慌忙拨打了妻子的电话。妻子出差回来了，正在单位。他告诉妻子他晚上回家，有急事。这样的情况，他必须取得妻子的支持和配合。他想到会有一场暴风雨，但是已经无所谓了。

妻子淡定地听完了他的叙述，冷笑了一声，老图啊，这么大笔私房钱你自己想干什么呢？你又拿我算什么呢？如果不出现这个情况，是不是我一辈子都不知道？

老图慌忙解释，说，当时正处于被举报的时期，暴露出来怕有麻烦，打算一切安稳之后再交给你。

呵呵，算了吧，老图，你以为我不知道你在外边干的事情？你不是早就想家外有家吗？还有你弟弟妹妹们，都等着你出钱买房呢！

老图的心咯噔一下，他断定海涛出卖了他。因为他的所作所为，只有海涛知道，他终于明白妻子为什么对他不冷不热。但是任他如何解释，妻子就是不信，不是不信，而是不屑于信。

我们是合法夫妻，这笔款子是我们的财产啊！老图痛心疾首地喊道，钱拿回来，就交给你，不行吗？

妻子不再吭声，老图认为妻子只是在气头上，在原则问题上，她是不会含糊的。

第二天天刚亮，老图就把海涛堵在家里。他用威严的目光逼视着海涛，海涛低着头一个劲儿倒茶。老图的心忽然就软了下来，毕竟是亲属，没必要闹僵，再说，人家也没说不给啊！老图的语气缓和下来，但最终还是说到了核心问题——银行卡。

海涛颤抖着手倒茶，水洒出来，烫了他一下，他猛地摔了茶杯，咆哮起来，姐夫，你不能凭空诬陷人啊！我什么时候拿你的银行卡了？我海涛穷是穷，但是我不能受这份冤枉啊！

你说什么？老图噌地站了起来，全身的血流一下子蹿到脑门，像要发射的导弹，他一把揪住了海涛的脖领，吼道，你再说一遍你没拿我的卡？你想丧良心么？

海涛猛力挣脱开老图，跳着脚喊道，我没拿你的卡，你不要诬赖人！

这时，海涛的父亲母亲和妻子都回来了，他们穿着运动服刚晨练回来。他们一起围住了老图骂他推他，海涛的妻子还要伸手抓他的脸。

离开海涛家，老图愤懑到了极点，他边往家走边给妻子打电话，但是妻子只是冷笑，没有表态，这让他很失望很痛心。妻子很晚才回家，说累了，明天再说吧。妻子很快睡着了，而老图内心的情绪如同拧紧的发条，只有不停地在客厅里踱步才能慢慢释放。

好不容易盼到妻子醒来，他说，这是我们的钱啊。

妻子说，海涛要耍赖，一定是下了决心的，我有啥办法呢。

顿了一下，又说，这样吧，我找找他试试吧。

老图再次重申这笔款是他和她的，这反倒引起妻子的反感，她的嘴角掠过一丝嘲讽，没再言语。他想解释他在外边那些女人不过是逢场作戏，瞄一眼妻子，知道已没有任何意义了。不过不管怎么说，这笔巨款，妻子不会无动于衷吧？

第二天妻子告诉他，海涛坚决不承认那笔款。老图一下子就瘫软了，又气又急，得了一场大病。妻子每天给他输液，但是夫妻间的那份关爱越来越浅薄，就像他一杯一杯喝下去的白水，淡而反胃。老图很伤悲，也很悔恨。妻子还在生他的气，他伤透了她的心。他仍试图解释，但是妻子不给他机会。弟弟妹妹白天黑夜地照顾他，动辄就遭到他一顿呵斥。妻子离开了，妹妹想说什么，看看老图的脸色，终是没说。

在床上躺了十多天，他终于想到了一个解决的办法，那就是起诉。他参加过党校的法律研究生班，对法律还懂一些。他首先找到了那家企业的董总，董总笑嘻嘻地说，图主任啊，你赢了巨款，答应请我吃饭的，是不是忘了啊？

董总仍然称呼他的官职，应该是还不知道他的情况，他不禁庆幸来得及时。好的，哪天你有时间？老图问。

哦，算了，我不过开个玩笑。

他用手机录了音。加上自己手机里那几张照片以及纸币的号码，证据足够了吧？他觉得如果妻子再出场，那效果会更好。

往家走的路上，他给妻子打了电话，妻子说，她正在高速公路上，和院长去哈尔滨开会。他把想法对妻子说了，妻子淡淡笑了笑，说知道了。他还想说点什么，想了想还是算了。

回到家里，他看到一张纸，竟然是妻子的一封很短的信，大意是，老图，我们离婚吧！一时间他觉得天旋地转，没想到还会遭受这样的打击，天似乎塌了下来，而他毫无拯救自己的气力。弟弟妹妹闻讯赶来，把他送到了医院。虽然是同胞手足，但他不可遏制地厌恶，他们就像一群寄生虫。但现在，老图不得不感叹，关键时刻，还是自己的亲人。

老图把一切的账都算在海涛身上，刚刚好一点，他就到法院立了案。那天开庭前，他给妻子打电话，没接；又发了短信，但妻子没有到庭。海涛拒不认账，弟弟妹妹跃跃欲试，恨不得撕了他。老图播放了录音，出示了照片和记录本。最终，海涛还是承认了事实。庭审结束，老图和弟弟妹妹打了胜仗似的回到家里喝酒庆贺。

他不忘给妻子打去电话，电话通了，他兴奋地说，官司赢了，就等宣判了。钱一回来，就交给你！

妻子冷冷地说，我不稀罕你的钱，我们还是尽快离婚吧！电话挂断。

妹妹看着老图，犹豫再三，弟弟捅捅她，她终于说道，哥呀，一直没敢说，但是不得不告诉你，嫂子外边有人了！

老图恼怒地责备道，怎么能胡说八道？

哥呀，地球人都知道了，就你不知道，嫂子跟医院的院长鬼混一年多了，前段时间院长为了嫂子离婚了。

闭嘴！老图粗暴地打断了妹妹的话，摔了酒杯，进到卧室，嘭地关上了门。就在大家的目光还没收回时，号哭声冲破门板，似决堤的潮水肆无忌惮地宣泄。

一个月之后，老图从省城回到家里面取一些衣物，没想到妻子竟然在家里。虽然离婚了，妻子搬走了她的东西，但是老图没有更换房门钥匙。也许是懒惰，也许是尚存希望，他说不清楚。大大小小的箱包，刚刚搬进来的样子。

老图，我还是觉得你好，我们复婚吧！妻子的眼圈红了。

老图的眼泪无法抑制，哽咽着说不出话。这中间他听到一些传闻，当初就是海涛和妻子串通好了的，意图侵吞那笔款的，后来海涛吃了独食。还有一个消息，妻子单位的院长又复婚了。

法院宣判那天，妻子也去了，指着海涛的鼻子大骂，海涛低着头不吭声，胳膊上缠着黑纱。死者是他父亲，死于心肌梗死。老图和弟弟妹妹则冷眼旁观。很快法警就制止了他们，听候判决。

法官威严地往下面看看，清了清嗓子，双手捧着对开的一份材料读道：本院认为，此款应为图许昵所有……

这虽然在老图的意料之中，他还是激动得落了泪。妻子鼓起了掌，弟弟妹妹也跟着鼓掌。法官停下，抬起头喝道，肃静肃静！接着读下去……判决如下：图许昵的五十万元存款，系非法所得，予以没收！

所有的人都愣在那里，直到法官敲着法槌高声喊道：现在退庭！

2015 年 12 月 3 日初稿

2017 年 7 月 5 日定稿

（原载《参花》2017 年 9 期，《领导科学》2018 年 2 月转载）

真的安全吗

真的安全吗?

这是小禾第多少次问了我不知道,就像电影《大话西游》里面的悟空,被唐僧折磨到了极限。不过一想到毕竟是朋友,且曾经那么亲密,我就强忍着给她回了一条:放心,绝对安全!

可是,我查资料了,即使是最优质的,也顶多能达到97%的安全性,我会不会在那3%里?她很快回了过来。

我把蹿上来的火苗压了压,回道:不会的,不可能那么倒霉!

她的问话又来了:一旦倒霉呢?

火苗蹿上来,我快疯了,给她回了一个抓狂的表情。

没想到她并不在意,又发过来:你看你呀,就和我好好说说呗!到底安全不安全?

眼前就呈现出悟空在絮叨的唐僧面前焦躁难耐的样子,我多想抄起金箍棒猛砸过去。可是我做不到,我眼前只是手机的屏幕,我又不能砸了自己的东西,只能恨恨地从微信中退出来。暗想,这丫头完蛋了!

曾有那么一段时间她不是这样的。在和我并不频繁的通信交流中，诉说新婚生活和怀孕的感受以及家庭琐事。某天深夜，我在睡梦中被搅醒，床头柜上我的手机一闪一闪，拿起来一看，是小禾的微信：你说安全套安全吗？我慌忙看一眼旁边的妻子，她的头发露在外面，发出轻微的鼾声。我恨恨地关了机。

第二天她没骚扰我，直到几天后。这丫头极聪明，先向我道歉。她微信说：你说说看，这样的事情我还能和谁说呢？我想想也是，心底略略漾起一丝愧疚。

这样又过了一段时间，她发来微信，先是几张照片，大着肚子，冷眼很难认出是她，笑得相当灿烂。

我的心情也很好。

大约四年前，我和小薇被妻子堵在家里，和小薇的关系就此了断。但妻子一直住在娘家，我倍感寂寞。偶尔会偷窥一下小薇的 QQ 空间，但每一次我都会删除浏览痕迹。分了就分了，维护自己的家庭这是底线。

在她的空间里看到一个女孩，不知为什么，头像牢牢吸引了我，我就频频去女孩的空间里驻足。犹豫了好久才申请加她为好友，说"犹豫"，毕竟勾搭小薇的身边的女孩似乎有点不妥。几天过去了，女孩没有回应。

午夜时分，我还在网上狗一样地找乐趣，女孩的头像闪烁起来，这让我有点小兴奋。她叫小禾，但我没想到，她竟然是小薇的侄女。

她说知道我是谁，出于好奇，想问问有什么事儿。我说没有什么事儿，大家认识一下也无妨啊。她回了一句呵呵。聊着聊着，我就想起来了，小薇曾带着她坐过我的车。那时候她还是个高中生，中等身材，白净，眼睛大，很文静。小薇私下说，小禾的哥哥是混社会的，混得不好，父母拿钱养着，却不怎么管小禾。

小禾介绍了自己。她考上一所二本大学，想复读再考，但是父母不支持。毕业一年了没有找到相应的工作，就在家待着。父母看着生气，她看父母也生气。

后来小薇介绍她到县城的一家物业公司，在前台负责接待。都是业主那些乱糟糟的事情，但是她很快就适应了，干得还不错。

或许是她比较孤单，又或许有小薇那么一层关系，她和我交流得很顺畅，某种念头就在我心里越发成熟。几次试探她，她都明确表示说，原则是不可以突破的，小薇是她姑姑。我说你这是啥观念，她说我做不到。这打击了我，我觉得白白耗费了时光。但不知为什么，小禾让我欲罢不能。她的影像就储存在我的记忆中，时时浮现出来，或者潜入梦里。也许和小薇感情的夭折，我是不甘心的。

但和小禾的联系并未受到影响，反而频繁起来。这期间我去找了妻子两次，她拒绝回来，说我的反省不够深刻。这个傻女人，给了足够的机会，让我不安分的心骚动起来。

周五的晚上，我和小禾照常网聊。她说又到周末了，我说是啊，可以放松了。她说，还不如工作呢，闲下来实在无聊。我说我明天去省城。其实我根本没有这个计划。她问，和谁，我说，自己。过了一会儿她问，我也想去。我窃喜，忙回道，一起去吧。

接她是在她单位不远处。远远地看到一个女孩小跑着过来，远远地就和我打招呼，正是小禾。她和印象里有点差别，让我一度怀疑当年的那个高中生是不是她。不过她现在这样子也不错，热情大方。一路上话语滔滔不绝，我头脑中蹦出两个字：话痨。

到了省城已是正午，我问吃什么，她一定会说随便吧。但她没有吭声，低下头翻看手机，然后一脸喜悦地说，"大众点评"上排第一的那个"火烧"好吃。我说好，就按她说的路线，左拐右拐，找到了位置，却见门上贴着一张纸，写着"搬迁"两字。而她没有作罢的意思，指挥方向，半小时后我们抵达目的地。

刚刚坐下，她就把菜单拿在手里，一边琢磨着一边向服务员报菜名。点完之后，她又改了两道菜。我饿得不行，还得注意吃相。她笑嘻嘻地问我，好吃不，我说好吃。她说，不能浪费每一次机会，一定要选喜欢的。我说对的对的。她擦一下嘴角的流油，说，下次我带你吃另一家。我愉快地说好好。

接下去我提议看电影。进了影院我要买票，她阻止说，网上买吧。很快她就搞定，比售价少了一半。我暗叹，还是年轻人能跟上时代啊！我说怎么能让你花钱呢，她笑笑说，毛毛雨啦。电影开演，她却低着头摆弄手机，是在收发微信，也不知和谁热聊着，我心里就生出那么一点醋意。我说，电影多好看啊！她哦哦着抬起头，又低下，手指飞快地动着，偶尔侧头对我调皮地笑一下。

从影院出来，天已经黑了，我问道，现在往回走吗？她愣怔了一下，说，那就回吧。我心里一阵懊悔，错失了一个机会，她本没有今天回去的打算。

回到县城,我买了几样水果送她,她说,下次给我买杧果吧,要进口的,我说好好。

联系更加热络。

到了周五,我们又踏上了省城的路。她说想去公园坐火箭,我暗暗叫苦。多年前我和妻子玩过,现在血压偏高,心存畏忌。果真一坐上去就后悔了,嗖的一声急速攀升上去,顿觉天旋地转,头脑中一个意识,完了! 小禾则兴奋地尖叫着。

她玩得很嗨,完全像个孩子。离开的时候,天已经暗下来了。她兴高采烈地跟在我身边,一边走着一边把手塞到我手里,我随即握紧,心活泛起来了。不知怎么就提到小薇,她眼泪汪汪地说,小姑真可怜。我的心又凉了下来。

她忽然说,我知道一个快捷酒店,环境好还便宜。快捷酒店? 她的意思? 血流蓦地加速,我语无伦次地说了什么都没有印象了。到了酒店,我正思考着怎样要房间,两间还是一间,小禾对服务员说,我刚才在网上订了一间标准房。她什么时候订的呢? 我没注意到。

房间里面有两张床。我先去了卫生间,一边尿尿一边平复心情。事态的发展让我像失重一般。即使不发生什么,离发生什么也只有一步之遥,这真是激动人心啊。

走出来,吓了我一跳。小禾穿着睡衣正等在门口,她全部衣服,包括浅粉的内裤就搭在床上。我的心狂跳起来,感觉在做梦。小禾的脸上浮出红晕,瞥了我一眼就进去了。卫生间的玻璃墙雾气弥漫,隐约可见凸凹有致的身形。但也有一种可能,在关键的一步她会打住。她可能就是这样的女孩，比较天真吧。而我则要保持冷静，毕竟，如此下去，她是跑不掉的。

胡思乱想间，小禾出来了，上下打量我，笑了一下，催道，还不去洗？我手忙脚乱地脱衣服，她则坐到床上，摆弄着手机。我稀里糊涂地出了淋浴间，小禾已经躺在被子里了。

我本来是往另一张床去的，经过小禾的时候，她娇羞地说，你要温柔点哦！血液瞬间就沸腾起来，带着一点眩晕，但本能提醒我应该做什么。我有些拘谨，小禾在下面夸我，你好棒哦！这么一说，我就勇猛起来了。

此后好久，我都不敢确定这一切是不是真实发生过。但事实是，我们的关系就此开始了。

一到周末我们就在一起，多数时间避开县城，因为县城太小了。主要的内容是做爱，她从不忸怩。往返大约一小时的路程，两侧是一望无际的玉米地，她会突然喊停车。我问干什么，她笑嘻嘻地说，来，搞个车震！各种花样她都想得出来。每一次她都要尽兴，她在这方面也同样不马虎。

不过她的手机很忙，嘟嘟的提示音会影响到情绪。她扫一眼，结束之后就背对着我摆弄手机。我们之间有个默契，不窥探各自的隐私，但我还是有着隐约的不快。

妻子回来了，我故意惹她，她就说要离婚，我说好。直到我说了第三遍她才相信是真的。我把一切财产都给了她。其实这时候我有麻烦了，由于玩忽职守造成了单位经济损失，相关部门介入了，要追究责任。我不能连累妻子，必须一个人去面对。

很快我就停职了，几个相关人员被控制起来了。似乎头顶上悬着一块巨石，随时会砸下来，我日夜不安，甚至一度产生过轻生的念头。那个周末，我闷在家里，不吃不喝地胡思乱想，情绪糟糕透顶。小禾打来电话让我出去，我回绝了。她又打来电话，我吼道，别烦我了，我没那份闲心！我以为她会生气，但很快就收到了微信：不管遇到什么事，都要面对，身体才是根本，闷着会得病的。这话对我有了作用，她不失时机地打来电话，说，出来吧，求你啦！

我们在郊外的一个地方停了下来。靛青色的夜幕刚刚垂落，一轮弯月挂在西天。我的情绪平缓下来了。她双手背在后面，顽皮地说，你闭上眼睛，我喊你再睁开。见我不耐烦，她噘起嘴，央求我说，求你啦！我闭上眼睛，她把什么东西挂在我的脖子上。

她说，可以喽。低头，我看到一个观音像垂在胸前。她的手抽回的时候，手腕上有一处烧灼的痕迹。

她欣喜地说：生日快乐，平安无事！我愣了愣，突然想起这一天是我的生日。你怎么知道的？她歪歪头说，在你QQ空间里知道的，嘻嘻！我心里一阵温热，问，这个佛像是你买的？她瞬即严肃起来，说，不要说"买"，是我早上在庙里"请"的。

今天是庙会，为了抢头香，小禾凌晨三点就去排队，她为我做了祷告，并"请"了一个佛像保佑我。

我恍然明白了什么，去抓她的手，她遮掩着不给我看。我问，是不是抢头香时烧了手？她嘻嘻笑着说没事儿没事儿。

她是第一个也是唯一一个给我真诚慰藉的人。我努力抑制着自己的情绪，迅速低头抹了一下眼睛。

关于我的事情她是无意间听到的。

她陪我度过最黑暗最漫长的六个月，我熬出了头，迎来了曙光——仅仅是单位扣发了我的工资而已。

我第一时间打电话告诉了她，那边突然没了声息，几秒钟后传来压抑的啜泣声，我似乎看到那张流满泪水的脸，如果在我身边，我会抱紧她，说我爱她。

第二天我们见了面，疯狂做爱。她突然流了眼泪，我问怎么了。她说，你的难关过去了，我们是不是要分了？我说，你怎么说这些无厘头的话呢。其实我心里也有这样的感觉，预感我们要分了。

妻子回来了，我从来没有感觉到平稳的生活是如此宝贵。小禾给我发了几次微信我都没回，最后她写道：放心，我不会影响你的家庭。见她如此开明，我就和她见了一面。我劝道，找个对象结婚吧。

她点点头，说，我已经适应了有你的生活，所以需要一个过渡。你能偶尔出来见见我吗？她眼睛里泪光晶莹，手伸进我的衣服里。我挡住了，我提醒自己必须坚定。

她说，这个周六带我出去散散心吧，我想了想说好，但已经有了主意。小禾也许知道了我的想法，周五并没有联系我。几个月过去了，一切平安。

妻子怀孕了，我沉浸在即将做父亲的喜悦中。胎儿一直不够稳定，医生告诫说，绝对不可以有性生活。到五个月的时候，我的生理需求达到了膨胀的状态，就梦到了小禾。

巧得很，很快就收到了小禾的微信，想见面，我爽快地答应了。她对我已经没有威胁了。我的车停在郊外的那个地方。

她更性感了，我恨不得马上要她。但我告诫自己绝不可冒失。

她说一个同学，有很好的职业，正在追她。我说好啊。可是个头还没我高呢！小禾噘起嘴，不满地说，以后一起逛街呢，多丢人哪！不过她很快又说，这个倒也可以勉强的，但是他没有钱。

我问，买房子不成问题吧？

成问题。说完她就沉默了，突然直视我的眼睛，说，我不喜欢小男生，没有共同语言，像你这样的人才适合。目光里有火星一样的东西迸射出来。我意识到必须表明态度，忙说，过日子可不是闹着玩呀。她端详了我好一会儿，突然笑了，说，你认识人多，给我介绍一个呗！我说，我认识的都是我这个年龄的。她眼睛转了转，认真地说，也行啊，只要能结婚就行啊！当然，前提是条件要好。

一个人就出现在我的眼前，朱晓国，比我大几岁，离异十年有余了，算是朋友，是某个企业的高管。

有照片吗，小禾问，我说有，就打开手机找相片。她的头歪过来，头发丝触到了我的脖子痒痒的。气息一吸一收，像扇子一样煽动着我的欲念。顺着脖颈我看到下面两坨白肉。我猛地亲过去并顺势往下，她愣怔了片刻就挣扎起来，嚷着不行不行。

我问咋不行，她说我们已经分了哎。这让我很诧异，她可不是这么保守的一个女孩。她很坚决地说，真的不行，我和对象还没分呢！

情欲被撩拨得高高的，却无处安放。我真希望她和对象早点分了才好。没想到这个愿望在大约一周后就实现了。

她红着眼睛说，那个对象很呵护她，还有责任感，也不知这样的抉择会不会后悔。我说不会不会，以你的条件可以找更好的。我都奔三了，她叹口气说，越大越不好找了。我说不会。

不知什么时候天黑了，车里荡起荷尔蒙的味道。她说好闷啊。我试探着把手搭在她肩头，她就靠过来，手伸进我的衣服里。

完事，她忽然嗲嗲地说，不如我不结婚了，婚姻烦恼多，就跟你吧！我吓了一跳，好在已经结束，否则绝对会半途而废。眼前闪过大腹便便的妻子，我说，你傻啦，我能为你负什么责任呢？没钱没势的，女人最终得有个归宿的。

看把你吓的！小禾手指戳着我的脑门说，就把那个晓国介绍给我吧。我忙说好好，我明天就去问他。小禾哈哈笑了一阵，又转身扑到我怀里，吻我。我暗想，不如多做一次吧，不过这次小禾转换为主角。

小禾家的情况复杂了。哥哥结婚了，在省城买了楼房，还买了一辆货车跑运输。钱是父母的，他们的房子卖了（寄居在亲属家），又高息借了一部分。不久前哥哥的车辆肇事了，责任自负，修复需要几万元，等着父母出钱呢。而父母浑身是病，舍不得花钱治疗，还得四处筹钱。这个家庭太闹心了，她想马上嫁出去。

现在做媒人很简单，把男女的联系方式告知一下即可。我关注着他们的进展，得知他们相处很好，心里又不怎么舒服。

妻子生了一个男孩，我高兴极了。看着怀抱婴儿浑身都洋溢着母爱光芒的妻子，我告诫自己要好好珍惜。孩子越来越大了，可以在床上爬动了，我和妻子的纷争却暗礁一般纷纷浮出水面。

她再次把我的过错抛出来，说想想就堵心，于是抱着孩子回了娘家。

这样就又想到小禾，索性发了微信。我的措辞很谨慎，即使晓国看到了也无妨：小禾，你好，好久没联系了，快结婚了吧？记得通知我这个媒人哦！她迅速回了过来：哈哈，少整没用的，我正要见你呢！原来她和晓国分了，她说老男人的怪癖可真的多，也不愿意陪我玩。我心里窃喜，机会来了。但还要正儿八经地说话，我说那就找同龄的吧！她说习惯了和大叔级的了。我问，习惯了？不会吧？我们在一起才多久呀？她道，哈哈，现在我们分手了，就实话告诉你吧，在你之前还有一个男人呢。什么？真的吗？她回，真的，附一个嘻嘻笑的表情。我说，哼，怪不得那时候你总是摆弄手机呢！她回，和你那段时间我是忠诚的！

我细细回想一下，还真没有发现什么异常情况。

正是冬天，我谎称没有车，订了一间钟点房，一张大床，三个小时五十元。我现在手头拮据了，再说有了孩子，也不能大手大脚了。还好小禾是不计较这方面的。

我怀着不良动机，还有对她故事的兴趣，我很想了解我的前任。大学最后一年的时候她回省城参加公务员培训班。某天突然得了急性阑尾炎，给哥哥打了电话，直到手术结束哥哥才到。好在主治医生对她很关照。主治医生是个三十多岁的副教授，戴着眼镜，面相和蔼。她看到有人塞给他红包，当时就有了一个大胆的念头——勾引他。

医生叫高洋，已婚。他给小禾在省城租了一处楼房，建了一个小家。小禾不必上班，每月有五千元的生活费。说到这她停顿了下，说，你看他对我多好啊！我不知道她是不是在敲打我的竹杠。我哼了声，不耐烦地说，后来呢？

这样的生活很舒适。药贩子小周宴请高洋，高洋把小禾带去了。席间，小周给了小禾一张名片，偷偷说，你真美！小禾很享受和高洋在一起出席在大庭广众之下，有种见到太阳的感觉。日子久了，某种情绪就悄悄滋生了。小禾发现，她越来越离不开高洋了。

电闪雷鸣的夜晚，小禾不让高洋走，高洋说，我老婆病了。那么我呢，我现在需要你，我也病了。高洋问，你哪里病了？小禾说心里。最终高洋还是走了。小禾止住哭泣，打了一个电话，约来了小周。凌晨，房门突然开了，高洋冒着雨来了。

小禾的手机响起提示音，她低着头手指飞快地动着。我催道，讲啊讲啊！她时不时扫一眼手机屏幕，看样子在等着什么。

高洋用皮带抽我，一边打一边哭。说到这，小禾的泪水流了下来。见我看她，就笑了一下，泪花纷飞。

后来呢？我问。后来，后来就认识你了呗！她的语气轻松了，像刚刚从时光隧道里走出来。

我问，你和他还有联系吗？她顿了一下，说有啊，医院有事，我还是会找他的。我问，我们在一起的时候，你总发微信，是不是高洋？她抬起头看我，点点头。我急了，那你和他……她哈哈笑起来，说，没有。我有必要骗你吗？

后来我和小禾偶尔会见面，依旧做爱，但是不知为什么，感觉一次不如一次。她隐隐地抗拒着，这种变化越来越明显。

我预感我们要彻底了。

小禾这丫头把自己的感情利用得很好，在没有充分把握之前，还不想让自己处于寂寞状态。而我则是希望尽快了断，因为回到家那天，妻子正在收拾卫生，儿子扑到我怀里爸爸爸爸地叫着。那一时刻，我觉得没有什么比家还重要。

我不再联系她，也不希望她联系我。某天，有一个陌生的号码打给我，竟然是小禾。她郑重地告诫说，千万别联系我。我问怎么了，她说，我处对象了。我还想问问，她挂了电话。但微信还没有被她拉黑。有一天在她的微信朋友圈里，我惊讶地看到她和晓国在一起的照片。

两个多月后，小禾突然来了微信。她说，晓国孤独惯了，对婚姻兴趣不大，他们之间的关系很难跨越，她灰心了。她约我出去，我想了想还是婉拒了。

春节前的一段时间，小禾参加闺蜜小馨的一个饭局，认识了经商的安庄。四十多岁了还单身。安庄要了小禾的号码，第二天就邀她吃饭。小禾给晓国发了个微信，等了一会儿没回，打过去电话，晓国正在家，说累了，电话不咸不淡地挂了。

安庄请她吃了饭，又带她进了商场购了一个白金项链，两个人嘻嘻哈哈就过了夜。半夜晓国打过来几遍电话，小禾都没听到，她把手机设置了静音。

隔一天的晚上晓国让她过去，她就去了，晓国问怎么回事，她嗔怪地说，你还知道管我呀！晓国继续刨根问底，她坚持说睡着了没听见。晓国要脱她的衣服，被拒绝了，她一脸正色地问，你说良心话，你到底想不想和我结婚？晓国这时欲火攻心，连说想想想，小禾就顺了。但她心里明白，晓国只是敷衍。如果安庄能和自己结婚，那么就离开晓国。

安庄对她很好，说要春节带她去见老母亲，他在海南有房子，老母亲在那边住。小禾很高兴，这显示了安庄的诚意。她决定和晓国摊牌，毕竟和他相处时间较长，她还是要把最后的机会给晓国。但是晓国仍然没有明确的态度，只是想和她上床，小禾摔门而去。

腊月二十六到了海南，小禾给安庄的母亲买了一大堆东西。小禾像个贤妻良母，但很快就发现安庄的另一面，极度暴躁。大过年的，又在老太太身边，她忍了，想尽量适应。没想到安庄变本加厉，一天到晚骂骂咧咧的。小禾想起了晓国。

晓国的电话果真来了，小禾走出屋子接听。晓国问，你在哪？小禾答，海南。晓国问，和男的吧？小禾说，你又不能和我结婚，凭什么约束我？晓国的语气变了调，我就问你能不能回来吧？这个态度是小禾没有想到的，她也来了火，回道，不回去！那边电话挂了，小禾抹了一把眼角转身，安庄就站在身后。她还没有看清楚他的表情，脸上就挨了一巴掌。小禾反应过来去抓安庄的脸，又挨了一巴掌。她疯了似的抄起一块石头，没追上就砸了屋里的电视机。

回到省城的时候，已是腊月三十了。如果晓国打来电话，不管他说什么，她都会去找他的。她拨打了晓国的电话，关机。犹豫了一番，她还是去了晓国的家。门开了，晓国愣了一下，旋即抱紧了她，她像孩子一样伏在晓国怀里大哭了一场。晓国一边摩挲着一边哄她，她用拳头轻轻打着晓国的肩头，破涕为笑。

　　除夕，屋子里该有过年的气氛了。小禾包了饺子。晓国要插手，她把他推走，让他看电视。吃完饺子，上了床，晓国气喘吁吁地说要娶她。小禾不信，晓国发了誓。

　　幸福来得太突然，小禾总感觉有什么隐患，又想不出会是什么。不久隐患就明了了，她陷入极大的惶恐之中——她怀孕了。她给安庄打电话，安庄嬉皮笑脸地问，想我了吧？小禾说，我怀孕了。安庄似乎突然被噎了一下，很快干脆地说，你傻呀，即使我们结婚，也不能这么早就要孩子吧！小禾不想再和这个家伙纠缠下去了，约定了去医院的时间。没想到此后安庄一连好多天也不接电话，小禾发了短信和微信也没回。

　　小禾气得不行，就发了一则这样的短信：不如我和我哥去海南找你老妈解决吧！安庄马上回信，表示承担责任。堕胎回来，送到家门口，安庄就要离开，小禾一把抓住他，斥道，你就这样离开吗？安庄说，包里没钱了，明天汇给你。过了几天，小禾的卡里没进钱，再打安庄的电话，已经停机。

　　眼前最大的难题是，怎么瞒过晓国？小禾为自己的一时冲动懊悔不已。想来想去，说自己的慢性阑尾炎复发了。晓国要接她过去住，她说父母来了。她知道晓国这个时候还不会见她父母。半个月过去了，小禾说父母回去了，但是病还没好，需要继续用药。

　　晓国来了，拥抱了一会儿就忍不住了要做爱，小禾说肚子还疼。晓国也不是没有怀疑，但是看到几盒药就相信了。药是小禾让小薇给买的，她料到会有这个情况出现。就这样煎熬一般，眼看着还有几天就足月了，还是发生了关系。小禾不忍心看晓国难受的样子。晓国说，你放心，我一定和你结婚，至于是否要孩子还没有想好。一个月后，晓国去外地开会，走时说，回来就操办婚礼。小禾激动地流着眼泪说，晓国你放心，我不会让你后悔。

小禾的父母真的来了。父亲得了胆结石，疼得受不了。如今就医很难，排队要排上半天，住院还要等床位，等到啥时候不一定。她只好求助高洋。高洋热情周到，当天就做了手术，很成功。出院那天，医院告诉小禾还欠费用，小禾的钱不够，是高洋付的。小禾说，过几天给你，高洋说不用，请我吃顿饭就行了。

几天后小禾就约了他，微醺之后开了房，小禾坚持让高洋戴套，高洋不愿意，但小禾还是坚持了。高洋央求她过夜，小禾想想还是拒绝了。

第二天晓国就回来了，小别胜新婚。几天后晓国去见了小禾的父母，又带着小禾去见了他的父母，商量结婚的事情。他母亲说，小禾呀，给我们家生个孩子吧！晓国看了一眼小禾，眼波闪了那么一下。回到家（此时她已经住到晓国家里了），小禾小猫一样偎依在晓国的怀抱里，说，我们要个孩子吧！肯定不让你操心，没有孩子不像个家。晓国点点头。

小禾发现月经没有按时来，她怀孕了。这真是双喜临门，她要告诉晓国，但是手机无法接通。她在屋子里旋转着，蹦跳着，仿佛看到了一家三口其乐融融的情景。突然，脑子里划过一道闪电，她想到了那个夜晚，和高洋的那个夜晚，心一下子就悬了起来。

时间只差一天，会不会？又一想，怎么会呢？高洋明明带着套子的。心又回落下来，气也平稳下来，她庆幸自己还是理智的，就又高兴起来。看着时间，晓国快回来了。疑问忽然像弹簧一样弹起来，套子会不会出问题呢？

她急忙到网上去查看相关资料，资料显示，优质的安全套顶多能达到97％。她的脊背沁出一层冷汗。反复而苛刻地回忆那天的细节，应该是无可挑剔。

把这个喜讯告诉晓国，底气还是打了折扣。晓国倒是很高兴，他说父母亲这下如愿了。第二天早餐时，晓国突然盯着小禾看，她问怎么了，晓国说，既然这样就赶紧结婚吧！不过……小禾的心颤了一下，她有种不好的预感。晓国垂下目光，面色凝重，说，不过孩子如果不是我的，我可决不答应你！小禾没有回应，晓国抬头去看，见她满脸泪水，以为伤了她的自尊心，赶忙去哄。

小禾就是这个时候约我的，很焦灼的样子。还是老地方。我蓦地有了怒气，责骂道，你真能嘚瑟，脚踩几只船？其实我是吃醋了，男人都这个心态。她哀求说，先别说这个了，我也后悔，你现在帮我判断下，有没有问题？也就是说，安全套安全不？

这件事非同小可，我理解晓国的心情，作为男人可以有很多选项的，所以沉下心来以旁观者的角度仔细揣摩。

你确定高洋带着套子？

这个千真万确。

那就一定是晓国的，这不会有问题呀！

　　但是，你知道吗，晓国的精子成活率很低！和前妻离婚就是这个原因！小禾瞪大了眼睛，呼吸变得缓慢。泪水顺着脸颊流下来，她央求说，你再好好判断一下吧！

　　看来问题比我想象的要复杂。我当时就给两个医生朋友打了电话咨询，都答复说没问题。

　　可是，可是，晓国他……小禾还是不敢相信。

　　你也听到了，我的朋友说了，生育能力是可以改善的，所以一定是晓国的。我拍了拍她的肩膀，她顺势伏在我的身上一抽一抽地哭了。

　　一周之后，在微信圈里看到她晒出和晓国的恩爱画面，我感到欣慰。小禾发来微信，问我方便通电话吗，我说方便。

　　我没在家，所以不用顾忌妻子。我和妻子的关系有了改善，只是她有了变化，不愿意做爱，就是通常说的产后综合征吧。我劝她去看医生，她怒道，你就为那个活着？你再出轨，我会和孩子离开你的。我忙表态，说绝对不会。确实，我儿子太可爱了，怎么能舍得。

　　小禾还在担心那件事。

　　我说，那件事你就放心吧，肯定没事。她追问，肯定没事？我坚定地说，肯定没事！

　　几天后收到她的微信，还是问我安全套安全不安全的问题。我烦了，但还是回道，安全，放心。担心她继续纠缠，我谎称在忙。

　　婚礼的前一天，小禾发来微信说，晓国和我认真谈了，如果孩子不是他的，趁早说清还来得及。我问你怎么说？她说我当然很坚定。我说这就对了，千万别心虚。她说，可是，我还是很心虚，毕竟和高洋做了那事。

我知道她又要磨叨这件事，就回，我可以肯定地告诉你，绝对没问题。她问，绝对没问题？我回，绝对没有问题！她问，那么，安全套真的安全吗？我答，真的安全！她说，可是，安全套只是97％安全呀！

我的心像架在火上，快疯了，就不再搭理她，我怕我忍不住骂她。她发了一大堆文字，我看也没看就删了。

婚礼还算隆重。小禾的肚子像倒扣个小锅，小薇陪着她，我们好久不曾见面了，她有点憔悴，但我们只是点点头。晓国说着感激的话，我心里虚虚的不敢正眼看他们。

过了几天，小禾发来微信，问我方便听电话不，我想想说，打过来吧。她说她想对胎儿做亲子鉴定，高洋同意承担责任，也愿意配合。我不关心高洋的表态，只对鉴定这个词很敏感，追问，怎么个鉴定法？她说，在肚子里抽取绒毛或者羊水……我打断她，问道，哎呀妈呀！你疯了吗？这对胎儿没有损伤吗？她嗫嚅着说，也许有，也许没有。我问，一旦有呢？她顿了一下，语气坚定起来，说道，可是我实在熬不下去了，心理负担太重，时刻在想这件事，真的快疯掉了！

手机里是压抑着的抽泣声。

我开导了她半天，手机都烫手了，她才打消那个危险的念头。

我建议她去看看心理医生，第二天她就去了医院，她说，医生和你说的一样，但我还是怀疑安全套不安全。

我恼怒地骂了她，你可真是精神病！但是又有些后悔，我是她唯一可以信赖的人，我应该安慰她的。所以接下来她再和我说起这个话题时，我耐着性子，但我的性子最终还是撑破了伪装，我再一次骂她精神病。

是不是心理疾病可以传染，在我和妻子有限的做爱中，头脑中就是一直萦绕着这个问题，以我目前的生活状态不适合再生一个，所以必须避孕。事先我会仔细检查安全套，是否有漏点，事后还要再一次检查是否有破裂。你有病啊！以后别碰我！妻子骂道。

那天临睡前，我突然收到小禾的微信，她打算明天去做亲子鉴定，紧接是絮絮叨叨的诉苦内容。妻子正陪着孩子在地上玩娃娃。我飞快回过去：你疯了？还有一个月就生了！她没回，却突然打过来电话，吓了我一跳，好在妻子和孩子玩得很投入，没有注意到。我关了机。

妻子抱着儿子上了床，儿子躺在我们中间，我被幸福包围着，但一个念头久久萦绕，让我心烦意乱。迷迷糊糊入睡时，我还在提醒自己，明天早早离开家，好好说服小禾。

2016 年 12 月 15 日初稿

2017 年 7 月 4 日定稿

（原载《作品》2017 年 10 期）

滑　坡

　　我们公司每年的夏季都要集体出游的，这已经是一种习惯了。但随着有关政策的限制，如今只能选择路途近的、消费不高的地方。选来选去，最终决定到松花江畔的吉林市去。北山也好，松花湖也好，这些老景点已经没有意思了。有人推荐了一个地方，距离吉林市三十公里的郊外，尚未完全开发。那里的风景美绝了，清一色的自然美原生态美，可以随意采摘野菜野果，泉水也是可以直接饮用的。

　　本来时间定在上个月，下了几场雨，不得不一再拖延。大家说，不能再延期了，听说上面有了防汛的要求，真要是赶上大雨，那就彻底"歇菜"了。我撺掇得最欢，相对来说，我是个闲人，闲得难受。于是就在这个周六，一行十余人就出发了。

　　天气极好，阳光蓝天白云，不凉不热。天气预报说有中雨，局部地区有暴雨，这再一次验证气象学家们的"信口雌黄"。

　　吉林市在国家层面上不算啥旅游区，但在东北三省还是挺有名的旅游城市。其实，吉林市对我来说要比其他人更熟悉，它深深根植于我成长的记忆深处。

打我有记忆始，就常听人们说起吉林。村子里有一个人去了，站在北山照了相，一个大牌坊上面有一块横匾，写着"天下第一江山"，据说是清朝皇帝题写的。这张照片就摆在他家里面最显眼的地方，谁见谁问，他就会乐此不疲地讲述所见所闻。

我上小学后，母亲就说，好好学习，哪天带你去姨姥家。见我不解地望着她，她接着说，你姨姥就在吉林住。姨姥是姥姥的妹妹，母亲的姨，大家谈到她的时候总是一脸的敬慕。去姨姥家就成了我的梦想，我也因此发奋学习。

那天刚放学，姐姐就兴冲冲地喊我，姨姥来了，姨姥来了！不等我反应过来，抓起我的手就往姥姥家跑。姥姥家离我家就隔一条路。我们气喘吁吁地进了屋，一屋子的人，有大人有小孩，有舅舅舅妈二姨二姨夫表哥表弟也有邻居。土炕上端坐一个老太太，长得很像姥姥，却比姥姥年轻而端庄，一看就不是农村人。母亲笑着伸出手把我们从人群外拉进去，对我们说道，快喊姨姥！姐姐喊了一声"姨姥"，就亲热地凑过去，我则躲在姐姐身后偷瞄。姨姥的笑容就像南大泡子的水，投进了一粒东西后由内往外迅速荡起一圈圈涟漪。她站起来，在一个大提包里掏出几块糖、几块饼干递过来。母亲说，姨姥给的，吃吧吃吧！姐姐两只手接过来，把糖和饼干一起塞进嘴里，再把剩下的塞到我手里，学着母亲的腔调说，吃吧吃吧！

母亲开始介绍姐姐和我。姐姐一点也不眼生，喋喋不休地和姨姥唠嗑，姨姥却对我感兴趣，她问母亲，小会会画画？小会是我的小名。我母亲扯过我的书包，要从里面找什么，我抗拒着。母亲常常拿我的图画本在人面前炫耀，而我总是觉得难为情。母亲掏出我的图画本，一张张翻给姨姥看。

姨啊你看，这是火车，姨啊你看，这是岳飞……

姨姥一边看一边啧啧地赞叹，说，哎哟，画得真好哦！

看完，姨姥摸摸我的头，问我想去吉林不？姐姐抢着说，想想想。我心里当然想了，但是就是没说出来。姨姥不看姐姐，还是摸着我的头对母亲说，有机会带这孩子去我家吧！所有的人都羡慕地看着我，特别是那些孩子们。

以当时的条件，去一趟吉林其实是一件大事。不计较出门的费用，单说路程，从我们村子出发，步行十五里路去上河湾镇，乘公共汽车到九台县城，坐火车到吉林市，大约需要六个小时。对我们来说，那是一个遥不可及的梦想。

那年寒假，来了一个大孩子，长得虎头虎脑的，穿的衣服比我们好多了，说话也文雅。母亲说，快叫小勇哥，他是你姨姥的孙子。我和姐姐很高兴，我们终于找到可以帮助我们写作业的人了。我们以为小勇写我们的作业毫不费力，但情况不是那样。他写得很慢，并且答题的路子和老师说的不一样。事实上，开学交作业不久，老师就勒令我们返工。不过那个假期，我们玩得非常愉快。

我们农村都有善待客人的习俗，小勇又是姨姥的孙子，所以被特殊对待。每顿饭都有大米饭和炒鸡蛋，我和姐姐只能眼巴巴看着，希望小勇能剩一点，但每次都令人失望。我不免对他有了恨意，不过一玩起来也就忘了。假期行将结束，小勇要走了，我和姐姐都很不舍。小勇说，你们来吉林吧！我带你们去玩。我问都有什么，他就神采飞扬地说，什么都有，高山、大湖，坐游船，吃奶油冰棍儿。

我对吉林更加向往了。

母亲总说，等你再长大些吧！

期间父亲和二舅去过吉林，回来时带回几张照片，也是"天下第一江山"的背景，父亲和二舅都穿着白衬衫蓝裤子，无比豪迈地眺望着远方。父亲说，你姨姥特意问起你，听说你学习成绩好非常高兴呢！

上高中的第一个假期，姨姥来了。她是来解决姥姥家的事情来了。大舅结婚后和姥姥在一个房子里住，因为大舅母和姥姥争吵，喝了酒的大舅失手打折了姥姥的一根肋骨。大舅长得魁梧，脾气暴躁，大家敢怒不敢言。父亲是教师，在村子里是有地位的，觉得这件事不能这样算了，就给姨姥写了信。

姨姥和姥姥是亲姐妹，但性格截然不同。姨姥泼辣干脆，嗓音尖厉，走路风风火火。

记得那个晚上，姥姥的家里点着两根蜡烛，全家人都肃穆地坐着。小孩子有疯闹的，大人就悄悄一指端坐在炕上的姨姥，立刻就老实了。大舅垂着头坐在凳子上，一个劲地抽烟。姥姥躺在炕上，盖着被子。旁边是两瓶水果罐头，一瓶是橘子的，另一瓶是黄桃的，盖子打开了，里面插着一把勺子。还有一包打开的饼干。这些是姨姥带回来的稀罕物。姥姥故意轻松地说话，以表明她的伤没什么大事。她仰起头对孩子们招呼道，来来，尝尝，尝尝！姨姥回头瞪了姥姥一眼，喝道，我看谁敢吃！

气氛骤然紧张起来了。

姨姥眉毛蹙成一个倒八字，如两道利剑，怒视着大舅和大舅母，质问道，说说，怎么回事？大舅快速瞥了一眼姨姥，手里的纸烟开始颤抖。姨姥突然提高了声调，喝道，站起来，你们是畜生不？俺？

大舅和大舅母犹犹豫豫地站起来。

大舅母开口说道，姨呀，事情其实不是那样的……

姨姥不耐烦地摆摆手，语气忽而平缓下来，对大舅说，小珍子呀，你过来！小珍子是大舅的小名。

大舅站起来，在炕沿处站住，小心地问，姨，你有事儿？

突然间人影一晃，啪啪两声，大舅的两侧面颊就红了一大片。大舅一趔趄，所有的人也都一震。谁也没看清楚姨姥风一般的动作。大舅一下子变得像个小孩子，捂着脸痛哭流涕。

姨姥厉声问，知道错吗？俺？

大舅哭着说，知道知道，我错了，我错了！

姨姥喝道，别和我认错，向你娘请罪！

大舅就跪下去，连连磕头。

姥姥挣扎着要起来，嘴里说，不是小珍子故意的，不是故意的。

姨姥喝道，姐姐你起来干吗！躺下！不能宠着他们，知道吗？俺？

姥姥心疼地看着大舅，不甘心地躺回去。

趁着这机会，父亲把我家和大舅家的事情端出来请姨姥主持公道。大舅从我家借钱有三年了一直不还，父亲要了几次都生了一肚子气。这次，大舅和大舅母态度很好，答应年底还，但是父亲不同意，坚持要求在姨姥离开前解决。在姨姥的调解下，大部分款兑现了，余下的承诺第二年年初结清。父亲是对的，还了的就还了，那余下的至今还欠着。

姨姥离开的时候，带上我，说让我在那里度过一个假期。姐姐羡慕的眼神深深印在我心里，我想说让她也去，没敢说。

那是我平生第一次出远门，第一次去大城市，行为举止木讷得很，看什么都新奇都要看半天。姨姥家在昌邑区延安街忠和胡同，我至今还记得清晰，只是具体门牌号忘记了，毕竟三十多年了嘛。姨姥嘱咐我必须记住，以免走丢。其实这个地址我可以背下来，因为平时我们和姨姥常有书信联系的。

姨姥的情况我是慢慢知道的。她当年嫁给吉化公司的一个工人，生了一个儿子，后来工人猝死，姨姥改嫁给另一个工人，也生了一个儿子。小勇就是大儿子生的。当我兴致勃勃地以为可以见到小勇时，我见到了姨姥的孙女小丹。她是小儿子的大女儿，平时和姨姥一起住的。小丹十二三岁，娇小，白净，外向，一笑俩酒窝。还有，她的头发自然卷起，像外国人。姨姥是一个人生活，其实没有我们想象的好。她每月领取一点退休金，平时给别人照看小孩。

姨姥家有个小院，院子里有一棵柳树，房子大约有五十平方米吧。一进去是厨房，通过厨房就是住人的房间了。一铺大炕占据了一半的地方，没有什么高档的家具用具。就在我去的第二天，姨姥雇人在房间中隔出一个小房间，租了出去。那个房间没有门，只有一道布帘。我们出入的时候，是要经过的。

姨姥严肃地叮嘱我和小丹说，别往人家那里看，也不要搭话！说到这，目光重重落在我脸上，加重语气说，那女人不正经，远着点儿！

看来租户是个女人，我还没见过呢。至于说那女人不正经，怎样不正经呢？我嗯嗯答应着，心里面反而格外留意了。每次经过，我都会不自觉地往布帘里看一眼，确实有一个女人的身影，头发披散着。但那次情况有点异常，我和小丹经过时，听到了很奇怪的声音，是男女搅和在一起的压抑着的声音，似艰难喘息又似痛苦呻吟。小丹走过去了，而我的脚步停下了，贴着布帘的缝隙往里看。还没看清，就被一股强大的力量扯开。我一看是姨姥。她眉毛蹙成一个倒八字，如两道利剑，愤怒地把我拉到里屋，关了门，抬起一只胳膊。我的脑海中就浮现出大舅挨打的情景。但姨姥的手掌犹豫了一下，变了方向，在小丹的脸上狠掐了一把。小丹捂着脸呜呜地哭了，委屈地质问道，为啥打我，为啥打我！

姨姥这一次的告诫更加严厉，我和小丹都嗯嗯答应着，但我还是懵懵懂懂的，我相信小丹比我还糊涂。姨姥和小丹出去买菜了，嘱咐我看好家。有人开门，我跑过去看，是一个女人。她打量着我，笑了笑，就进了布帘里面。我害羞，没敢看她，只记得一个模糊的形象。回到屋里，我继续看书，却怎么也看不进去，疑惑困扰着我：这个女人怎样不正经呢？

我去了一趟厨房，其实也可以不去，但我还是去了。去的时候，我一边走一边警告自己；回的时候，也是一边走一边警告自己。突然，哗啦一声，布帘拉开了，那女人半躺在炕上，笑嘻嘻地和我说话。我吓了一大跳，她说什么我记不清了，只记得她穿着小裤头和乳罩，浑身的肉白花花的，很刺眼。我没敢搭话，仓皇逃回，插了门。感觉心脏跳到嗓子眼那里，就要跳出来。还好，姨姥和小丹很快就回来了，我不再害怕，但又觉得不安，似乎做了什么坏事。

那几天姨姥很上火，是退休金的数额突然少了。她一次次去找原单位。由于要照看婴儿，就得推着婴儿车，每次回来，都是一脸怒气。最后那次，姨姥乐呵呵地进屋，手里拎着一个塑料袋子，里面扑棱棱响。

吃活鱼！她语气轻快。

我谨慎地问，姨姥，事情办妥了？

她得意地说，不解决我的问题，她吃了豹子胆？我差点儿抓花她的妖精脸！

奶奶，她是谁呀？小丹问。

她就是人事科长，和厂长乱搞的！后半截话，姨姥的声音明显小了，她意识到不该对我们说这个。

退休金对于一个孤寡老人的重要性，我那时是认识不到的。

姨姥对小丹说，明天起，你带你哥出去逛逛吧！但很快又说，不了，还是我去吧！

小丹说，我也想去！

姨姥说，你能去吗？你不得在家看家吗？唵？

看风景的一路上，姨姥见什么就给我买什么。奶油冰棍可真好吃。还有各种我没见过的水果，她都给我买。我最喜欢的是柿子饼，又甜又软又柔韧。姨姥看出我喜欢，就多买了几个，让我放到衣兜里留着吃。中午领我到饭馆，给我点了一盘挂浆白果，我再没有吃过那么好的味道。一整天，我的肚子胀胀的，但我还是想吃。姨姥推着婴儿车，一边走一边顾着小孩，一会儿喂食，一会儿逗笑，一会儿唱儿歌。我帮她推了一会儿，她很快就接回去。毕竟是雇主的孩子，不容许半点疏忽，还有，就是她不想让我辛苦。

回到家，小丹问我都吃什么了，我说了，小丹就抹着眼泪跑去厨房找姨姥，说奶奶你偏心！姨姥就哄劝小丹说，你哥给你带回来一块柿子饼呢！她说的时候对我眨巴了一下眼睛。我掏出一块柿子饼，小丹接过去，一边吃一边盯着我鼓囊囊的衣兜看。

晚上我被什么声音搅醒，月色透过窗帘，屋里面很亮堂。小丹坐在那里，低头正吃着什么。姨姥睡得正酣。我眨眨眼看清楚她吃的是柿子饼，吃完一个就伸进我的衣兜再掏。我很心疼，却不敢制止，因为姨姥明明说只有一块。

早上醒来的时候，我一下子就陷入尴尬的境地。我仰躺着，被子中间支起一个小"帐篷"，我慌忙用手按压。姨姥的被窝是空的，她应该出去买菜了，不知她看到没有。还好，小丹没醒。她的睫毛很长很翘，浓密的头发波浪一样散开来。一只胳膊伸出来，纤细而白净。

姨姥带着我和小丹去洗澡。我只在南大泡子洗过澡，还没进过浴池呢。一开始不好意思脱裤头，里面的人说，你都多大了还怕羞，赶紧脱了！脱了之后我夹着腿去泡澡，里面的人打趣说，小子哎，你可以娶媳妇了！我羞得不行。第一次搓澡，有点疼，也不敢说。搓出来很多泥巴，像一条条又长又臭的虫子。

出来时感觉好极了，轻松，还有城市生活的优越感。我和小丹一边走一边唠嗑，就落在姨姥后面了。不知什么时候，我们拉起了手。姨姥回头，脸沉了下来，骂道，死丫头，自己不能走吗？唵？我忙撒开小丹的手，脸上热辣辣的。

晚上睡觉的时候我发现，位置有了变化，姨姥睡在中间。从此之后，我和小丹就疏远了，不完全是因为姨姥，还有我们自己的因素。我和小丹在一起，似乎都不自然了。

假期结束了，姨姥和小丹把我送到车站，姨姥嘱咐很多事，有关于我的，也有关于姥姥家的。我进站的时候，她偷偷塞给我一沓钱。我推辞，我知道她攒的都是辛苦钱，但她执意塞到我手里。我当时就在心里发誓：将来我要好好回报她。她说，考上大学你就来找小丹吧！说完看了一眼小丹，我也看了一眼小丹。小丹的脸上浮起红晕，低着头不说话。

第二年的暑假，我给姨姥写信，先报告我考试又第一了，还得了县里的奖，接着说出请求，想带姐姐一起去她家。姨姥很快就回信了，她愉快地答应了。我和姐姐这一次见到了小勇，他接了他父亲的班。用现在的概念他属于未婚大龄青年。他的形象猥琐而沉闷，和印象中判若两人。我很怀念我们一起玩耍的时光，不过他不愿意搭理我，目光像苍蝇那样紧紧追随着姐姐。

这么多人闹哄哄的，姨姥一点都不烦，很舒心的样子。一日三餐，每顿饭都要做几道菜，还给我们吃了几次饺子。小丹把她妹妹小薇带来了，看得出小薇很勉强。小丹偷偷对她说，奶奶家伙食好。小薇不信，小丹伸出了一根小拇指，说骗你我是这个。这一幕被我碰到，小丹忙遮掩说，来来来我们就玩扑克吧！玩得很热烈，谁输了谁的脑门上就贴一张纸条，上面画着王八。姨姥正在厨房里忙活着，突然问道，小勇和小静呢？小静就是姐姐的名字。我们这才注意到，这两个人不知什么候都不见了。

天黑的时候他们才回来，马上就遭到姨姥声色俱厉的斥责。但她重点骂姐姐，她说，作为女的，就要规规矩矩的，嘚瑟啥？唵？

没几天，小勇和姐姐又有了亲昵动作，姨姥用手指狠狠地戳着姐姐的脑袋，骂道，你个傻丫头，明天赶紧给我滚回去，我可不给你操心！听到没？唵？

我觉得不公平，姨姥应该骂小勇，都是他主动的，他三十多岁了，而姐姐才二十岁。但她舍不得骂孙子。第三天姨姥就迫不及待地把姐姐送到车站,给姐姐买了一堆好吃的,叹口气说，小静呀，别和你小勇哥联系了，姨姥是为你好，明白不？唵？

姐姐含着眼泪点点头。后来听说，小勇有怪癖，在单位偷窥女厕所被辞退，最后在精神病院死掉了。他是姨姥唯一的孙子，姨姥大病了一场。

我考上大学后,处了一个女朋友,是同学张晓光。她个子高，丰满，还耐看。我带着她到吉林的时候，已是黄昏时分。敲门，姨姥问，谁呀？我说，我呀！门大开，姨姥笑逐颜开的，但往后面一看，脸就长了，眉毛蹙成一个倒八字，如两道利剑。刚进屋，姨姥就盘问起张晓光，毫不避讳地说，丫头哎，你能配上我外孙吗？唵？

张晓光又羞又恼地跑了出去，我要去追，姨姥骂道，你小子就这样的眼光吗？急什么，怕娶不上媳妇吗？唵？

我觉得姨姥太过分，也连夜离开了。跨出院门的时候，我没有回头，但我知道姨姥站在那里又气又急地哭了。我不知道姨姥关于我择偶的标准到底是怎样的，我在信里问过，她也没说具体，总之告诫我不要着急。但我的恋爱还是继续着。

我和姨姥见过的最后一面，是姥姥去世的时候。说到姥姥，也够可怜的。咳嗽带血，以为挺挺就好了，结果越来越重。把人拉到镇卫生院，打了一周针，也没见效。卫生院建议转到县医院治疗，说恐怕不是好病。舅舅们就问大约需要多少钱，大夫说了个大概，他们就蔫了。

关于姥姥的治病问题，家里面也开过会议，我父亲母亲二姨和二姨夫都参加了。触及核心问题——钱怎么办，就都不说话了。最后不知是谁说了句，偏方治大病，大家又来了兴致，一致表示可以试试。偏方很多，生吃十八只癞蛤蟆，喝一个月猪尿，等等，把姥姥折腾够呛。

大舅母又提议请阴阳先生作法，大家都赞成，我父亲也没有反对。我母亲按照阴阳先生的指点，买了一千万冥币在南大泡子边烧了，说是买了十年寿命。看着灰飞烟灭，大家的脸上现出石头落地的笑容。回到家正打算告诉姥姥这一喜讯，发现姥姥已经咽气了。

我父亲给姨姥发了加急电报，第三天她就疯了似的赶来，一顿号啕。之后追问细节，个个沉默。我父亲母亲表现是最好的，但也不敢表功，细究起来，也是留着私心的。最后姨姥骂累了才收场。姨姥这次是在我家住的，她说一看舅舅们的嘴脸就生气。但是她也说，也不是舅舅们不好，是舅母们不好，而舅舅们都说了不算。确实，姥姥下葬时，舅舅们个个悲痛欲绝的样子，那是伪装不出来的。姨姥还是叮嘱我好好学习，同时提到小丹，说她越长越漂亮了。那时，我有了新女朋友，但没敢说。

毕业我分配到家乡的县城工作，很快就结婚了，妻子不是我的女朋友，但我很爱她。我决心为了她，让家庭好起来，让事业好起来。我说的家庭就是指我和妻子孩子的家庭，我父母还在农村住。两个家庭只有在过年过节时会聚在一起，当然都是父母提议的，我甚至略有反感，也只能勉强着。

我不得不感叹，时间变了，环境变了，条件变了，有些人，即使是亲人，也是可以疏远的。我有了自己的生活圈子，顺风顺水。不知从什么时候起，姨姥就被我忽略了。曾几次去过吉林市，参加公务会议，或带着妻子女儿去游玩，还有一次是带着情人去的，竟然一次都没想到姨姥。

昌邑区延安街忠和胡同，就像那几张写着"天下第一江山"的老照片，在无人光顾的时光中落寞地泛黄褪色直至苍白。

那一年的春节，父母要回乡下，我就安排坐我的专车，又一想到乡下呼吸一下新鲜空气也不错，可以在乡亲面前显摆一下，就决定自己驾车。和舅舅们唠嗑就说到姨姥。大舅说，老太太不知还在不在。二舅说，如果在的话，该有七十多了。于是就围绕着姨姥展开回忆，大家都说应该去看看。二舅转向我，说，你姨姥最疼你了。大家都附和说，是啊是啊。这样一说，我倒犹豫了。这么多年和姨姥一点联系都没有，我很愧疚。突然见面，那是相当尴尬的。就如一块疮疤，揭开会痛会羞，不如忍心忽略。但这样的情势之下，我能不积极吗？

一听说去吉林看姨姥，有方便车，想去的人就多起来，我不得不安排一辆中巴。我倒觉得其实他们在意的，不一定是姨姥，而是我的车。那是一辆带着警灯的大车，出入村子，邻居们都愣愣地注视着，而他们则纷纷探出头，不停地挥手。一路上大家再次回顾那些年去吉林市的片段，回忆起姨姥对大家的种种好处。而我则刻意抗拒开启更多的记忆。

昌邑区延安街忠和胡同早已经不存在了，高楼林立，找不到一点记忆的影子。二舅打了好几个电话，终于联系到姨姥的小儿子，也就是小丹的父亲。我还记得姨姥称呼他"小子"，但我是称呼小舅的。当时说小舅是警察，我见到他时果真有当官的派头。我和他说话，他用不屑的眼神看我，嘴里哦哦着。我考上大学那年，小丹带我去过他单位，我才弄明白，原来他也在吉化公司，门牌上写着保卫科。他热情了许多，主动问我一些大学的事情。小丹亲昵地挽我的胳膊，我慌忙挣脱，小舅竟然和蔼地笑了。

回忆在二舅的喊声中中断。他说到了到了。

我们一行人敲开门时，都愣住了，一个满头白发的老头疑惑地看着我们，还是二舅认出他，喊了一声小哥。屋子能有四十平方米大小，我们挨挨挤挤地说着话。我们高兴地得知，姨姥还在，不过是在养老院里。小舅很无奈地说，这老太太哎，坚决要去养老院，怎么劝都不行！大家纷纷说，是呀是呀，老太太犟得很。一个人住，其实都方便的。小舅问，你们怎么来的，大家就指向我，说外甥的车。小舅这才注意到我，看了半天还是没认出来。这也难怪，我已经是一个脑满肠肥的大胖子了。二舅说，外甥已经是法院院长了。我微微颔首。小舅重新打量我，露出笑容，说，这孩子哦，当时我就看出他有出息！

车子驶出市区又走了一段土路。小舅说，这是比较高档的养老院，风景好空气好。大家也都附和着。颠颠簸簸地在一处院落前停下，混凝土门柱上面模糊的字迹可以判断出这原来是村委会的办公场所。进了屋里，一股臭烘烘的味道扑鼻而来，走廊的四角可以看到渗出的白霜。我从热乎乎的车里出来，还有点不适应，忙把外衣扣好。小舅领我们走进一个房间，还没等我们大队伍进去，他就出来了，说不是。他一边走一边嘀咕，啥时候换的？他打出一个电话，我听出是小丹。我希望他提到我，但是没有，当然更希望小丹赶来。收了电话，他又折返原来的方向，我们的大部队一时间有点乱。拐弯，又一个走廊，这次找对了。

走进房间时，一个干瘦的老太太窝在床上埋头吃东西。小舅喊了一声妈，她缓缓抬起头，两眼浑浊，面色灰黑，看了半天也没说话。小舅又喊了一声妈，老太太的眼珠才开始转动，把手里的食物放到碗里。她就是姨姥，我们终于认出来了。大家极力辨别着那个食物，看来看去确定是一个干硬发黑的馒头。我只感到嗓子有点胀痛，不得不抑制着自己。母亲二姨和姐姐不停地抹眼泪。母亲抓住了姨姥的枯枝般的手腕，哽咽着喊了一声姨。姨姥的目光慢慢看了一圈，在我的身上停了一下，我垂下目光，知道要挨骂了。但是没有，姨姥的目光继续，看完了脸上才有了表情，似乎想笑又似乎想哭。她终于说话了，嗓子沙哑无力，透着喜悦和感伤。二舅把每家每户每人的情况都述说一遍，特别介绍我。姨姥的目光又移过来，定定地看着我，脸上很快有了亮色，点点头又点点头。

养老院里一下子来了这么多人，引得不少人来围观。其中大多数是老人，有坐轮椅的，有拄棍儿的。姨姥兴奋起来，对门口招招手，一指小舅，说，我儿子来了！看到没？唵？停顿一下，指指我们，说，我外地的外甥外甥女外孙子们都来了！看到没？唵？又停顿，指着我，提高了声调，看，这是我外孙儿，法院院长呐！看到没？唵？姨姥似乎用足了浑身的气力在嘶喊。

我们离开的时候，姨姥蹒跚着送我们。整个过程我很想到她的身边去，但是没有勇气，我闪躲着。姨姥的目光不时扫向我，宽厚的，慈爱的。直到很久我仍是不敢回想那目光。我下决心常常去看她，用实际行动补偿她的爱，但一回到自己的生活圈子，这个念头就淡忘了。

四十八岁这一年，仕途夭折，我转到企业工作。失落感就不说了，但也轻松下来了，感觉到一些原本的东西在回归。坐在大巴车里，看着连绵的山脉和快速后移的树木，我想到了姨姥。我发现，我和姨姥之间其实并不遥远，那沟通之门的钥匙一直都在我内心的暗处。那些无数个片段有序地连接起来，我觉得那是最值得珍惜的人生历程。如果能回到从前，该多好啊！

细一数算，姨姥该有八十多岁了。是否还在人世我是不抱希望的，但我决定去找寻。

天色暗了。

沿着蜿蜒的山路，高高的白色灯箱由远而近，上面"寂静岭"三个字体赫然入目。《寂静岭》是恐怖游戏的名字，也是根据游戏改编的电影的名字。我对这个词很敏感，因为我常常靠玩这类刺激性游戏打发时光。我不知道这里为何如此命名，是因为寂静吗？"寂静岭"三个字右边还有两个小字：山庄。穿过拱门，进入一个宽敞的院落，一长排砖瓦结构的平房依陡壁而建。我们都仰面看山，很高很险。有人开玩笑说，会不会山体滑坡呀？服务员笑着回答，您放心吧，地震都没事儿！

进了房间，我就用座机拨打了小舅留给我的号码，提示是空号。我又拨打了那个养老院的号码，通了，接电话的人说，这里是矿泉水厂。我问，不是养老院吗？他说，早就不是了。我问，原来的养老院呢？他说，一场大火烧没了。我头脑中迅速呈现出那拐弯的走廊和复杂的格局，还有姨姥蹒跚的步履，心就突然一凛。接电话的人很热情，问我是谁，我就说了情况。他说，我曾是养老院的员工，你说的那个老太太叫啥名字？我这才意识到，原来我一直不知道姨姥的名字。我说稍等，把话筒夹在脸和肩膀之间，拿出手机拨了母亲家的号。没人接，又拨了一次还是没人接。话筒里面有点急了，喊着"喂喂喂"。我忙说对不起，接着把所有能提供的情况都说了。那人说，我帮你问问其他人，你过段时间再打电话吧！我姓吴。

我们玩了三天，泡温泉，玩漂流，喝本地烧酒，吃野菜家禽，快乐极了，但是天黑回到房间的时候，我就会想起姨姥，心情就罩上一层厚重的东西，像外面的灰蒙蒙的天。我明白，姨姥淡出了我的生活，淡出了我的记忆，却悄悄郁结成了我的一块心疾。我联系大舅二舅和二姨，他们也是和姨姥失去联系好多年了。我又问到母亲，他们说最近没联系，听说她信了基督教，常去教堂。我扩大范围，又联系了几个人，也是没有任何帮助。小丹的单位早就改制了，听说她离婚了，一个人带着孩子生活。

　　这个晚上天气热得奇怪，我在房间里淋浴了好几次，还是止不住流汗，情绪也莫名地糟糕。不知道是不是明天就返程了，而我关于姨姥的情况却一点眉目都没有。房间里开着空调，可我还是感觉燥热，也睡不着，就出去买了几瓶冰凉的铁罐啤酒。喝完了，还是觉得烦闷，就索性走出院子，回头看一眼写着"寂静岭"的灯箱，沿着山路漫无目的地走。

　　山里的树木很浓密，黑郁郁的，似乎一大群黑衣人冷冷地注视着我。忽然间，我打了一个喷嚏，脊背浮起一层寒意。但我还是走，我不明白为什么要走下去，似乎有一股力量牵着我的脚。走着走着，山路出现分岔，一条是柏油路，柏油路的两侧有了暗淡的路灯。一条仍是普通的山路。柏油路应该离公路不远了，我却莫名其妙地选择了山路。

　　不一会儿，前方出现了灯光，走近一看是一栋大房子。大门敞开着，却没有人。这个时间应该都睡了的。走进去，是一条长长的走廊，一个门挨着一个门。突然，一个门里传出声音，我试探着推了推，门竟然轻便地打开了。

　　灯光昏暗，但我还是一眼就看清了里面的那个人，竟然是姨姥！尽管我感到罪过，但我不得不如实描述一下她的样子，就像一具干尸，几只苍蝇围着她飞来飞去。这让我想起《寂静岭》

里面的片段。她努力撑起身子，向我艰难地伸出一只手。我奔过去，紧紧握着。她的手像雪地里的一截枯枝，粗糙而冰冷。泪水唰唰流下来了，我哽咽着唤道，姨姥，姨姥！

她坚定地摆摆手，示意我听她说。她声音微弱沙哑但吐字清晰地说，赶紧下山！见我愣怔着，又重复道，赶紧下山，顺着这条路往下走，到市里去！听明白没？嗯？

我说，姨姥，我的东西还在山庄呢！

她的声音突然尖厉起来，眉毛蹙成一个倒八字，如两道利剑，吼道，赶紧下山，就现在！明白没？嗯？

我很懵，如同走迷了山路，但姨姥的态度是鲜明而坚决的，我就想，反正也睡不着，不如就往山下走吧！不管姨姥是不是糊涂了，就按她说的做吧！我抹一把泪水，点点头。姨姥嫌我磨蹭，猛一挥手，又猛一挥手，然后瘫在床头，似乎耗尽了气力。我招招手说，姨姥，我这就走，明天来看您！说着就退出来，关上门，走出院子，往山下去。

走了一会儿，下起了急雨，恰好一辆出租车停下，我就上了车。车里面已经有了两个乘客，也是游客，说今晚有特大暴雨，特意下山躲避的。我没和他们搭话，心很乱。

半小时之后我就到了吉林市区，找了一家浴池住下了。当我醒来的时候，看看手机，已经上午十点了，这一觉睡得如此深沉。我决定陪姨姥几天再回去，就给带队的打了电话，打了几遍都没有接通。但手机跳出的新闻吓了我一跳：吉林市特大暴雨，郊区一处旅游景点山体滑坡造成房屋被毁、人员伤亡。我再次给带队的打电话，终于接听了，是一个陌生的声音，他说，我是警察，我正在事故现场。我的声音颤抖起来，忙问怎么回事。警察说，山体滑坡，房屋被掩埋，伤者已被送往医院。从头到脚突然酥麻了一下，我明白了姨姥为什么那么坚决地让我下山。我又问警察，半山腰上的养老院怎么样，警察迟疑了一下回答我说，别说半山腰，整座山上都没有养老院。我说，可是，我昨晚去过的，真的有。警察客气地打断我说，我很忙，再见！

走出浴池，街面上有零散积水。一打听，得知往山上去的路线封闭了。我打了市长公开电话，他们说没有养老院受灾的情况，我放了心。直到第二天的中午，我才能上山，却怎么也找不到那家养老院了。我反复回想，又重新走到山路分岔的地方，沿着山路走下去。在那个位置，我可以确定，那栋大房子就在那里。但现在只见几棵粗壮的树木和疯长的野草，连建筑物的痕迹都没有。司机笑着说，一定是天黑的原因你记错位置了。但马上又补充说，我家就在山下的镇子，没听说山里有养老院啊！

我觉得有必要去一趟养老院原址，正巧见到接电话的老吴，他就在收发室工作。我详细描述了一下姨姥的外貌特征，他低头想了想，问，姓啥能想起不？我在大脑里搜索，忽然想到姥姥去世时的场面，挽联上写着高某某。我忙说，姓高，有两个异父的儿子，一个孙子死了，一个孙女有四十岁左右，头发自然卷起。

这时走过来几个人，老吴说，这几个人也曾是养老院的员工，就喊住他们。其中有一个叫老霍的说，哦，是有这样一个老太太，叫高什么珍，是他儿子和孙女送她来的。一开始儿子还来，后来只有孙女自己来，再后来孙女只在过年的时候来。

哦，是她是她，我急忙问，那场火……

老霍说，哎呀，死了那么多人，老太太居然没事儿，真幸运啊！

我一阵欣喜，又问，那后来呢？

老吴接过话说，后来养老院就搬走了。

搬到哪里了呢？我急切地问，是山上吗？

这个不知道啊，老吴看看我，又看看老霍。

老霍带着歉意笑着说，真的不知道哦！

回到住处，我又累又困就睡着了，蒙眬中见养老院的老吴和老霍走进来，我这才注意到忘记关门了。老吴说，走，我带你去找高老太太！我马上来了精神，就和他们上山了。

似乎有月色，又似乎没有，没那么黑暗，像罩了一层塑料薄膜。很快一栋房子就出现在眼前，让我想起小时候的生产队。老霍往门里一指，说，你进去就看见她了！走进去，是一条幽深的走廊，一个门挨着一个门，都严严地关着。我一阵恍惚，仿佛进入《寂静岭》的剧情之中。一个老翁提着一盏灯笼，佝偻着身子踽踽而来。灯笼卸掉了外罩，大大的电灯泡散发出夕阳的颜色。我正诧异着，老翁已经走近了，我忙招呼道，大爷，你好！请问高老太太在哪里？他没有丝毫的反应，径直走过去。我跟上去，人已经不见了。

忽然，走廊深处出现一束菱形的砖红色的光影，我快步走了过去。门敞开着，一个干瘦的老太太正背对着门坐在床上。我走近，她也没觉察，正聚精会神地吃着东西。那是一个又黑又硬的馒头。我惊喜而悲怆地叫了一声，姨姥！姨姥缓缓回头，却是我母亲……

我一下子惊醒了，浑身都是冷汗。

2017 年 7 月 19 日初稿

2017 年 7 月 26 日定稿

（原载《中国作家》2018 年 10 期）

人参娃娃

一

　　昏暗而沉寂。空气中充斥着一团一团的物质，如烟如雾如霾，仔细分辨，都是些凶恶的魑魅魍魉，围着我绕来绕去，伺机下手。我紧握着手枪警惕地前行着，突然间地面剧烈颠簸起来，随即轰然坍塌……

　　我在某种无法描述的震动中醒来，车子已经停了下来。谁喊了一声，地震了！大家纷纷打开车门跑下去。我还没站稳，就一阵眩晕，忙扶着车轮蹲在地上，耳边是碎石块从上面滚落的声音。我想仰头瞭望，或者躲一下，却动弹不得。

　　稍许，感觉好了点，站起身。干警们或坐或蹲，上下左右观察着。

　　我问怎么样，小旺说没事儿，小地震。老吕说，啥，小地震？我估计也有 4.0 级吧。小旺问，这几年地震怎么这么频呢？老吕说，这是大自然在警告人类，人类啊，作得紧死得快！小旺说，警告能咋的，大家该怎样还怎样！

　　大家扯东扯西地闲侃。车子在蜿蜒的公路上行驶着，没看到一辆车。我怀疑是不是走错了，但老吕确定这是通往村子的唯一公路。我掏出手机玩起了游戏，是《寂静岭》，刚刚进入剧情："女儿"在浓重的雾气中失踪……小旺突然"啊"了一声，一个急刹车，我的脑袋差点撞到玻璃上。顺着小旺的手势，大家一齐看向前方。一大堆山石吞了一半的路。小旺停车，跑过去查看，我也跟了过去。公路就建在陡壁上，能通行的区域很窄，往下看一眼，头晕得不行。小旺看着我，我看着他，见我的目光不容商量，他垂下眼睑，下了决心似的说，所长，那就过吧！

　　车子小心翼翼地移动，世界一下子收缩在这个狭窄的时空之内。车轮碾压石子继而是石子滚落下去的声音，还有车厢里几颗心脏怦怦跳动的声音都被无限放大。路面刚一开阔，车子骤然加速，跑了很远才慢下来。似乎担心后面有怪物追赶过来。我们都伸长脖子往回看，喘口气，有种劫后余生的感觉。

　　隐约看见村子的时候，路面好了起来。宽阔平坦的柏油路面拐过几个弯，一直深入到村子里面。从高处看，整个山村是一幅优美而规整的静态画。以道路为轴线房屋对称排列，像一只色彩斑斓的蝴蝶。紫红的铁壳屋顶，碧绿的油漆墙面，在丽日蓝天之下，令人赏心悦目。村口高高竖立着一块牌匾，上书"新农村"几个大字。

　　我暗忖，这里就是两个小孩离奇失踪的案发地吗？

　　村子空旷，没有人烟的样子。远远地看到路边站着一个人，向车子迎了过来。那人有四十岁左右，穿一身褪色的迷彩服，笑容可掬。

小旺摇下车窗，问道，你好，请问村委会怎么走？

那人笑着，探头往车里看，不答话。小旺又问了一遍，他还是笑着，伸出胳膊往前方指了指。

车子缓慢行驶着，小旺的脖子伸得长长的，像个大鹅那样搜寻着。拐弯下坡，路过一座小桥，河水哗哗流淌。水质没有想象中那么清澈，桥下堆积着几堆垃圾。除了各种颜色的塑料袋、卫生巾、动物骨头搅和在里面，那些农药瓶子上印着大大的骷髅头，空洞的眼眶似乎在追踪着我们。一只狗正在撕咬着什么，闻声看过来，摇了摇尾巴。我忽然想起游戏里的僵尸狗，也是这样邋遢。

小旺说，我老家就是这样。有的建设就是把外表弄得跟画似的，脏乱差的情况没从根本上解决。其实上面是有专项资金的，到了下面就大部分被挪用了。

老吕叹道，小时候的农村一去不返喽！

又上坡，一处三楼的楼顶竖立着一面猎猎飘扬的国旗，那一定是村委会了。

停车进院，靠墙的一侧是公共运动器械，还很新，看样子没怎么用过。国家对农村的各项投入明显增多了。

一个瘦高的中年男人热情地迎了出来，自我介绍说，我是村主任房国瑞，叫我老房吧！老吕一指我，介绍说，这是新来的吴所长。我忙伸出手，客气道，我叫吴世雄。

老房握着我的手，忽然对着我们身后高声喝道，回家去吧，别在这里看热闹！

我回头，是那个身穿迷彩服的人，就跟在我们后面，笑容像挂在脸上的面具，在老房的督促下磨磨蹭蹭地离开了。

老房惋惜地说，老张，一个光棍汉，本是勤奋上进的好学生，都认为他肯定能考到北京的，没想到落了榜，从此就疯疯癫癫了。

我的目光追寻着老张，他走出很远，突然回头，还是那张笑脸，只是多了一层诡异。

寒暄几句，上三楼到办公室坐下。办公条件很好，电脑、打印机、监控设施一应俱全。电脑亮着屏幕，正运行着一款游戏，我知道是《传奇武侠》，正处于暂停状态。只有房主任一个人在？我想问又作罢。老房从沙发旁边的纸箱子里掏出瓶装矿泉水，一一递给我们。我一口气喝了半瓶，暗忖，现在连村委会都上档次了。

小旺说，房主任，是不是地震了？

老房笑着说，可不是咋的，又地震了。也可能是核试验呢！

大家哄笑起来。

我摆摆手，切入正题。我说，房主任，这个案子市局领导很重视，指示我们尽快破案，希望得到你的配合！

老房说，应该的应该的。你说孩子怎么凭空就没了呢？一年前，老夏家的孩子大白天就在自己家门口失踪了。那丫头都十一岁了，不可能走丢啊。两口子在外边打工，孩子交给姥姥看管。孩子没了，姥姥一急得了脑血栓了。孩子丢失那天，派出所说不到二十四小时不给立案，等立案了又说没法查找，两口子就去市局告状了。

我说，市局很重视，原来的所长不是撤了吗！但是现在老夏两口子赖在市局不走，你能不能说服他们回来？

老房摇摇头说，如果让他们回来就得给人家一个交代，我做不到啊！

我说，理解，你接着说吧。

还有就是老李，真够可怜的。三年前媳妇得了癌症……说到这，他皱起眉头，吴所长你说说，为啥这么多人得癌症？我们村里就五六个人了！和农药化肥有关没有？

我笑笑，没搭茬，他就回到正题，说，老李媳妇没多长时间就死了，花了几十万元哪！老李在附近的采石场打工，留孩子一个人在家，十天半月才能回来一次。孩子是在上学路上没的。有搞过传销的人说在广西来宾看到一个丫头很像。老李就去找，到现在还没回来。

有什么可疑情况吗？

老房低头想了想，摇摇头，说，还没发现有人贩子呢！唉，时间这么久了，恐怕娃娃们是被害了！

会不会是本地人作案？

老房想了想，摇摇头。

我脑子里闪过老张的笑脸，但是没说。我们对全村的情况还需要深入了解。干警们各负其责，紧张有序地工作着。

我对老房说，房主任，我想出去走一走。

老房扫了一眼电脑，看了看我，说，好，我陪你去吧。转身去关电脑，笑着解释说，哦，没事的时候玩一小会儿！

我也笑着说，大家都在玩嘛！

此时已是夜幕渐合，隐隐可见山岭起伏的轮廓，一层又一层的。村委会院子里亮起了灯光，两侧的路灯也亮了，但各家各户的灯光稀稀疏疏。

老房似看出我的疑问，感叹地说，整个村子没有多少人了。年轻力壮的都在城里打工，只剩下老弱病残妇，加起来也不过几十人。

我诧异地问，守着山，守着人参，还用出去赚钱吗？

老房叹口气，说，好时候过去了。什么都跟风似的，人参好卖，就一窝蜂似的都养人参。嫌自然生长的慢就大范围人工养殖。这一人工养殖嘛，人的坏点子就出来了。给人参施肥，一开始是农家肥，后来就出现了专门的化肥，人参长得又大又快。更高级的是转基因杂交技术，品相光鲜。这些人参卖到国外，被人检测出农药化肥成分超标，皂苷含量低，都退回来了。

老房停顿，看着我，你知道皂苷吗？不待我回答，接着说，皂苷能提高人的免疫力，抗癌抗衰老，皂苷低了，人参就没有价值了。国外市场不好，国内也收缩得厉害，现在，人参根本就不值钱了。村民们只好另择他业。

我问道，那就回到最初自然养殖呗，人参不又成了稀罕物了吗？

老房又叹口气，说，山上的土壤能经得住化肥农药的糟蹋吗，要恢复元气，起码得休整五年到十年以上。你想，谁能让这山闲这么久？

月亮已经爬到半空，面色清冷，不动声色地俯瞰下面。一阵风吹过来，有点冷。我和老房都沉默下来，鞋底摩擦沙土的声音格外清晰。我忽然想起了一个耳熟能详的民间传说，那就是人参娃娃的故事。小时候听母亲绘声绘色地讲述，然后就怀着美好的憧憬酣然入梦。

老房说，那是很久很久以前，故事就发生在这个地方。

我四下瞭望之后，疑惑地望着老房。你是说，就发生在这里？

老房点点头，目光远眺。脸上浮出神秘而自豪的光彩。传说本地老姜家有个六岁的娃娃，有天告诉大人说，有一个身穿红肚兜的娃娃经常来找他玩。大人一听，知道是人参娃娃，也称地精，就告诉娃娃，那个身穿红肚兜的娃娃再来时，要在他身上缠上红绳。后来，大人们捋着红绳寻找。在一棵巨大的赤柏松下，红绳钻入草丛。大人们开始挖掘，最后挖出一棵大棒槌，就像娃娃那么大，有眼睛有鼻子有嘴巴有胳膊有腿。老姜家卖了棒槌，成了当地首富。

在我印象中，母亲的故事没有"老姜家卖了棒槌，成了当地首富"这样的结局。是母亲略掉了，还是流传中增加了人们的某种愿景呢？

真的有人参娃娃？我问。

老房笃定地点点头，说，有的有的。

你见过？

那倒是没有，不过千真万确。

老房再次扬起目光，似乎人参娃娃就在目之所及的那个地方。月亮不见了，黑暗笼罩，一团团雾状的东西拥挤着、重叠着，潮水般涌来。似曾相识，遂想起路上的梦境，我心生莫名的不安。

老房清了清嗓子，说，吴所长啊，你别不信，我们这里刚刚发生了一起真实事件呢！

是关于人参娃娃的？

老房点点头。

他向一个方向指了指，说道，就是那家，老罗家！

我看过去，黑乎乎的一团，里面有隐约的一团光亮。

二

在长白山区，从古到今管职业挖参的人叫"老把头"。老罗是老把头的后人。乡政府为了维持人参这一品牌效应，动员老罗做职业参农。老罗起初不愿意，后来政府告诉他有补贴。他算了算，觉得和出去打工的收入没差多少，就答应了。

他有两个孩子。儿子小丁三十二岁，本来和老婆感情挺好的，到城里打工不到一年，老婆出轨，跟了一个混社会的"大哥"。女儿小樱，九岁，还没上学。这小樱并非老罗亲生，是捡回来的。老罗一开始听到婴儿的哭声，喜出望外，以为遇到了人参娃娃呢。走近看到草丛中有一个襁褓，抬头找人的时候，一个年轻女孩抹着泪坐上一辆摩托车绝尘而去。

小丁这孩子本来很本分，离婚后就变了。胳膊上文着蛇头，脑袋光光的，前胸后背都有文身，嘴里叼着烟卷，手里拿着手机，时不时就高声大嗓地喊话。他很少回家，老罗不知道他到底做什么工作。有时候回家，背包里装着一沓钱，当着乡亲的面甩到家里的炕上，满不在乎地对老罗两口子说，花吧花吧，钱有的是。但更多的时候是管老罗要钱。见老罗犹豫，他就说，过几天连利息一并还你！老罗不考虑利息，也不考虑还不还，他总有种说不出的担忧。

那天老房去老罗家，山村里夜不闭户，何况白天，他开了门直接进了屋。小丁竟然在家，他坐在炕上，怀里搂着小樱。老罗心想，这哥哥就像亲哥哥一样。但是他很快发现小丁的手在小樱的衣服里面，见老房进来，急忙抽了出来。老房略有疑惑，转而一想也未必有什么。

知道要上学了，小樱很高兴。村子里原来有一所小学校，后来生源越来越少就撤了，学校就改成村委会办公的地方，孩子们要到三公里之外的中心学校去上学，大人们很难顾得上。自从发生孩子失踪的案件后，才有人隔三岔五地接送孩子。老罗连说好好好，小樱聪明，能背 1000 个数呢。老罗老婆黑着脸嘟囔着：考上大学有啥用？还得自己找工作，白浪费钱！

第二天小樱就上学了，老罗用自行车送，放学时再接。学校里有那么多小朋友，大家一起唱歌跳舞读书做游戏。小樱兴奋得夜不能寐，盼着天亮。

小丁这次回来是让父亲随他去一趟省城。老罗有个表弟在省城当官，是管道路的。俗话说，"要想富，就修路"，修路最赚钱。小丁在黑道上没混出啥名堂，就想弄一点工程发点财。表弟小时候是在老罗的父母家长大的，老罗家对他有恩。老罗担心一个人面子不够大，说话不周全，就让妻子同去。这样一家四口人就在周末这天坐上了火车。小樱没买票，小丁就让她坐在自己腿上。

到了省城见了表弟，表弟患了糖尿病，说话有气无力的，像个太监。他说，现在形势不似以前了，抓得严，谁还敢以权谋私呢？老罗就没了话，老罗老婆这时候一反常态，一连串说出一大堆话，入情入理捎带暗暗的指责。老罗吓出了一身汗，这话他是如何也不敢说的。老罗老婆不失时机地从兜子里掏出一个包裹得严严实实的东西，打开是一棵人参，有苞米棒子那么大。

表弟呀，这可是十年的老参啊，有人给三万都没卖，就是给你留的！

表弟接过人参，眼睛亮了起来，说道，我听说，年份越老的人参治疗糖尿病的效果越好，是真的吗？

老罗忙接话，可不是嘛！村子里老聂，糖尿病老严重了，吃了一棵二十年的老人参就好了。

表弟瞪着老罗问，二十年的人参能弄到吗？

老罗摇摇头。

小丁白了一眼老罗，讨好地对老罗表弟说，叔，我给你淘淘，肯定有的。

表弟情绪大好，拍拍小丁的肩膀，说，叔给你一段路，你可得修好啊！

小丁诚惶诚恐地发誓说，叔，修不好我不是人揍的！

表弟笑笑，站起来往门外一指，说，好吧，你们回去等我消息吧！

一家人千恩万谢地告辞。

第二天小丁送家人到火车站，走过来几个警察，带他们到了派出所。原来是那个场景引起的，小丁抱着小樱，一只手伸到了小樱的衣服里，有人拍了视频报了警。小樱一脑子茫然，哥哥摸她不是一次了，一开始她觉得不好，可也不敢反抗，哥哥会偷偷打她。老罗和老婆没注意,也根本想不到会有什么问题。铁路警察问完话，又让他们签字，就把小丁留下了。

到了家已经黑天了。老罗唉声叹气，老罗老婆就把气撒到小樱身上，打了她一巴掌，骂道，你这个白眼狼，把你哥哥送进了监狱！老罗摆摆手，说，别骂孩子，这事不怨她！

两口子整天整夜不睡觉，终于想到表弟。表弟一定有办法的，但是工程的事儿恐怕就泡汤了。那怎么办，救人要紧。老罗起大早赶车，一不小心从山路上滚下去，摔断了腿。他顾不得自己,换老婆去。老婆回来时就号啕大哭,说表弟一听这事就恼了，最后也没说管不管。

这些天小樱是一个人上下学的。村子里有五个孩子在那所学校，但都有大人护送。上学和放学的时候，天都是黑的，小樱很害怕，总觉得后面有人跟着。就一边快步走，一边捂着怦怦跳的胸口祷告。老张在村子里是个怪人，小孩子们出于好奇，常常偷窥他。老张经常跪在一幅画下面闭着眼睛念念有词。那幅画画着一个穿红肚兜的小孩，头上长出参花。那就是传说中的人参娃娃，属于神灵之列。小樱不知不觉就学会了祷告，她念叨着，人参娃娃保佑！人参娃娃保佑！但她仍然害怕，特别是想到失踪的两个女娃。

老罗老婆动不动就骂小樱一顿，打她几下，她只能忍着，不敢哭，加倍地表现自己的懂事和殷勤。在她幼小的观念里，她不明白到底发生了什么，只知道自己成了家里的罪人。但无论如何，她必须坚持上学。她刚刚被选上班长，她有一揽子组织小伙伴学习和活动的计划。

这天，她走在半路上，雾气漫过来，什么都看不清楚。她开始祷告，但还是害怕。最后不敢走了，蹲下去，哭了起来。忽然，眼前一亮，有人说话。她抬头，看到一个和她一样大的男孩子，穿着一套火红色的运动装。

男孩子和气地问，小妹妹，你怎么了？

小樱站起来，擦一把泪水。

你是去中心学校吗？

小樱点点头。

男孩子说，我也去学校，咱们一起走吧！说着就把手伸过来，小樱犹豫着把手递过去。两个人手牵手地走了起来。

小樱问，小哥哥，你在哪班？男孩子说，我在十一班。

小樱在三班，她不知道十一班在哪。

男孩子说，放学你在门口等我就行。

小樱点点头，问道，对了，小哥哥，你叫什么？

男孩子说，我叫任申。

小樱暗想，好拗口哦。

就这样，小樱就有了伴儿。老师教导孩子们要坚持写日记，她坚持得很好。遇到任申之后，她觉得每一天都丰富多彩，日记也写得越来越好。任申告诉他，不要和别人提起他，小樱不明白。任申问，你想不想有我这个朋友？小樱点点头。任申说，那你就听我的，好吗？小樱用力点点头。

　　老罗和老婆没想到小樱坚持上学坚持得这么好。按老罗老婆的意思，小樱退学后就伺候老罗的腿，她去管参。老罗说，小樱能坚持就坚持吧，这么小不上学一辈子就完了。老罗老婆嘟囔道，上学上学，那两个女娃还没找到呢！

　　小樱放学回家，看见了小丁，小丁身边还有一个打扮妖艳的女子。小樱猜到，这个人应该是哥哥的女朋友吧。哥哥被放出来了？她感到一阵轻松，但很快就感到不安。哥哥不会饶过她，一会儿，她将面对全家人的批斗会。但意外的是，小丁的态度很好，那个女子还送给她一只漂亮的发卡。她犹犹豫豫地接了，攥在手心里。

　　小丁说，小樱真是好孩子，将来必有出息！

　　哥哥头一次表扬她，她有点受宠若惊。

　　小樱，上学来回的路上怕不怕呀？

　　小樱摇摇头。

　　小丁追问，为什么不怕呀？

　　因为有邻村的任申结伴呀！话到嘴边猛然打住，她想起任申的告诫。

　　你在路上有伴吗？

　　小樱不知道怎样回答，愣愣地看着小丁。

　　小樱啊，现在坏人多啊，我们村不是有两个孩子失踪了吗？

　　他不是坏人，他是十一班的。小樱脱口而出。

　　哦哦，那好啊，有伴儿我们就放心了，那个孩子是谁呀？

　　小樱一想，既然说出来了就干脆说下去吧。他叫任申，长得虎头虎脑的，总喜欢穿一身红色的运动装。

小丁和女朋友对视一眼，又看了一眼伸长脖子看过来的老罗两口子，眼里掠过一抹笑意。

任申住在哪里呀？

他说他的村子就在山那边。

晚上小樱准备写日记的时候，发现日记本被翻动过。她的日记本就塞在里屋的一个纸箱子底下，现在竟然摆在上面。但是她不敢问。

放学的时候，任申正等在校门口。她曾问过十一班的位置，但是同学们都说不知道。校园共有四处教学用房，是分散的，有小学部也有初中部，找起来费劲。任申说，你不要找我，你找不到，放学后你就看到我了。

两个人说着话，走到村口的时候星星已经爬到天上了。任申说，你往家走吧，我看着你。小樱挥手说拜拜的时候，突然一道强光照过来，小樱忙用胳膊遮挡。她听到了小丁的声音。

人呢？人呢？

哥哥我在这呢！我在这呢！

哥哥来接她，她很感动。但哥哥四下寻找着什么，似乎丢了东西。

小樱，那个孩子呢？

任申？他刚才还在这里呢，一定是走了。

小丁嘀咕着，真是怪了，我明明看到他了，怎么突然就没了？

哥哥你要干什么呀？

小丁不耐烦地一指摩托车，上车！

小樱第一次坐小丁的摩托车，心里美滋滋的。

回到家里，气氛就严肃了，全家人把她围在中间。她一头雾水地看看父亲、母亲，又看看哥哥，不知道哪里又犯错了。

小丁说，小樱啊，实话说吧，任申就是传说中的人参娃娃。小樱憋不住笑了，他怎么会是人参娃娃呢。小丁说，任申，就是人参的发音。他要求小樱做一件事，把一条红绳偷偷拴在任申的身上。见小樱不吭声，老罗老婆黑下脸，骂道，你想不想吃我家的饭，不想吃就走人！老罗责备地看了老婆一眼，转头过来说，小樱啊，不管是真是假，你就听哥哥的吧！

第二天早上的雾气很重，小樱没看到任申，走了一会儿任申才出现。小樱的耳边回荡着老罗老婆的警告：不听话就别回来了。走出家门的时候，小丁塞到她书包里一大团红绳，告诉她，放学回到村口的时候，把绳头系在任申的衣服上。见小樱没吭声，他又和蔼地说，你放心，我们不会伤害他，我们要和他交朋友。任申的衣服后面有一条装饰链，随着步伐一动一动的。小樱想，反正任申不是人参娃娃，没必要担心什么。她认为父母和哥哥昏了头。

那好吧，不如让事实说话。

临近村口的地方，生长着一些岳桦树，低矮弯曲，枝杈繁密。任申忽而止步，警觉地往村口看了看，说，小樱，我就送你到这里吧！你大胆往前走吧，我瞧着你。小樱看着任申，忽然说，小哥哥，别动，你的衣服刮树枝上了。说着就走到任申身后，把绳头系在装饰链上。绳子很柔韧结实，她轻轻地放松，慢慢往家走去。

全家人就躲在村口，小丁远远地奔过来，急切地问，咋样咋样？小樱点点头。小丁接过绳子，蹲在地上，让绳子一点一点伸展出去。过了一会儿，绳子不动了。老罗喊道，好了，赶紧去找！老罗老婆拿着一张渔网，小丁女朋友握着一把刀，小樱不由得担心起来。难道任申真的是人参娃娃？他被抓住怎么办？会被卖掉还是被吃掉？

老罗一家人捋着绳子找，找到岳桦树，发现绳子缠在一个树杈上。老罗老婆骂道，你这死孩子骗我们不是？小樱吓得哭了，她非常确定她把绳子系好了的。老罗叹一口气说，看来真的有人参娃娃，可惜跑掉了。老罗老婆不甘心地说，把这棵人参送给表弟，还愁不发大财吗？

小丁看了一眼小樱，不屑地说，算了算了，谁知道是怎么回事？哪会有什么人参娃娃？明天我就回省城了。

不管任申是不是人参娃娃，家里人不再折腾，小樱轻松了，睡了个好觉。

早上上学，小樱没看到任申，直到进了学校也没有看到。她知道任申一定生她的气了。一个人走的时候，她总觉得周围阴森森的，又害怕又伤心，擦了一路的眼泪。

这样过了一周。

小丁和女朋友没有回省城，整天窝在家里玩手机游戏。小樱远远瞄过，游戏很刺激，小丁在玩《杀人狼》，而他女朋友在玩《王者荣耀》。班主任老师也常常在课间玩，同学小亮曾把他爸爸的手机拿到学校炫耀过里面的游戏。小樱想，等自己将来能赚钱了，先买手机。

老罗的腿好多了，老罗老婆对小樱不再那么刻薄了，也没有谁再提起人参娃娃了。

三

我盯着老房问，这件事是真的？

老房笃定地说，我问过老罗，他没否认。只是里面的情节让大伙儿传得玄乎点儿。你知道，啥事儿传播起来就像说书。

"说书"这个词估计一般人不知道，本是一门技艺，在社会高速发展的进程中被淘汰了。就是民间艺人讲故事，越讲越丰满，也越讲越离谱。我掏出手机，显示已是十点多了。村子很大，走得我有点腿软。整个村子融化在黑暗中了，只有村委会灯火通明，可以看见干警们忙碌的身影。我心头突然一个闪念。这样一起猥亵幼女案，铁路警方怎么没有通报地方警方呢？

回到村委会，我召集大家汇总情况。重点嫌疑对象是老张，这家伙长期处于性压抑状态，极可能对女娃下手。

我带领干警迅速赶往老张的家，扑空了。被子还没叠好，散发着臭烘烘的味道。屋子里的墙上贴着一张人参娃娃的画像，前面的香炉里面还有未燃尽的香烛。

逃跑了吗？应该没走远。

正搜寻着，门外人影一闪，老吕噌地追出去，我们也追出去。老张像一头受惊的野猪把我们远远甩在后面。我跑在最后面，喘着粗气，嗓子发咸，命令着"快追快追"。干警们跟跄地追着，明显体力不支。我暗暗忧虑，警察的体能在降低哦。但工作繁杂得要命，哪有时间锻炼呢！

老张慢下来，回头倒着小跑，看着我们戏谑地笑着。跑到村口，钻进岳桦树丛就不见了。我一下子泄了气，心说，让这家伙跑掉了。但很快，就听到他的呵斥声和狗的恼怒的警告声。干警们一下子振奋起来，跑过去，很快就把老张从树后押了过来。

一条狗垂着舌头跟在后面，正是桥下的那只狗，不停地摇摆着尾巴。小旺嚷道，是这条狗帮了我们，快找找车上有没有吃的东西？

四

经审讯，老张不具备作案时间，他曾在韩国打工，回来的时候失踪案已经发生了。

老房说，老张可不是坏人。我们村里都是些留守的老娘们儿，他对谁都没打过坏主意。

我暗想，你是村委会主任，你打过坏主意没？

老房接着说，据说有个寡妇半夜去敲他的门，被他赶了出来。

老吕笑起来，哈哈，现在还有这样的人吗？

小旺说，傻子呗！

释放老张的时候，他仍然微笑着，嘴里喊着：人参娃娃人参娃娃！

侦查方向于是瞄向老罗一家人，重点是小丁。

　　我的睡眠本来是很好的，可是一点睡意都没有。眼前不断闪现老罗一家人，但都是模糊的影像，就索性玩起了游戏，继续在惊悚氛围中历险。我完全变身为主人公，一边焦灼地寻找"女儿"一边和半人半兽的怪物斗争。一阵阵哀痛的哭泣声传来，很瘆人。我正要起身，门开了，老房走了进来，说，失踪女娃的两家父母在哭泣呢！我感到奇怪，他们不是不在家吗？又进来一个人，是老张，他神秘地笑着，往身后一指，就冒出来一个胖娃娃。穿着红兜肚，头顶上长着一枝参花，饱满的花蕾艳红艳红的。他蹦蹦跳跳地走过来，抓住我的手说，警察叔叔，跟我走，我带你们抓坏人！我一惊，醒了，此时天光大亮。

　　早饭后，我让老房陪我转转，闷在屋里心慌。老张在空荡荡的街头站着，不知凝望着什么，见到我，微笑着喊道，人参娃娃！人参娃娃！一路上见不到几个人。我不由得担忧起来，也许不会很久，农村就彻底荒废了。

　　老房说，可不是嘛，农村人都盼着进城，特别是年轻人谁愿意安安分分当农民哪？

　　我问，房主任，人参娃娃的传说是真的吗？

　　老房答，怎么说呢？照理，我们都不该相信这些的。这样吧，我带你去一个地方看看！

　　老房带我上山，杂草很密很高。他提醒我把手收起来，有一种草碰了就会像被野蜂蜇了一样。可是迟了，手指突然间被什么东西刺了一下，麻辣辣的感觉迅速蔓延整个手掌。老房说，别担心，过一会儿就好了。他还提醒我注意蛇，我胆战心惊地注视着脚下，紧紧跟在他后面。

越过一道山梁，进入一大片白桦林里。树干高而挺拔，像被白颜料重重涂过，然后是一支宽大的笔刷稀疏敓点。我想起一个句子：静静的白桦林。老房说，距这里三十公里就是长白山了，那里的白桦林比这还壮观，哪天去看看吧！我说好的，但心里明白不会有机会了，至少这次没有。

继续往上走，一棵高大的树种映入眼帘。老房止步，说这是一棵赤柏松。树干直径有一米多，枝繁叶茂，冠如巨伞。树枝上系着数不清的红布条，红布条上写满了字迹。树下面有零散的砖块和烧香的痕迹。

老房说，相传千年前，就是在这里把人参娃娃挖出来的。

我低头查看，问道，是真的吗？下面还会有人参娃娃吗？

老房笑了，人参娃娃已经被挖走了。

我又指着地上的摆设问道，这是怎么回事？

老房说，参农和老把头要在这里祭拜人参娃娃的。

我围着大树再次查看，像在勘查案发现场。地方史志上有记载吗？

老房先是摇摇头，接着宽慰地笑着说，我们申报世界遗产项目了，也申请打造旅游文化产业了，问题不大。

凭借古迹、文物或是传说发展经济，一直很热门。说不定"人参娃娃"的传说会让这个村、这个市迅速发展起来。忽然涌过来一大团雾气，很快周边就阴暗了下来。

老房说，很怪哦，哪来的雾气呢？走，下山吧！

我正要转身，什么东西闪了一下，回头一看，地面上钻出一枝参花，然后是娃娃的脑袋和面孔……

房主任！

老房奔过来紧张地问怎么了怎么了，他以为是蛇呢。我指着地面说快看快看，老房问看什么呀？地面上只有砖块和烧断的香烛。

回到村委会，关于老罗家的情况已经反馈回来了。老罗为人厚道，小樱确系养女，至于小丁猥亵小樱的案件，证据不充足。小丁坚称只是和妹妹亲昵而已，老罗两口子也坚决反对如此定性，最后铁路警方只是拘留了三天。我怀疑老罗的表弟做了工作。

不过很快就获得一个重要的情况。两个女孩失踪的日期和小丁回来的日期正好吻合。

小丁有重大作案嫌疑，必须立即传讯他。

正在这时，老房慌张地跑进来，声调都变了，喊道，吴所长，老罗打来电话，出事啦！赶快，快！

五

半弯月亮从山后悄悄爬出来，默默看着走在路上的小樱。还有一半的路就到家了，这时候，她看到前方一个身影，她不敢相信那是任申，但确实是，任申正向她挥动着手臂。

小樱跑过去拉起他的手，说，小哥哥对不起！

任申说，没关系的，不怨你。

小樱摸摸任申的胳膊和脑袋，问道，小哥哥，我哥哥说你是人参娃娃呢！

任申笑笑，问，你信吗？

小樱说，如果真是就好喽，你就是神仙了，可以带我去找我亲生父母，那多好啊！

到了村口，两个人挥挥手说拜拜，小樱进了家门。

小丁躲在暗处，悄悄接近任申，猛地把一张大网罩下去，随即用力勒紧。他激动得浑身颤抖，掏出手机正要拨号，绳头猛地抽离，任申裹着网撒腿就跑。

小丁奋力追赶，能看见任申跌跌撞撞的人影。追到山上，跨过一道山梁，进入白桦林，任申就不见了。小丁打开手电筒，仔仔细细地寻找，来到那棵赤柏松树下，突然哆嗦了一下。也就在一哆嗦的时候，他看到了一截绳头露出地面。他大喜，给家里打电话，让父亲赶紧带着工具火速赶来。

老罗和老婆以及小丁的女朋友气喘吁吁地赶到时，眼前的情景吓了他们一跳。小丁就在树下，蹲在地上双手死死抓着什么，喊道，人参娃娃就在下面，快挖呀！

三个人疑惑地看来看去，问小丁，你在干什么？

小丁的双手仍然紧紧地握着什么，咆哮道，别废话！赶快挖，我抓着绳子呢！

谁也没看到小丁手里有绳子，也不敢再问，就挥动铁锹，奋力挖掘，挖了好一阵，下面什么都没有。小丁也跟着陷下去，两只手仍牢牢抓着什么，一个劲地喊，挖呀挖呀！

老罗停下，转着圈查看了一遍，问小丁，儿子呀，你确定下面有人参娃娃？

小丁松开手。咦？绳头呢？绳头怎么不见了？一定是钻下去了，挖呀挖呀！

几个人继续挖，越挖越深，从外边看，几个脑袋一起一伏的。小丁忽然静了下来，似乎想起了什么。老罗也停止了动作，铁锹往下面探了探，又探了探，扫视大家一眼，随即现出狂喜的表情。他擦一把汗，坐下，吞几口唾沫之后说，歇一下，人参娃娃跑不掉的！

一家人围坐在一起，谁也不说话，眼睛里都有什么东西闪烁着。小丁不吭声，欲言又止。老罗猛地吸了几口烟，把烟头弹出一个抛物线落在坑外，随后趴在地上，用双手轻轻挖着。其他人正要参与，他摆摆手。作为老把头，他深知这是挖参的最后的关键阶段。他就像一个专业的科考人员，连一丝头发都不放过。

太阳升起来了。太阳格外有生气，像一团跳跃着的大火球。穹空高远而澄澈，山谷间弥散着花草的清香。

果真就挖出一缕头发。

人参娃娃的头发也是黑色的？老罗嘀咕着，动作愈加小心起来。

突然间几声凄厉的惊叫在山谷间回荡，惊飞了众鸟，也让太阳晃了晃。

小丁一下子瘫倒在地，有气无力地喃喃道，完了完了！

六

现场经过挖掘，共挖出两具尸体，正是失踪的两个女娃。我指示继续深挖，但什么都没有。撤离的时候我还往坑里看了几眼，有些不甘心。不甘心的还有一个人，就是小丁，他戴着手铐，几次挣扎着回到坑边，被干警拖走了。

我们连夜撤离，要回到市局继续工作。毕竟这是一起大案，必须趁热打铁。小丁关在车厢后面的囚笼里，垂着头喃喃地念叨着什么。

离开前我询问了小樱，她瞪着大眼睛一脸懵懂地看着我们。我摸摸她的头，嘱咐她好好上学，说这句话的时候，我看到她的眼睛陡然黯淡了。我知道触到了孩子的痛处，老罗和老罗老婆都涉嫌包庇罪一同带走，这孩子还能上学吗？

老房说，小樱这孩子，我们村里会负责的。

老吕问，村里会安排人接送小樱上学吗？

老房抱歉地笑了，说，这个做不到哦。

小山村发生了震惊全国的奸杀幼女的大案，而且还牵扯出传说中的人参娃娃，必将引发国内外轰动。所谓的人参娃娃，不过就是小樱和小丁的幻想而已。只是，他们的心理成因各不相同。然而，小樱和小丁都不认可这样的结论，他们都能够把自身的经历说得清清楚楚。我不知道这应不应该记入案卷之中，需要尽快请示领导。我大惑不解的是，是什么力量把小丁引到埋尸的地点？设想，如果没有这个环节，即使我们控制了小丁，他拒不交代埋尸地点，案件也很难砸实呀！而谁会想到如此赋予神话色彩的圣地会是冤魂所在呢？

车子在公路上疾驰着。干警们由于疲累打起了鼾声。小旺一个劲儿打哈欠，我替换了他。他掏出手机，笑嘻嘻地说，所长，我先玩一会儿！我同谋似的笑笑。随着他手指的动作和表情的变换，传出来阵阵击打或是杀戮的声音。老吕伸手去抢小旺的手机，小旺一躲。老吕笑嘻嘻地说，我手机没流量了，借我玩一会儿吧！小旺把身子前移，说，你快睡觉吧，回去肯定得通宵呢！

老吕说，所长，小丁的手机里有黄色网站，都是些色情游戏和黄色视频，里面有奸淫幼女的内容。说着，他回头对着小丁骂了一句，你真变态！

山里的夜晚十分怪异，一团团雾状的东西挤挤挨挨地在半空中翻滚飘移。灯光就像两把利剑在斩妖除魔，杀出一条路来。我突然担心，如果灯光灭了是不是就会陷进无边无际的危险里面而不能自拔。继而又笑自己，把游戏混入了现实世界。思绪回到案件，总觉得整件事还在悬着。案件铁定无疑了，那是什么让我这样心神不宁呢？

车子驶到了滑坡的地方，我这才后悔没有和老房说这件事。道路不清理，黑夜之中通过的危险性极高。返回去第二天天亮再走，这是最安全的选择，但是会耽误案件。我想统一一下大家的思想，转头，小旺脑袋歪着，手机掉在两腿之间已经睡着了，往后看，没有人醒着。

我决定冒险闯过去。

我两眼紧盯路面，双手紧握方向盘，脚底板就像粘在油门踏板上，心脏提到了嗓子眼儿。轮胎碾压石子的声音一阵阵揪扯着我的心。突然，哗啦一声，路边塌了下去，我急刹车，魂魄瞬间就飞了出去。我回头看一眼后面，还好，他们还在睡。如果有一个人活动一下身体就会让车子失去平衡。这是我最担心的。现在怎么办，我不知道，脑子飞快旋转着。难道我们要葬身于此吗？第二天的报纸和电视就会发布一条消息：一辆警用面包车坠入山谷，有警察七人，犯罪嫌疑人一人……

正胡思乱想，灯光中出现一个影子。我起初以为是眼花了，很快就看清那是一个和小樱一样的孩子，男孩子，身穿一身火红色的衣服。他镇定地站在车前，像老练的交警一样指挥我。听着稚嫩而沉稳的口令：左！右！右！左！前进！前进！而我的动作竟然密切配合着。

车子就像在泥潭中艰难跋涉的一匹马终于腾跃而出！

停车，我胡乱涂抹着满脸的汗水，汗水流到眼睛里刺激得睁不开了。干警们纷纷醒了，四下查看，目光聚集在车子的后面，立刻躁动起来。

小旺不相信地嚷道，所长，我们的车子过了那段路了吗？是你开的吗？

我这才想起男孩子，急忙下车。干警们也下了车。我命令道，赶快找一个男孩子！大家在车子的周围搜寻，还回到了那段危险之地，但是根本没有，黑漆漆的一片。

老吕说，所长，什么男孩子呀？没有啊！

小旺小声嘟囔说，这大半夜的哪来的男孩子呀？所长是玩游戏痴迷了吧？哦，对了，一定是刚才驾车太紧张了吧？

我揉揉眼，摆摆手，说，好了好了，大家上车吧！心里琢磨着回去要休假几天，神经衰弱了。

小旺一边驾车一边夸赞道，所长，你的驾车技术简直神了！

我说：别忽悠！

小旺问：那你说，这车谁开过来的？

小丁在后面忽然怪笑着喊，人参娃娃，人参娃娃！

老吕回头喝道，闭嘴，别在那胡说八道！再嘚瑟我收拾你！

2017 年 8 月 23 日

（原载《作家》2018 年 11 期,《小说选刊》2019 年 1 期转载,《作品与争鸣》2019 年 3 期转载）

别无选择

　　小琪长相甜美，性格活泼，是个很可爱的女孩子，在我三十岁那年走进我的个人生活，让我彻底结束了"单身狗"的历史。我很珍惜，很爱她。同事们和我的那些铁杆儿同学们总是打趣地问我是怎么认识小琪的。其实，我是先认识她父亲的，他父亲是我的偶像。

　　入警第一周参加了一场英模报告会，做报告的人叫吴世雄，长得高大俊朗，声若洪钟，后来我才知道他就是小琪的爸爸。活动是县里举办的，四大班子的主要领导都出席了，十分隆重。

　　那个年代，提倡大力发展地方经济，政法机关要"保驾护航"。吴世雄和同事几人受命参与政府拆迁工作，遇到一户"钉子户"。那户人家里住着母子二人，母亲抱着煤气罐，儿子一只手紧扣在煤气罐的阀门上，一只手举着燃烧的打火机要挟。劝说无果，就在亡命徒开始动作的一刹那，吴世雄拿着一床棉被勇猛地扑了上去。爆炸没有伤及其他民警、干部和群众，但他则生命垂危，连续抢救二十四小时，共取出金属碎片六十多块。

吴世雄说，手术很成功，唯有胸口部位留下病根，每隔几天就会疼痛难忍。去医院检查，没发现遗留物，专家会诊，多方治疗，仍不见好转，至今原因不明。他口才好，有修养，当天的演讲让我对他极为崇敬。对于一个立志当警察的男儿郎来说，戎装在身，钢枪在手，不缺的就是豪情壮志。我暗下决心，要成为吴世雄那样的优秀警察。

一年后，吴世雄被提拔为副局长，分管缉毒工作，正是我的主管领导，我和他的接触就多起来了。吴世雄不愧是个英模，经验丰富，刚毅果敢。在他的带领下，全局的缉毒工作成为全省的标兵。他格外器重我，说看到我就像看到当年的自己，几次带我到家里吃饭，这样我就认识了小琪。

有一次小琪自己在家，厨房里面忽然冒出黑烟。接到吴世雄的电话，我飞奔而至，原来是电线短路引发明火，且呈蔓延之势。小琪像个受惊的小兔子，我一边安慰她，把她转移到安全的地方；一边迅速妥善地处置火情。我不知道吴世雄是不是有意为之。但据小琪说，她爸爸曾经表示过，不希望女婿也是警察。所以，这段对话时常就出现在我们生活的某个时段，比如我正给小琪洗脚，我问，老婆哎，该怎么解释呢？她笑嘻嘻地说，谁知道呢。很快，她似乎意识到什么，噘起嘴，娇嗔道，你看看，他喜欢你比我多一点点呢！

吴世雄居住的那套房子就是政府当年奖励的。整栋楼共五层，吴世雄住在顶层，面积八十多平方米，当时属于“豪宅”了。如今那里落伍了，是全县最“脏乱差”的小区之一。建筑质量问题过早暴露出来，电、水、供热、燃气管线严重老化，且距离新修的公路过近，已被政府列入改造或拆迁规划之内。对于居民来说，拆迁是最理想的，现在的政策是"以一还一"，但法规也完善了，拆迁是需要一定程序的。

吴世雄的妻子已经离世，小琪读研究生周末才回来，所以家里显得空旷冷清。小琪的卧室里面有单独的卫生间，显然是改建的。我们热恋了两年多，只等她毕业就结婚了。但吴世雄在的时候，我还是不敢和小琪在那里面亲热。尽管她双手缠住我的脖子，香软的舌头伸入我的嘴里，含混着说没事儿没事儿，我仍然挣脱开，回到客厅里面端坐着。

那天晚上吴世雄逼我喝了酒，酒后的他似乎变了一个人，头发凌乱，两眼迷茫。他痛心疾首地告诫我说，小顾，年年都在招公务员，你还是转行吧！他的手摸向心脏的位置，咬着牙，皱着眉头，说，就是这里，总疼，疼起来要命啊！我关心地问，现在疼吗？他摇摇头说，现在不疼，说不准半夜就疼了。我问，那咋办？他看了我一眼，仰脖干了一杯酒，说，吃药。

我醉了，留下了。小琪回学校了，第二天要参加考试。迷迷糊糊地醒来，鼻腔里还存留着小琪秀发的香味，我以为是在小琪的床上，四下一看，分明是一个人在客房里。隐隐约约有什么声音，是那种竭力压抑的野兽垂死般的号叫。我想去看看，又怀疑是幻听，困意就像小琪的两条胳膊纠缠着我。一直睡到小腹胀痛，我才急匆匆地起床，顾不上打开走廊的灯，直奔卫生间。

卫生间的门虚掩着，灯光从里面倾泻出来，在地面上画出一把大砍刀。吴世雄垂着头坐在马桶上。我刚要避开，觉得有什么不对，就偷偷看了过去。洗手台上放着一只小手机，是那种早期的非智能机型。不是有单位统一发放的公务手机吗？更震动我的则是接下来这一幕：吴世雄正拿注射器向胳膊里面扎进去……警察的直觉让我意识到这疑似吸毒，但我知道，他是在注射止痛药物。我暗叹，这疼真够折磨人的！回到房间竖起耳朵焦躁地等待，就在憋得不行的时候，听到门响，才轻手轻脚地奔过去。解决完了，四下观察了一下，没发现有注射器、针头、棉球等。这么快就收拾干净了？

吃早餐的时候，吴世雄的卧室里传来手机铃声，我忙站起，他坚定地摆摆手，自己去了。回来的时候，手里拿着的是公务手机。我问，叔，昨晚疼了吗？他笑了下，说，还好。

是吴世雄在敷衍我，还是我所见的，我在又醉又懵状态下的幻觉？

他问了一些工作上的事，嘱咐我说，作为一个警察，忠诚是别无选择的，但还要机警灵活。

结婚那年，局里提拔我到会展大街派出所任所长，可谓双喜临门。这在同事们和同学们的眼里，却包含着另外一层含义，那就是我沾了岳父的光。对此，我是绝对不服气的。我成绩突出，连续立功，还不够优秀吗？而且那时候吴世雄还差一个月就退休了，还能有多大影响力？在愤然那些无中生有的闲话的同时，我对吴世雄也滋生了那么一点儿不能言说的反感，我强烈意识到必须从他的光环里跳出来。

我和小琪的住处在新城区，距吴世雄的家有半小时车程。我出身农民家庭，还不具备买房子的条件。新房是租的，但小琪不在乎，说只要我爱她就好。我很感动，内心还是觉得愧疚。我会让小琪过上好日子的，这个信念在心里生了根，但想想又有些灰心，一个警察的能量有限得很啊。

我们沉浸在幸福的二人世界里，忽略了这个退休的孤寡老人。偶尔去看吴世雄，他的表情很平静，但我能够看得出他掩饰了内心的情绪。离开的时候，他会扫我们一眼说，不用惦记我，挺好的。

那些围坐在一起下棋打麻将的老人群，跳广场舞的老人群，在公园一角吹拉弹唱的老人群，一大帮围堵在政府门前要求解决问题的老人群，吴世雄是一概不参加的。毕竟他是公安英模，不能把自己混同为普通群众。刚退休那一段时间，还被请去做报告，我也曾当过听众。台上的吴世雄，多了些沧桑，但神采依旧，语调铿锵，给人的感觉就是英雄不老。后来，上面正式发文，严禁地方政府利用警力从事拆迁等非警务活动，吴世雄的事迹就失去了正当性，做报告的机会一去不复返了。从此他处于无所事事之中，苍老的速度让我吃惊。整个身形比以前缩小了一号，背明显驼了，脸庞的棱角似乎被岁月磨平了。头顶就像刚在面缸里蘸过，白花花的一层。眼睛变成了斜三角形，似乎蒙上了一层膜。

小琪说，爸，你也太宅了吧？在家闷不闷呀？吴世雄不以为然地说，在家里怎么了，挺好的呀！小琪小孩子性格，不会照顾人当然也不会关心人，听吴世雄这么一说，也就不在意了。我倒是个有心人，买了很多书送过去。建议他练练书法、学学画画，或者钓钓鱼。我甚至暗示他可以找个伴儿。吴世雄笑着摇摇头。

他那天非留我们吃饭，我说不行，晚上有任务。他摘下围裙的瞬间眼睛里面掠过一丝暗影，我有点儿于心不忍，就做了补充。我们的任务都是保密的，但此时可以例外。我说，接到一个举报，那个老猴子今晚出现。吴世雄长期处于反毒一线，自然知道这个老猴子。这家伙在那个团伙里是个小角色，但是可以顺藤摸瓜。我没见过老猴子，但知道他每次都能逃脱，极为狡猾。吴世雄说，这家伙，我以为他已经收手了呢！你们去几个人？我说，我带小苏，外加两个见习警员。小苏是我下届师弟，一入警就管我叫师父，私交铁得很。吴世雄嘱咐说，要周密部署，确保一举拿下。我点点头，说，爸，你放心吧，这次一定成功！送我出门的时候，他又说，当警察，要机警灵活。我说知道了，就快步下楼，暗想，到底是英模，退休了还这么敬业，只是有点儿磨叨。

疾行一个多小时，我们赶到的时候，扑了个空。线人说，老猴子看了一眼手机就慌慌张张地溜了，一定是得到了情报。这让我大惑不解。如果情况属实，那就是出了内奸。我在心中仔细过滤全部的环节，问题应该出在小苏和两位见习警员身上。但是，两位见习警员刚出校门，且事先并不知情；至于小苏，又怎么会呢？小苏的眉头紧蹙着，什么也没有说。他就是这样，一向沉默寡言。

回到家里我跟吴世雄说了此事。我既沮丧又恼怒，心里像埋了一颗雷一样不安。吴世雄拍拍我的肩膀说，小顾呀，别那么大压力！我发狠地说道，爸，你放心，我一定会抓到这家伙，还要查出内奸！吴世雄看了我一眼，垂下头，点起一根烟，突然咳嗽起来。

半年后，地区统一搞了一次跨辖区警务行动，我带领小苏等人在邻县检查出租房。一户居民家里面明明有人，就是不开门，我感觉有异，示意小苏带人到楼外守候。我破门而入，果然房间是空的，窗户开着。小苏的声音传上来，所长，抓住人了，是老猴子！我无比兴奋，指示他看好，随后搜查室内，找到了一些白粉。这些足可以给老猴子定罪了，但我的目的不仅在于此。刚刚走出房间，里面突然传来手机铃声，我疾步回屋，在床和墙的缝隙里找到了一部小手机，非智能机型，磨损严重。我接听，是移动公司推销业务。

老猴子有五十多岁，人如其名，一阵大风就可以刮走。不过他倒是很镇定，怪怪地看着我，似笑非笑。这家伙是老江湖了。我威严地逼视他，直到他的目光慢慢垂下。眼神也是武器，这是当警察的必备技能。

车子疾驰，我心里琢磨着如何与老猴子斗智斗勇，打开缺口，乘胜追击，把这个团伙一网打尽。小苏坐在我后面，拎起一个袋子对我说，所长，这是老猴子的东西。那里面有一部苹果手机。我突然想起那部小手机，让见习警察递过来。我摇晃着手机问蹲在栅栏后的老猴子，哎，老猴子，这个手机是你的吧？老猴子看向我，眼睛里似乎闪动着什么，神情暧昧地说了句，不是我的。小苏斥道，你老实点儿行不？把我们当小孩子是吧？

我感到可疑，就翻看起小手机。果真，正是这家伙的秘密通信工具。号码170开头，是虚拟号码，不显示姓名，也不易被监听。这个号段多数都是用来从事诈骗等非法勾当的。有两则短信让我警觉起来，来信号码也是 170 开头。

一条内容为：今晚。撤。

紧接着第二条内容为：你不是保证不再做了吗？我警告你，这是最后一次！

时间显示正是上次行动的时间。

这就是通风报信的人！

我一阵激动，但还是沉住了气，不动声色地扫视了一遍车里的民警，没看出什么反常。但不得不说，我十分担忧，这个号码千万别是这里的某个人，特别是小苏。小苏的本质我是不怀疑的，但是他家里经济负担重，父亲尿毒症，母亲脑血栓，妹妹不能出去工作，全职在家照顾老人。有一个词叫"穷则思变"，这样的可能性是存在的。

我要来那个袋子，把手机装进去，随手放在我前面的仪表台上。司机小牛瞥了一眼，我又拿下来，担心影响他的视野。小牛说，所长，没关系的。他来所里两年多了，任劳任怨的。

走了一段路停下，我让小苏买了面包和香肠，大家就在车里吃。手机响了，是小琪，她语气轻快地说，今天晚上到爸爸那里吃饭！我忙下车，用哄小孩儿的语气说，亲爱的老婆，今晚怕不行喔，我抓了毒贩，正在路上，还要连夜讯问呢！小琪虽然孩子气，但是懂事，她说，哦，是嘛，那好吧！不过，老公你知道吗？今天是爸爸生日啊！你说怪不怪，是爸爸主动告诉我的，这可不像他的做派呀！

确实，吴世雄主动邀请我们陪他过生日还是头一次。过去他是个工作狂，根本没时间顾及这些。岳母在世时会准备蛋糕，岳母去世之后，他就没有生日这个概念了。吴世雄重视起自己的生日，作为女婿，必须有所表示才是。

进了县城，我还没有想好应该如何表达孝心，手机响了，我一看，马上警觉起来，来电的号码是 170 开头，我迅即接听。

小顾啊，今天是我的生日，晚上来家吃饭！

竟然是吴世雄。平常我们通话，用的都是公务手机。

不知道是不是手机信号的关系，那声音听起来裹挟着苍凉，还带着颤音。我想，170 号段的手机信号就是不稳定，通话失真。但随后，我的神经骤然绷紧。这个号码怎么有点儿眼熟？我的眼前闪过老猴子手机里的那个号码。我不由得暗讽自己，怎么会这样联想呢？但我还是翻开了老猴子的手机……

号码，号码竟然是相同的！

我就像被电击了一样，心脏骤停！

一定是眼花了！我提醒自己。瞪大眼睛又看了一遍，开头都是 170，结尾都是 31259，没错！

此时的我已经忘了一车人的存在，骂了句脏话，差点儿摔了手机，又颓然瘫坐在座位上。小苏身体倾斜过来，关切而警觉地问，所长，怎么了？我努力让自己镇定下来，头也没回地说，没事儿！而其实我的心中可谓翻江倒海。离县局越近，我就越焦躁，像着了火。

内奸就是吴世雄，事实大山一般摆在我眼前，不容置疑。

他所有举动的意图，现在昭然若揭。让小琪通知我参加他的生日宴，是在掌握我的动向；公然用这个号码和我通话，是在向我摊牌，逼我选择。我也明白了老猴子表情的含义。他现在正斜视着我，得意地笑着，但我假装没有看见。我还在消化着突然而至的情况，反复梳理着来龙去脉，思考着应该如何应对。一个昔日的英模，我崇拜的人，我心爱之人的父亲，走上不归路，这让我承受着从未有过的痛苦和困惑。

我把这个号码发到自己的手机里储存。

吴世雄的家就在这条路上，远远地我已经看到那栋外表斑驳的楼房了。我突然间心头一阵悲凉，仿佛看见顶层那扇窗的玻璃后面，吴世雄站在那里，弓着腰，凌乱的白发，浑浊而苍茫的目光。身旁是孩子一般瞪着天真大眼睛的小琪在向我招手。当然，我知道此时小琪正在上班呢。

越走越近了，楼顶上似乎有淡薄的烟气。一个见习警员躬身起来喊道，着火了！大家把目光聚焦过去，烟雾浓重起来，很快，门洞里映出了火光。一扇窗户开着，一个老太太怀抱着一个婴儿急切地招手，声嘶力竭地呼喊着。

我指示小苏立即给119打电话，并留下看守老猴子，其他人跟我行动。眨眼间，几个窗口都蹿出火舌，紧接着是玻璃破碎的声音。我命令小牛全速前进，但没走多久就被挡住了。警笛鸣响，我用高音喇叭喊话仍无济于事，有些人把车停在路上，拥挤着往现场去看热闹。我拉开车门，大喊一声，走！就带着警员们冲了出去。

整个大楼已被大火包围，不断有人从高处摔下来。还好，一楼都是些临时搭建的棚子，人落上去，起到缓冲的作用，被人扶起来后仍可以走动，并无大碍。说心里话，我此时关心的是吴世雄和祖孙俩。吴世雄从顶层跑下来会困难些，而跳下来的风险更大。祖孙俩显然是最弱势的，但我更加牵挂吴世雄。除了那份亲情之外，还有那个案件，那是个巨大的谜，我必须破解。我甚至还想到一种可能性，如果吴世雄真遇难了，倒是最好的解决方式，一了百了，也省得我为难了。伴随着这种念头，小琪的形象出现了，让我深感自己的卑劣。

身后响起消防车的警笛声，隔着街道，几束强劲的水柱向大楼射去，但火势仿佛被激怒了，更加凶猛起来。我们急得团团转却无法靠近。这时我发现小苏也站在旁边，我问他老猴子呢，他啊了一声反应过来，撒腿就往回跑。几个消防员靠过来，提醒我们危险。我告诉他们，楼里面有祖孙俩，特别提到顶层的居民。消防员望着熊熊燃烧的大火没吭声。

突然，从门洞里冲出两团黑影。两个人一见亮就倒下了。我奔跑过去扑打他们身上的火苗，一边大喊着医生医生！两个人看不清模样了，但可以辨别出，一个人的背上趴着一个老太太，一个人的怀里抱着一个婴儿。医护人员迅速把他们抬到急救车上，砰地关上门，疾驰而去。

我开始担心吴世雄了，我幻想着他突然气喘吁吁地出现在围观的人群里，然后痛惜地哀叹着，就出去这么一会儿，房子就没了！这时，小苏慌张地跑过来说，所长，不好了，老猴子跑了！我急忙赶回去，只见警车后门大开，手铐的一端挂在铁栅栏上，另一端无力地耷拉着。小苏他们分头去追，而我没有动，像泄了气的皮球瘫坐在地上。

手机响了，是小琪，她哭喊着，老公，快来医院，爸爸在抢救！吴世雄在医院？怎么回事？容不得多想，我站起来夺了旁边交警的摩托车疾驰而去。原来救人的那两个人，一个是吴世雄，一个是老猴子。老猴子救的是老太太，吴世雄救的是婴儿。老太太和婴儿都平安，老猴子到医院时就没有了呼吸。现在，吴世雄还在抢救。

老猴子逃脱是为了救人，还是为了和吴世雄串供呢？两人又如何会见义勇为？

小琪扑到我怀里痛哭失声，我搂着她安慰着，别担心，爸爸会没事的，他福大命大！话一出口，我自己心里都先虚了，不由得绷紧了身体。她如果知道了我内心的想法该会多么失望和伤心啊！

二十四小时之后，手术室的门打开了，医生们疲惫而放松地说，进去吧！小琪冲过去，哑着嗓子呼唤爸爸爸爸！吴世雄戴着呼吸面罩，躺在那里，目光斜着扫过来，看看小琪，又看看我，艰难地伸出手，试图去擦小琪的眼泪，但没有做到，很快就垂了下去。

吴世雄恢复得很快，似乎他更愿意我陪护他。小琪不在的时候，即使是休息时间，他也要和我说说话。他说到当年的那个事件。他问我，小顾，你知道当年我是怎么受伤的吗？我就心里面冷笑着，把他的英雄事迹概述了一遍。他摇摇头，手向胸口摸去，叹了口气。

他讲述了事件的另一个版本——

那时候，政府发展经济更多地靠出售土地获得资金，征地就成为那个时期的中心工作，而征地涉及住户切身利益，往往很难在短时间内谈拢，不靠强制力量就很难开展下去，于是警察就成了推动拆迁工作的主力军。那户钉子户的房子是土坯房，母亲五十多岁了，在市场里摆摊儿卖旧物；儿子二十多岁，大学刚毕业，工作分配结果还没下来。政府决定采取行动，杀一儆百。母子二人担心房子没了就没法儿生活了，抱着煤气罐抵抗。其实那时候，他们只是作势而已，如果当时我不急躁，惨剧就不会发生……

这大大出乎我的意料，那座牢牢占据我思想的英雄丰碑轰然坍塌了。这让我出现短暂的迷失。如果不是在这种环境下，我想他不会对任何人说的。即使他想说，相关部门能否准许也未可知。但现在，他的用意是什么呢？

他说，我当时，唉，太年轻气盛，急于表现。老太太当场死了，儿子剩下半条命。我侥幸脱险，但是，心口的部位留下顽疾，疼起来死的心都有。

说到这里，他的眼眶里溢满亮晶晶的液体。我不无轻蔑地想，所以你就让老猴子给你提供毒品，而你为他通风报信？

他叹着气接着说，小顾，你知道吗，我的痛在心里，任何药物都是没有用的。

我不知道如何接话，屋内就这样静了下来，我能听到我紊乱的心跳声。他微微抬头，目光投射过来，说，小顾呀，关于你的工作，我有几句话想说。为表示尊重，我把脑袋凑了过去，其实我已经猜到他要说的话了。他会说，小顾啊，听爸的话，转行吧！还会有一句说不出口的话，那就是，别像我这样落得如此下场。可我判断错了，他说，小顾啊，好好干吧！作为警察，也会有无奈的时候，但努力让自己心安吧！

这样的对话在影视剧里通常都是某人在弥留之际的遗嘱，但吴世雄的状况很正常，估计两三天就能出院了。作为一个老刑警，吴世雄不会不明白，老猴子死了，这对他来说非常有利。小苏对关键环节尚不知情，那么现在，我就成了关键所在。吴世雄打出亲情牌，一层层解除我的警戒，直抵核心目的。

果然，他终于说到案子了。他问，小顾，你知道老猴子是谁吗？我问，怎么？他还有啥其他背景吗？吴世雄笑了笑，用自嘲的语气说，这个老猴子，就是拆迁事件里的儿子！

什么？我一下子惊得说不出话。这也太戏剧化了吧！我暗暗地把这个案件完善了，那就是老猴子，当初或者叫小猴子吧，出狱后加入了贩毒团伙，同时伺机报复吴世雄。就在吴世雄痛不欲生之际，让他染上了毒瘾，从此就控制了他。我觉得我构思故事的能力很强，也许退休后可以当作家。不过，我现在不觉得我在虚构，事实肯定如此。

真是没有想到啊！吴世雄的声音突然哑了。没想到生活的压迫和对社会的敌视让一个原本有着大好前程的人误入歧途，更没想到……

他的喉结动了动，目光扫向床头柜。我忙打开一瓶水，递给他。他略抬了抬头，一口气喝干。我不知道"他更没想到的"是什么，我告诫自己必须稳住。

更没想到的是，老猴子那样一个人，竟然在那种情况之下舍生取义，真是人性本善啊！法律之于人性，到底该怎样发挥作用呢？

　　说完，吴世雄许久沉浸在情绪之中，眼睛里像有星星在忽明忽暗地闪烁跳跃。

　　面对吴世雄，我的岳父，我不知该不该说点儿什么，怎样说。可是又不能一直冷场，我搜肠刮肚地想话题，一时间大脑一片空白。我突然问道，爸，您的手机呢？话一出口，我自己都吓了一跳。他看了我一眼，指指枕头下面，我掏出他的公务手机。他又指指另一边，这次我摸出了那部小手机。我想此刻我的目光一定有些凌厉，甚至带着识破谎言般的笑意。

　　吴世雄说，我一个退休的人，不能再继续使用公务机了，占公家便宜不好，你代我还给单位吧！这个小手机话费便宜，只是现在欠费了，你帮我补上吧！

　　我说好，就准备用我的手机给他充值。

　　吴世雄忽然想起什么似的，支撑着要坐起来，我忙去扶。他拿过枕边的皮包，掏出一张银行卡，说，对了，这张卡你收起来，医院人杂，别在这里丢了。这是我一辈子的积蓄，拿去吧！

　　我迟疑着，他的手伸过来，坚定地摇晃着。拿去吧，我的工资就够了，你们用钱的地方多着呢！对了，小琪还没告诉你吧，你快当爸爸了！

　　我要当爸爸了？一阵喜悦涌上心头。同时，缕缕悲凉的情绪也在升腾。我的岳父，小琪的父亲，我孩子的姥爷吴世雄，排兵布阵到这个地步，到底是要我放过他，还是要畏罪自杀？

　　他的手还在执拗地举着，我只好接过卡片，揣进衣兜里。卡片带着吴世雄的体温。

　　小顾啊，我们做警察的，切记不要有私念！

这是肺腑之言，他在做最后的反省，在以自己的教训警告我。我多想说，爸，事情没那么严重，你要保重！

倏然间，我头脑中一个闪电。我快速摆弄手机，让吴世雄的手机号码在他的手机屏上清晰显示并固定不变；我又翻出老猴子手机里的那个号码，固定在我的手机屏上。不到黄河心不死，现在的我，多希望出现奇迹啊！抓捕老猴子那天，我已经连续十多天没有好好休息了，神经始终紧绷着，出现疏忽也在所难免。那么杂乱的号码，谁能记得清楚呢！

心高高地悬起来，一种从未有过的恐慌，让我全身轻微抖动起来。我努力让自己镇定下来，慢慢核对。号码黑体，大字，清清楚楚。开头都是170，结尾都是31259……

我的心骤然升起，差点儿冲出喉咙。

两个号码不一样！

只差一个中间数字，一个是6，一个是8！

我猛地站起来，大声呼喊，护士！护士！

两个二十几岁的女护士急匆匆跑进来，奔向吴世雄，而吴世雄直愣愣地看着我。怎么了，怎么了？护士和吴世雄几乎同声问道。我举着两部手机对护士说，帮我看看这两个号码是不是一样？一个护士一手捂胸，弯下腰长出了口气；另一个责怪地看了我一眼，说，干啥呀，我还以为病人怎么了！我说，麻烦二位，看看这两个号码是不是一样？两个护士拿起两只手机歪着脑袋看来看去，很快抬起头说，不一样啊，不过很像！

确定吗？我想我一定进入工作状态了，上身倾斜，目光灼灼。两个护士谨慎地点点头，然后对视一下，一脸惶惑地往外走。而我，则不管不顾地在吴世雄的额头上亲了一口，大喊道，我的亲爹耶！两个护士止步，骇然回头，又对视一下，加快脚步走了出去。

我无所顾忌地大笑起来。

吴世雄躺下去，似乎从什么纠葛里解脱出来，舒缓中带着疲惫。他的目光望向虚空，明亮、慈祥而宽厚。我偷偷瞥了他几眼，忐忑不安。我全部的内心活动，岂能逃过这位老警察的眼睛？

蹦蹦跶跶的脚步声越来越近，我知道是小琪来了。迎出去，我给了她一个大大的熊抱，似有千言万语又不知怎样表达。小琪娇嗔地提醒我说，老公，你的同事都在呢！我这才注意到小苏等人就站在旁边，赶忙调整状态，说道，你们怎么来了？快进屋吧！

我们来看看老领导，老英雄！小苏手里捧着一大束鲜花。"老英雄"几个字听起来分外厚重。在我心中，那座丰碑已经重新矗立起来，熠熠生辉。

小牛的两只手里拎着紧绷绷的塑料袋，一边说这是大伙儿的一点心意，一边俯身往床底下放，忽然，啪的一声，有东西从上衣口袋里滑出来，就落在我的脚下。我弯腰拾起，是一部小手机。

2018 年 1 月 24 日初稿
2018 年 1 月 30 日定稿

（原载《啄木鸟》2018 年 7 期，《小说选刊》2018 年 8 期转载，《领导科学》2018 年 8 月转载）

附 录

关于赵欣的文学评论

讲故事的人、教育家和魔法师
——序赵欣的《丈夫的诺言》

宗仁发

　　赵欣是个有优秀小说家潜质的作者，我的判断来源于这么几方面。一则他写小说有瘾，说得文气点儿叫热爱。热爱是最好的老师。那就说明他已经拥有了一个最好的老师。为啥说他是有瘾呢？因为他写小说没有文学以外的功利目的，就是觉得写着好玩，不写难受，他自己把这个叫作文学情结。二则是他的小说写得挥洒自如，有如神助。我感觉他写小说特别痛快，也十分流畅。这说明他有这方面的天赋和才气，这个东西不是靠后天练习能获得的。三则是他会讲故事，这得益于平日里他会留意哪里有故事，不完全依赖个人经历，而再丰富的个人经历也是有限的。这样才能保证写小说的人手上常有积累可用。有了这些基础，我相信他很快就会写出来的。这本《丈夫的诺言》是他的第一本小说集，里面所收的作品都是他近几年发表在刊物上的中短篇小说。粗略看来，这些小说关注的无外乎亲情、友情和爱情。这样三类情感一从生活中抽象出来，就显得有些干巴巴的，赵欣的小说执着地把它们还原回生活之中，让这些情感在生活中涌动、期盼、兴奋、纠结、平复、跌宕起伏、一波三折，在不知不觉中读者就会随着人物的欢喜而欢喜、悲伤而悲伤。不得不说，总体上，我都喜欢。

《丈夫的诺言》是一篇很有意思的小说，"我"亲眼看见的一对老夫妻，在一家餐馆里用一个个细节践行着五十年前许下的诺言，这小说写到这种地步，好像已没法再接续下去了，可就这样戛然而止也太不像小说了，看到这里我感到作者写这个小说是在冒险。就在阅读者以为作者山穷水尽的时候，故事却另辟蹊径，有了柳暗花明。当"我"带着渴望见到这对老人家的妻子来到这家餐馆时，意外的是没有人证实有这样两个老人。连曾历历在目的"我"也开始怀疑自己亦真亦幻时，令人惊奇的事情发生了，"我"在自己妻子的脸上居然看到的是那个老人的面貌。故事由实到虚，由虚又到实，经过一个循环，折腾一遍，就把一种非同一般的亲情的味道酿造出来了。

《教堂外的女孩》讲述的是主人公"我"在一座教堂里，与一个情感遇到挫折的女孩雪儿相遇，两人之间建立了友情，"我"成为雪儿的情感倾诉对象。可是雪儿的心情还是没有平静下来，直到采取了过激一点的报复男友的行动，似乎才算找到一个释放的出口。也正是在这样一个雨夜里，他们两个人约定见面，并同处一个房间里，但最后并没有发生欲望的故事。小说中的"我"是有爱美之心的男人，这从他在教堂外看到雪儿被吸引住就可表明。而且自己也是和妻子吵了架，情感正在波动状态，甚至"我"面对雪儿性感的肉体时也有些难以把持，最终作者没有让故事走向肉体，而是走向了精神。尽管多少处理得有些生硬，但作者对感情的理解还是颇为引人思考的。人生中完满的爱情是不大可能存在的，每个人差不多都必须面对爱情理想和现实间的某种反差。能支撑人解决这种困扰的力量往往来源于宽容理解的信念，雪儿从困境中抽身而返就是因为重新获得了这样的力量。"我"战胜身体中的魔鬼是内心中有一种对人的尊严的敬畏。既然在醉态中的雪儿下意识喊出的男人还是自己的男友，那就等于是雪儿还在爱着这个人，"我"就一定要尊重雪儿的内心要求，克制自己的欲望。正是由于雪儿返回男友身边提醒了"我"也要去接回和自己赌气的妻子，使生活恢复正常的轨道。

《朋友的漂亮妻子》《红叶，你飘落何处》这两篇小说都和作者的职业生活有些联系。透过较为曲折的人生故事、法制故事，让善良、正直、真诚这些宝贵的品质从困境中显现出来。多少有些令人不能满意的是，这两个故事的情节设置过于随意，作者的主观意图痕迹有点太重了。

比较而言我觉得《歌厅里的小荷》那个单纯的女孩小荷的形象更为可爱，尽管是在一个暧昧污浊的环境中找生计，小荷虽不谙世事，却天然有一种出淤泥而不染的品格。她在为生存而打拼的同时，也在寻找着真挚的情感，渴望着美好爱情的降临。与之成为对照的男人们组成的世界，却除了寻欢作乐，就是小人之心，而混迹其中的"我"内心中没有泯灭的良知，还是感觉到了小荷身上的那种稀缺的纯粹。

纳博科夫在《文学讲稿》中说："我们可以从三个方面来看待一个作家，他是讲故事的人、教育家和魔法师。一个大作家集三者于一身，但魔法师是其中最重要的因素，他之所以是大作家，得力于此。"纳博科夫接下来进一步阐释说："艺术的魅力可以存在于故事的骨骼里，思想的骨髓里。因为一个大作家的三相——魔法、故事、教育意义往往汇合而为一而大放异彩。"在读赵欣的小说时，我就想起了这段话，其实，一个小说家这三者做到哪一条都不容易。讲故事是小说的基础，离开故事小说就不成其为小说。毛姆说人们听故事的欲望就如同对财富的欲望一样根深蒂固。毛姆还认为故事是作家扔出去拉住读者的一条性命攸关的救生绳索。那么说到教育家，不过是说小说家的小说是有寓意的，是要诲人不倦的。而怎么能把故事和教育的意义结合起来呢？这就要检验魔法师的功夫如何了。换句话说，如何把这三者的关系处理好，也许正是在创作上升期的赵欣必须面临的挑战，愿看到作者在今后的作品中进入一个新的境界。

2013 年 8 月 28 日

（原载《吉林日报》2013 年 12 月 19 日）

小说家的事业

——为赵欣《回家》而作

宗仁发

　　在中国文学中，小说一词从出现始，就锁定了这两个字的基本内涵。庄子认为小说于"大达"远之又远，班固在《汉书·艺文志》中给小说下的定义是："小说者，街谈巷语之说也。"由此，小说便沿着鲁迅在《中国小说史略》中总结的"似子而浅薄""近史而悠谬"的路数走向了"志怪"和"志人"，走向了"传奇"和"白话"。而"经国之大业""文以载道"等文学的主要功能概属小说以外的诗歌和散文来承担的。叔本华也认为，小说家的事业不是述说重大事实，而是使小事有趣。当然，小说发展到如今，呈现的面貌是多样的，读赵欣的小说时让我忍不住往回看了看小说的来路。

　　赵欣小说的要义是牢牢抓住了小说的那个"小"字：小人物、小故事、小情趣、小细节、小主题，等等。这样就会使他的小说能够拥抱一个无比宽广的现实世界，他的题材无所不在，取之不尽用之不竭。甚至会总感觉小说在撵着自己快跑似的。

　　小说集的第一篇《回家》乍一读来，不免有点怀疑，这么小的事不够写成一个短篇吧。主人公讨厌猫，原来家里养过一只猫，让主人公烦得不得了，好在后来这只猫自己失踪了。可是自己的宝贝女儿喜欢猫，那只猫没了却又弄来一只加菲猫。围绕这只新进家门的宠物，发生了无尽无休的小风波，家中几乎天天不得安宁。最后主人公还是下定决心，不顾女儿的态度，开车把这只讨厌的猫送进了一家宠物店。可小说的结尾却出人意料，夜里，在主人公难得的香甜睡梦中，那只猫自己又跑回来在房门外号叫着。看着猫的两只绿灯泡似的眼睛，主人公的精神差不多就要崩溃了。巧合的是这期间，主人公的生意上也遇到了一些麻烦，即便是正在他把猫送走的途中，听到了官司峰回路转的消息，也并没能完全扭转他的糟糕心情。这样一篇平白的小说，从表面上真是很难让人读得解渴，总觉得它写得太小了，没什么东西。但沉淀下来再想想，又会觉得并非那么简单。小说题目为"回家"，主人公所回之家，乃生活栖息之所，同时也是精神最可能放松的地方。恰恰是这样的所在带给他的正相反，全都是说不清楚的烦恼。理解到这里，这篇小说在浅白的外表下隐藏着的人生哲学也就看见了一些端倪。

《忠诚》这样的小说题目，有些憨，有些实，不像是个好小说题目。小说的故事无非是在讲一个有妇之夫，家庭生活有些疲惫，在外面找了个小妹妹，作为感情寄托。一来二去还真走了心，当得知自己的一个熟人也和这个小妹妹有这一层关系，且是为了金钱时，心中颇不是滋味。小说中的"我"甚为可怜，苦心经营，认真投入获得的这么一点情感慰藉，到头来却是自欺欺人。小妹妹为的不过是利益交换，和他并没有真情实感。

"我"的内心在这种打击下,又是几近崩溃。连这样的一小块情感空间都无从建立,那么谁还敢奢谈爱情呢。爱情在这个世界里是交给了神话掌管了。

如果说《忠诚》写的是一丝真挚情感的失落带来的沮丧,那么《你就是我爸爸》,则写的是发乎于情、止乎于礼的克制。或许在赵欣看来一种美好的情感拥有远胜于肉体欲望的交易。当然,小说不是在干干巴巴地讲述某种道理,小说是在讲述一个有趣的故事。独居外地、寂寞难耐的"他",通过网聊结识了一个女孩袁鹤,"他"每当袁鹤需要帮助时都慷慨出手,后来,当袁鹤愿以身体回报之时,"他"却委婉谢绝了。小说中主人公的内心世界始终是矛盾的、纠结的,一方面他渴望祛除孤寂,另一方面他又不愿让袁鹤把他的帮助仅仅理解为是为了得到她的身体。小说真实地贴着人物的心理,不粉饰,不拔高,也就自然而然地完成了一种艰难的叙述。劳伦斯在谈到《小说与情感》问题时曾告诫我们说:"不要听作者高调的说教,小说中的人物在他们命运的阴暗树林里徘徊,我们要倾听的就是他们发出的低沉的却又是发自内心的召唤。"《你就是我爸爸》中的这个男人正是在命运的阴暗树林徘徊时,听从了发自内心的召唤,尽管他过后还有点后悔自己的这种听从,总之他还是听从了。

中篇小说《鬼城》显然讲的是一个与鬼有关的故事。"我"大学毕业找不到工作,寄人篱下,迫不得已,只好到一个住宅小区当保安。这期间遇到了小区中唯一的居住者晓雯一家,并与晓雯建立了割舍不断的情感。可事实告诉"我",小区中并没有这一家人存在,他们的房子是无人居住的库房。因此,"我"

被送进精神病院治疗，当我出院后再回到住宅小区时，"我"还是又见到了晓雯。这篇小说涉及眼前房地产开发中出现的"鬼城"现象，涉及大学生毕业后就业难的社会问题，还涉及吸毒乃至犯罪。就是在这种种怪诞、困扰和人性弱点的无以抗拒的现实裹挟中，一个幻想的真情故事却顽强地显现着，它完全不顾事实地一再证明，就是进了精神病院也痴心不改，这是一个生长在"我"的内心世界里的存在，再强大的现实也不能剥夺这种"美好"的存在。小说越过会被质疑真实性的障碍时，采取的是十分简单、十分直接的方法，那就是不管不顾。就像是余华谈到《一千零一夜》第三百五十一夜那个破产的巴格达人一梦醒来恢复财富的故事时所说的那样："山鲁佐德让梦中见闻与现实境遇既分又合，也就是说当故事的叙述必须穿越两者相连的边境时，山鲁佐德的故事就会无视边境的存在，仿佛行走在同样的国土上，而当故事离开边境之后，现实的国度和神秘的国度又会立刻以各自独立的方式呈现出来。这几乎是《一千零一夜》中所有故事叙述的准则，它们的高超技巧其实来自一个简单的行为：当障碍在叙述中出现时，解决它们的最好方式就是对它们视而不见。"赵欣的《鬼城》正是暗合了《一千零一夜》的这个诀窍。

讨论赵欣的小说，我觉得应该看到他作为一个优秀小说家的潜质，应该看到几年来他的飞跃式的进步，应该看到他已经取得的显而易见的成绩，同时也应该看到他的小说还是有些参差不齐，有的想法完成得不错，有的则完成得有些勉强。对小说题材的选择和处理有时过于随意，给人阅读时容易产生一种漂浮感。毛姆在《什么是好小说》一文中认为，好小说的主题应该能引起广泛的兴趣，不仅能使一群人——不管是批评家、教授、有高度文化修养的人，还是公共汽车售票员或者酒吧侍者——感兴趣，而且具有较普遍的人性，对普通男女都有感染力。主题还应该能引起持久的兴趣。现在看来关于小说主题引起广泛兴趣这一方面，赵欣解决得很好，他的小说有趣、好读。而需要进一步解决的是主题如何引起持久的兴趣，我是满怀信心地期待着他在这方面的新突破早日到来。

2015 年 6 月 13 日

（原载《吉林日报》2015 年 8 月 13 日）

文学苦旅中的自我超越

——致青年作家赵欣的一封信

王长元

赵欣先生：

好！

昨晚下了一场雪，早晨醒来撩开窗帘，眼前一片洁白，放眼望去，远处的伊通河及岸边的田畴苍茫而辽阔。在这静谧充满诗意的晨光中，坐在窗前品读着你的小说，感觉真好：清新，温润。你小说的语境，叙事的风格及弥漫在作品中的味道，深深吸引着我。读你的小说，有点像喝口感好、不上头、纯粮食酿造的地产酒，爽口，润肺，醉心。

应该说，不是第一次读你的小说了，大约是在半年前，长春市作家协会召开你的作品研讨会的时候，就匆忙地读了你那本中短篇小说集《丈夫的诺言》。虽然是匆忙，读得有些潦草，但那本小说动人的艺术力量和触手可及的艺术形象，还是深深地打动了我。有些篇什至今都记忆犹新，像《教堂外的女孩》《风雪回家路》《当爱已成往事》《朋友的漂亮妻子》《雾霾》《雨声滴答》《歌厅里的小荷》……尤其小说中的鲜活人物，依旧历历在目。如《丈夫的诺言》中那个风雪交加的夜晚，夜晚中那位饱经风霜的老者，老者手中那热乎乎的油条，现在一想起来，都心中温热……从《丈夫的诺言》这本小说集中，已能洞见到你坚实的文学基础，非凡的讲故事能力，和别具匠心塑造艺术人物的本事。正因为你有了这么好的文学准备和颇为深厚的生活积累，所以近一个时期你发表的 4 篇文学新作《出手》(《青年文学家》2014 年 7 期)、《震》(《作家》2014 年 8 期)、《回家》(《短篇小说》2014 年 8 期)、《杀念》(《芳草》2014 年 11 期)，就呈现出一种自我超越自我突破的艺术态势。梳理一下你这几篇新作，我觉得有这么几个方面特质：

一是地域性选材。你的小说，无论长短，无论大小，无论是写世事间的心理变化，还是写人与动物的微妙感情，虽然生活场景不断变换，人物关系不断变换，故事走向不断变换……但小说所取材的地域范围都是东北。东北的生活，东北的语言，东北人的情感，那一幕幕壮美、凄切、温存的人生故事，都是在黑土地上演绎的。可以说，大风大雪的关东，粗粝壮阔的关东，成了你的作品的文化底色，成了你的作品特有的精神气质。在你的作品中，既能看到前郭县，又能看到查干花镇。在你的小说中，字里行间，无不弥漫着东北文化的气息，无不淫浸着东北地域文化心理。

二是在矛盾旋涡处着墨。自有人类社会以来，就有着各种各样的矛盾：社会的，家庭的，人与人之间的，个体生命心灵之间的，无论怎样的矛盾，处于一般情形、平缓状态的时候，表现起来较为容易，可是一旦进入尖锐阶段、旋涡状况，表现起来就颇为艰难，而恰恰这种艰难，才考验着一个作家的胆识、功力和驾驭小说的能力。你的这几篇小说，几乎都是选在生活风口浪尖处展开的。小说一开篇，都将矛盾点绷得让人喘不过气来，大有命悬一线的感觉。如《杀念》矛盾点为：一个声色犬马的贪官，面对将要去省城举报他的妻子，该怎么办？是杀掉她，还是……如《震》矛盾点为：一地方法院的法官，受理一起村民间错综复杂的纠纷案，正在他奔赴案件发生地的时候，大自然的灾难——地震，猝然发生，法官面对自然的灾难和人间的挑战，又该怎么办？……这很有点像优秀的杂技演员在挑战高难动作。我想一般的作者，一般的艺术功力，是完成不了这一挑战的，不是在矛盾的旋涡中被湮没，就是被旋涡抽打得遍体鳞伤，一塌糊涂。而你却表现得临危不惧，处事不惊，化险为夷，将故事讲述得有声有色，将人物刻画得活灵活现，将心理描摹得丝丝入扣……这等功夫，没有一定的生活积累、人生阅历是做不到的；这等功夫，应该珍视为自己看家的本事，是你从事小说这门手艺的"绝活"。

三是细节的精彩运用。细节，是小说的灵魂，决定着小说的成败。东北老百姓有句俗语说得到位，"打十巴掌，不如扎一锥子"，这一锥子，指的就是精彩的细节，就是用在刀刃上的好钢。在你的小说中，这方面的例子，触目皆是。

例1.……他内心燥热，想冲冲凉，脱了衣服正要进入淋浴间，手机响铃。他不想接听，开了热水器电源，等着水温上升。可是固定电话又急促响铃，而且响了又响。他气恼地回到客厅接听，是吴局长。吴局长抱歉地说，尹局长，那热水器先别用，商家拿错了，说这台有问题，漏电。尹局长差点就妈呀一声，多危险就要了自己的命。他刚要表达不满，头脑中猛然划过一个闪念，妻子的脸浮现在眼前。这已经不是第一次了。这次的闪念着实电了他一下，一阵寒战，他急忙双手交叉，紧紧握住胳膊，试图稳定自己的情绪，可浑身还是抖着。(《杀念》)

例2. 开门，母亲就等在门边，她来不及责备我，看到奶球，就像看到久别重逢的孙女一样，眉头一下子舒张开了，亲昵地抱到怀里，抚摸着。而奶球也似乎很委屈地喵喵叫着。(《回家》)

例3. ……王士保让老婆和孩子接替他，他转到对面，蹲下，双手猛力刨土，同时对着其他人喊着，用力，用力！终于把翁武国拽出来了，王士保老婆在出租车上找来一块毛巾，给翁武国擦着脸上的灰土。王士保一屁股瘫在地上，大喘着粗气，两只手的手指全部都血淋淋的。

这时，部队救援组赶到了，对翁武国进行了抢救，但翁武国仅睁了几分钟的眼睛，看一眼王士保，似乎想笑，但很快就闭上了眼睛。(《震》)

从以上的三组例句中，我们可以清晰地看到"手机""热水器""奶球""废墟处救人"这些细节的精彩妙用。这些细节，有的就是个物件，有的就是个动作，有的就是一个眼神儿，有的就是人的心理细微变化……可是恰恰因为有了这些细节，就使小说变得灵动起来，鲜活起来，作品中的人物，也随之站起来。试想，如果失掉这些细节，或者换上别的细节，小说还会这么感人吗？作品还会这么深邃吗？还会有这么强烈的艺术感染力吗？还会在读者心中留有这么深刻的印象吗？显然是不会的。

因此说，你对细节的妙用，不但为小说的外在风貌添了彩，增了色，也对人物心灵世界的拓展、灵魂空间的挖掘、思想层面的延进，起到了决定性的推进作用。

四是语言的特有神韵。你在小说中使用的语言，平实、自然、简洁、老到，字里行间中还夹杂着几分幽默。本来是一件稀松平常的事件，一个极为普通的人物，一个平平常常的情形……若放到别人笔下，早就没了滋味，失去声色，可是到了你的笔下，那文字立马有了灵性，人物也随之活泛起来，走路、说话，连人物的心跳仿佛都听得真切。尤其在描摹人物内心世界方面，你语言的运用，最为值得称道。如《杀念》那个短篇，一般人写来，会寡然无味的。情节简单，事件简单，人物简单……本就是块小小说的材料，可是到了你的笔下，由于你语言的张力，由于你对人物内心把握的精准，那小说一下子便丰赡起来，人物的内心空间，和时代、社会、人生牢牢地捆绑在一起，那会，我似乎不是在读一个人心灵的历史，而是在读一个社会、一个时代的历史，让人震撼，让人过瘾。有一个大师曾说过，小说，说到家还是个语言的艺术。其实他的话，在你的小说中得到了最好、最充分的认证。

其实你的小说，优长还有很多：比如说开阔的生活视野；比如说深刻的人生感悟；比如说思想性、现实性、人性的探索；等等。在这里就不一一赘述了。

我记得，你曾在多种场合说过，八小时之内，是个法官，是个院长，是个断案子的；八小时之外，你最主要的生活内容，就是文学，读书，思考，写作，干别的事情觉得没劲。每天如果不写上一段两段，心里就痒痒，觉得睡不踏实。有时从梦中醒来，想到一些和文学有关的事情，都要赶忙爬起来，记到本子上……这种精神，太可贵了，这股痴迷劲儿，太可贵了。

我想，你只要保持住这种对文学这份赤诚、痴迷，保持住这种对文学发自骨髓里的真爱，沿着自己的创作道路，一步一个脚印，扎扎实实走下去，一笔一画地写，一字一句地写，就一定能写出无愧于自己、无愧于明天、无愧于时代的作品。

拉拉杂杂写来，一定有说得不妥、说得不准、说得不到位的地方，好在我们是好朋友，以后还可以多交流切磋。

这会儿，太阳已经升起来了，白亮亮的光线柔柔地照在窗棂上。时光提醒我，到了该吃早餐的时间了，就此打住。

祝好。

王长元

2014 年 12 月 31 日

（原载《吉林日报》2015 年 1 月 22 日）

沉郁而诡异的现实真相
——赵欣小说新作品读

朱 晶

没想到赵欣进步如此快，小说已写得这样好。他从 2013 年初开始小说写作，2014 年 5 月 20 日我参加了他第一部中短篇小说集《丈夫的诺言》（2013 年 11 月，中国戏剧出版社）的研讨会。2014 年 12 月，他的第二部小说选《回家》（吉林人民出版社）出版。其作品已获宗仁发、王长元、董小语的评荐。受他们启发，我读了赵欣四个短篇新作，感到对赵欣应当刮目相看。他的小说，沉郁而诡异，直逼现实真相又回味丰富，确已进入吉林小说新锐的行列。

《无招儿》（《湖南文学》2015 年 8 期），一乡村孩子与乡村医生的命运起伏，透露出底层人生的苦涩。乡村医生吴招，挂绳眼镜、塌檐帽、罗圈腿、口头语"没招儿"，一副邋遢样子。因躲他打针"没招儿"——孩子们向他起哄，用恶作剧报复他。虽然恼怒，但他从不还击。被打过针的"大贵子"小邵长大了，当了县法院副院长。

吴招因一桩诊所官司找到他，由于肖副书记过问，邵秉公办案"没招儿"——闹得吴诊所被关，进了拘留所，老伴得了尿毒症。后肖被双规，邵受牵连被调查，托小舅子给吴一包钱，而吴拒绝收钱，向工作组表示"服判""当年的判决没有问题"，拒绝出证。小说的结尾出人意料：一年后邵升任政法委书记，吴招又找上门，坦诚相见，说："如今你形势大好，我是来要那包钱的，……我的情况，唉，实在没招儿啊！"

小邵虽然有徇私判案之过，终究未失底线；老吴善良正直，却顾及乡情，伸手求助而无愧。

《寂静岭》（原载《都市》2016 年 6 期，《小说选刊》7 期转载），主人公吴世雄，失业后夫妻离异，与女儿璐璐相依为命；喜欢电脑游戏，正在玩"寂静岭"。女儿在一高校任职，有哮喘病。在一个浓重的雾霾天，女儿开车犯病，未带口腔喷剂。在女儿闺蜜天骄的帮助下，找到女儿急送医院。

情节纠葛主要发生在医院。先是挂号排队发生骚动，前头厮打，出了人命，警察来抬走一人，押走一人。不久又起争执，窗口玻璃被敲碎，老吴内心焦灼，眼前人群突然"面目可憎"，都像"寂静岭"里的怪物。

接着是女儿如何疗治的焦虑。老吴找同学张伟不应，叫来前妻，张伟出现而且与前妻表情暧昧。勉强在 11 层走廊安下女儿的病床，陪护的老吴疲倦打盹儿，梦到追寻女儿到一荒凉残破处，女儿的男友竟"垂出一条尾巴"。张伟现身，说这里曾发生一场生化事故，他正研制一种解毒疫苗，要拿璐璐做实验。惊醒后去护士站租床，看到报上登出研制抵抗雾霾疫苗的消息——他开始感到梦与现实模糊起来。茫然间上电梯下到地下一层，隐见停尸房、长明灯；电梯又蹿上 24 层，张伟在盗用尸体调试疫苗；回到 11 层，前妻带女儿下到四楼化验，要用张伟的疫苗。他急忙赶去制止……重又降临的雾霾阴影中，女儿、前妻、张伟、男孩惊诧地驻足回望，奔向他们的老吴脑海却现出梦与"寂静岭"的"混合剧情"：他手里的戒烟烟斗变大变长，喷火打斗，张伟被怪物吃掉，男孩逃跑，他与前妻、女儿团圆。

以一出网络游戏命题，渲染似真似幻的情境，作品充满了生态灾难之中人的焦虑与危机感。

《谁动了我的故事》（《中国作家》2016 年 9 期），聚焦日渐脆弱的两代人关系。"我"是一个作家，正被笔下电视剧的结尾难住：战争中走散的一对男女是否会重逢？弟弟来电话：王姨得了尿毒症。王姨是父亲的女伴。母亲八年前去世，父亲和弟弟生活一年后搬出。春节探亲，兄弟俩在父亲家见到了这个王姨。她对父亲照顾得很细心，父亲也很依赖她，墙上已挂上二人的合影。父亲与儿子商量，要和王姨结婚，让老人没想到的是，两个儿子竟都不同意，"我"甚至说他"老糊涂了"。

就这样，父亲在王姨的照顾下过了八年。因为王姨得了尿毒症，"我"再次回家。无法解决透析陪护问题，兄弟俩决定叫回王姨的儿子，让父亲与王姨分开，给了王姨一笔钱。

小说有两段描写值得注意。一是父亲的苍老。平日父亲挺精神，八年前"我"对父亲再婚的否决，"父亲如同被雷击中，原本齐整整梳向后面的头发不知怎样就散乱了……他的背似乎驼了下来，脸上如同一张被揉搓过的纸……父亲瞬间苍老了！"这次回家，"父亲衰老得和我上次见面判若两人。他的背更驼了，满头凌乱的花白头发，人整整瘦了一圈儿，脸色青灰。"这显然是强烈精神打击的结果。二是父亲着迷于儿子写的电视剧。"我编的电视剧，他都要看的，甚至在他心里，我就是他的偶像"。父亲常和"我"讨论电视剧，他感叹"那个年代的爱情多么真挚啊"，他倾心的演员，"标准就是他和王芳"。这似乎是后面"我"理解老父、态度转变的铺垫。

王姨离开后，父亲在厕所摔倒，得了脑血栓。郝医生提醒我关注父亲的"心理问题"。"我"边护理父亲边处理剧本结尾，男女二人重逢还是寻找，两个版本——"我"选择了之二，可否重逢让观众去想象。然而奇怪的是，几次传给剧组，电脑里显示的都是男女重逢。谁动了"我"的故事？是父亲偷着改写的？他的病体办不到，却又实现了他的意愿。"我"怀疑自己"夜游症"发作，被神经科大夫排除，当医生闻知父亲的情况，建议："你成全你父亲不行吗？"于是，"我"告知父亲，把电视剧结尾定为"重逢"，父亲"两眼突然放出亮光，浑浊的泪水流了出来"。"我"当着父亲的面，打电话给弟弟，"我们把王姨接回来！"

《铁索桥》(《鸭绿江》2016 年 9 期）所描写的父子关系更为离奇而冷酷。这是一个大学毕业生六年两次探家的遭遇。张楚家庭贫困，好不容易上了大学，三年未回家。毕业时带已怀孕的女友归家，父母坚决不同意他们结婚，不欢而别。又三年过去，当了老板的张楚带老婆儿子又回家探望。他先把老婆孩子安顿在县里，自己打出租车下乡，通向小山村的铁索桥已改建成小石桥。

家中荒无人迹，附近村民因拆迁已搬走。睡梦中父母归来，说是上山采药去了，给儿子炖了鸡，听说儿媳生了孙子，老人高兴得大笑。次日张楚用手机告诉妻儿过来。妻儿到，老人不见了。晚上两位老人又回来，与在仓房的张楚说话，正屋里却不见人影，而小儿子突然说看见爷爷奶奶了。

打听老人下落，山下小工眼色怪异；妻子去远处父母家询问，才知去年五月两位老人去了昆明，村里拆迁找不到人。惊异之中，张楚去仓房找到去年五月父亲的一个账本，上面记着卖药的钱数，准备去昆明。乡里两个干部找来，接到昆明公安局通知，两位老人去昆明寻子，无地址钱花光双双病倒，已先后在民政局流浪救助站去世。闻讯张楚五内俱焚，脑中浮现父母颤颤悠悠过铁索桥的情景。

荒凉的山村，幽森的夜语，读着读着我不禁后背发凉，如入《聊斋》幻境，心却阵阵作痛。作品中幻觉与真实的剪辑，压抑着一种刺入骨髓的痛悔。

一千个读者就有一千个哈姆雷特。四个短篇，意旨各异，皆能触动读者的某一根神经，闪射着短篇小说的独有之美，引发人们的思索与感动。对于赵欣的短篇艺术，我有以下几点想法：

其一，基于个人经验和独特想象的介入现实。为什么写小说？时下文学观念五花八门。有人说，"写作是一件私人性的事，小说首先应该是写给自己看的"；有人说，"写作就是一种幻境，它可以使我们超脱于时代，或至少保持一定距离"。赵欣不同于他们，他强调，"对人性和生活中的丑恶的东西进行揭露、剖析、反省；对美好的东西进行挖掘、礼赞、弘扬，我想这应该是文学艺术作品的永恒主旨。温暖和爱是人生必有的内容，要享受和珍惜，这是我要表达的。"赵欣的成功在于，他对现实的观察和表现是独特的，他并不冷漠，即使在揭发欲望年代的道德事故时，也是于平淡中蕴含深情，并未抛弃温暖与爱，那位电视剧作家最终与父亲和王姨达成和解，那个小山村的父母深深的亲子之情，能让你无动于衷吗？

其二，故事讲述者往往是有缺欠的小人物。诸如《无招儿》的邵法官，曾因徇私判案，愧对乡亲，但最终还是反省自责，真心资助了困顿的吴招；《铁索桥》的张楚，心中惦念父母却疏于探望，致使父母死在寻子路上，为此痛悔不已。这是赵欣小说之俗，这些不完美的人物，拉低了小说的精神规格，增添了人物的世俗血肉，反而让作品更质朴、更接地气，或可激发更多读者的关注与共鸣。

其三，大胆营造摄人心魄的特异情境。这是赵欣小说之雅。赵欣善于利用环境、梦境和幻境，营造出一种似真似幻的情境，从而探寻人物的心理奥秘。如雾霾天气、荒凉山村、阴森地厅、"寂静岭"游戏的视觉移位、已逝父母的夜晚重现，等等。这些描写，运用得自然、大胆，切合情节脉络与氛围，而且扣紧人物的精神症候，是想象力的升华与变异。依我看，这并非对西方文学荒诞笔法的简单借鉴，而应在中国古典文学《庄子》《聊斋志异》那里找到更深的渊源。赵欣小说中情境的超实变异，是更深的真实、更高的美。能达到这样的境界，是作家创造力的显现。

赵欣出版第一本书后，曾向自己提出这样的问题："我还会不会继续保持那样的创作激情，更不知道作品的质量会不会进一步提升。"保持这样的创作自审很必要。赵欣正在路上，要攀向高峰还须下大气力读书、学习、磨炼。以《无招儿》为例，尽管这是一篇佳作，但小说语言还大有锤炼的余地；结构方面，开头两段连续写吴招打针似可再推敲，可否做间隔处理；细节上，有"四道杠"的少先队大队长吗，一般未见；而只凭吴招"服判"、不出证，就让邵院长解除调查似也稍嫌简单。当然，这些不足是赵欣作品中的个别现象。

学习，主要是学习文学经典。我曾向赵欣推荐过余华一句话，这里想重述一下："卡夫卡可以一次性的贷款，而托尔斯泰是一家不会倒闭的银行。"愿与赵欣共勉。

2016 年 9 月 21 日

（原载《海燕》2016 年 11 期，中国作家网同日转发）

俯拾芸芸众生的精神标本

——关于赵欣小说集《回家》

董小语

收到赵欣先生的小说集《回家》很久了。一开始我并没有急于读它，或许是因为我觉得读小说需要大块时间，我需要等一等。待真正捧读的一刻，才知这本书有多容易让人沉入，我几乎是一口气读完了全部的小说，内心涌动着一些被故事牵动着的情绪，和一种想说点什么的愿望。

小说选共集结了赵欣先生 15 篇作品，作家对这些作品似乎尽皆采取了小角度切入的姿态，要么主人公本身是小人物，要么是大人物身上的小故事，这些人物在大环境的裹挟和挤压下，身上都有时代的胎记，他们迷茫、无助、纠结、困惑，甚至还清醒地沦陷。他们是滚滚红尘中芸芸众生的精神标本，他们身上，皆有难以规避的环境疾症。

比如《回家》，一只叫奶球的猫在主人的生活中来来去去，小说第一人称的叙事中，基本刻意模糊了男主人的确切身份，或许他只是一个公司的职员，或许是自己做生意的商人。他的身份的真实已不重要，他的精神现实才具有标本意义，他把自己的焦虑与孤独迁怒于一只猫，呈现的却是现代人空虚、孤独焦虑、情感缺少依托的心境。这样想来，某些时刻，我们谁又不是他呢！

《青春祭》讲述一个快递公司的职员，他的女朋友小娟，被一家大酒店的老板孟总包养。而后他认识了一个农村出来的"90后"女孩小娇。小娇的母亲是天主教徒，是一个得病信江湖医生的人，小娇被医生确诊得了一种不能生育的病，但后来好了，小娇认为是上帝和耶稣拯救了她。于是选择上神学院，准备做专职神职人员即修女。其实读这篇小说时，我心里生出丝丝拉拉的痛感，仿佛那个月经痛的小娇就是自己，她与快递员的交往，和他们草芥般艰难匍匐的人生，都像社会病体上一块醒目的膏药。无助的人，投靠了上帝。而在他们的周围，另一些路，看似歧路，却可以在世俗意义上帮助他们度过艰难人生。比如，小娇说要去 KTV 上班，还说她一个同学就在 KTV 上班，一个月一万多块呢。其实这篇小说的故事有一种支离破碎的痛感，每一个人都是无助无奈的，甚至，他们堕入虚幻的足迹都如此顺理成章。

作家似乎正是想通过这样一群普通人的群像，呈现一个时代小人物的喜怒哀乐，且不经意间零星向你透露一个时代的精神困境和人性断面。每个故事都有写实一般的现场感，很市井，很有代表性。仿佛作家本人就立于第一事发现场，仿佛故事未经过转述和曲折拉伸演绎，也未经过艺术加工。作家醉心于呈现，大于醉心编排，人生的真实与现实的真实，尽皆如实呈现。读罢赵欣的小说，会让你恍然觉得，这不是小说，这简直就是你身边的张三、李四和路人甲乙丙丁，甚至就是读者自己。

　　在一些貌似较大人物身上，作者也自觉放弃了宏大叙事，而是注重从小事上入手"望闻问切"于人物的精神层面。《忠诚》主人公是一位在妻子眼里一向忠诚可靠的交通局副局长，作者并不倾墨于他怎样履行副局长之职，而是讲述他做模范丈夫的同时，看到身边一个个朋友都在婚姻之外有一个年轻娇美的女友，暗暗羡慕并因缘巧合地遇到"红杏"。而他心中爱恋的清纯的小菡，一家商场的女员工，却是一家出租车公司老板"王老黑"的情人。王老黑的情场得意，是"有钱能使鬼推磨"的胜利。浮世之下，爱情纯真主义的凋零不可避免。这故事让人纠结的还有：主人公自己不忠诚，却希望小菡对自己忠诚。题目用"忠诚"，实有反讽之意。当女孩子的纯真已不是事实而是沦为小心机，谁还敢说自己拥有的是天长地久的月色？陆副局长的情感状态同样有病理切片的意义。他不是一个坏人，但他身上人性的弱点与大环境"金风玉露一相逢"，便"误入藕花深处"一样润足于情感走私的空间。世风之下，一些美好的东西被风吹得体无完肤，又时时弥漫着情色之香。

　　小说虽然并不深度染指大环境及世态人心的总体叙述，但总是在文字的缝隙间，不经意地泄露世相人心的秘密。比如《举报》，某机关处长被检察院带走时还在心里嘀咕"自己犯了什么法，不就是公款消费，搞了两个女人吗，这在当今社会算个啥，当官的谁不这样呢，太普遍了"。又比如，他写到前年元旦联欢，全处人员在净月潭度假村狂喝豪饮，吴世雄半夜借着酒劲儿敲开了小范的房间，"从此两个人的关系就更铁了"。比如吴世雄被检察院调查时，老司的妻子趁屋内没人把一沓钱塞到吴的枕头底下，附在他耳边说："你拿这钱打点一下检察院的人，别吃亏，知道吗！"这些情节片段已将人与人之间以利往以色交的迷乱呈现得很到位。《出手》中，一位下派到县城等待提拔的干部赵部长，在一个女下属街头被殴事件中采取了拒绝出手的避嫌式的明哲保身做法，使自己失去了提拔的机会。小说将官场之中人与人之间关系的异化与隔阂呈现出来，虽谈不上厚黑，却也看出表面谦逊有礼背后无信互猜的局面。而在《局长顽疾》中，吴局长苗局长经常去的五月花酒吧，酒吧里的女孩清一色都是艺校大学生，又漂亮又有修养，等等，这些语言缝隙中泄密的真实景象，虽呈碎片化，但集约于一部作品集中，便砌成了一个时代立体的精神现场。

《局长顽疾》是我很喜欢的小说。故事以县里某大局吴局长嘴角生长颜面疱疹及治疗过程为线索展开。小小的皮炎，吴局长从县城治疗到市里，再到省里，一路享受的治疗待遇，本身就是我们所处的这个大环境的破绽。更不用说这一过程还穿插着吴局与苗局两位官员在官场与欢场的活动，更是多角度地呈现了官员的一些陋习。一个局长如此顾忌自己的颜面，长了疱疹，一路急吼吼地追踪治疗，而在八小时之外，又如此不顾颜面，混迹于风花雪月之地，甚至还有包下酒吧小姐的想法。一个官员的扭曲人格在字里行间毕现。这篇小说还轻描淡写地从侧面展示了某个时段的官场生态。比如，吴局长在班子会上迟到，他这样解释来晚的理由："半路上遇到一个老领导，不得不接待一下，老领导个个敏感得很，稍有差错，就会闹意见，会对我们全局有负面影响啊。"比如，他提拔苗局长的内弟，是县委原老领导的侄子。最有意思是纪检组长的尴尬，对任命的干部进行纪律审查本是纪检组长的职责，但纪检组长竟需要为此脸红和窘迫，这其实是官场众多之窘的一种。由此也对官场生态洞开一角。这个故事中，我好喜欢故事里那盒"蛤蜊油"，它出于吴局长母亲之手，轻松治好了他的顽疾且别具寓意，加上母亲为他治疗时关于"做个好官"的叮咛，仿佛是母亲也是广大如母亲一样的百姓给吴局长开出的一剂药方，它不但医好了吴局长外在的顽疾，似乎也除去了他思想上一些什么。作者在这一道具的设置上非常聪明高妙。

当然，如果你仅凭赵欣在小说中毫不掩饰一个时代的精神暗疾，就认定他的作品是灰色调的，那就大错特错了。事实上，赵欣在小说中从不放过人性的光亮，也未曾放弃过对人间正道的指认和对爱与暖的期许。正如赵欣在本书后记中所说："当下社会正经历着深刻的变革，人们的内心不乏焦虑，迷茫，沮丧，愤懑，极易滋生极端情绪；灵魂的外壳非常脆弱，禁不住打击和诱惑。但灿烂的太阳每天都会升起，一切还将继续。"

（原载《吉林日报》2016 年 7 月 21 日）

"吴世雄"的秘密

——从赵欣作品中的人物形象谈起

李　振

　　从"吴世雄"这个名字看，他就不像什么风云人物，因为里面那种张牙舞爪的劲儿往往会让一些美好的愿望落空——乱世中成不了枭雄，太平盛世混混街面，但更多的可能是个二十年都没打过架的小公务员，或者一个不起眼的文学爱好者，即便有些小心思，总的来说还是个老实人。我不是算命先生，也无意给人测字消灾，我只是好奇赵欣为什么对"吴世雄"这个名字如此情有独钟。"吴世雄"几乎成了赵欣的一个招牌，他在不同的小说里行走，扮演起这样或那样又似曾相识的角色。

　　《哥哥和我》中，吴世雄是个警察。"对于一个奔三的男人来说，不是不着急成家，只是一直不顺利"——警察的身份成了他成家或者说满足母亲心愿的巨大障碍。在这背后又有一个颇为凄楚的故事，小说虽然着墨不多，但一对以警察为志向的恋人难以组成家庭却在某种程度上构成了理想与现实的冲突。更重要的是，这个小小的铺垫申明了"志向"的存在，吴世雄不仅不是混子，而且让他与一般意义上的敬业拉开了距离。因为

"志向"是盗火,是受难,就像你不能因为"志向"去要求加薪,它是内在而又虚无的。突如其来的案件又一次打乱了吴世雄相亲的计划,虽然犯罪嫌疑人很快被锁定,但吴世雄却被纪检委带走。毫无疑问,灰心、委屈、暗自骂娘也是意料之中的。好歹又回到工作岗位,母亲的意外发现又让吴世雄不知所措:自己可能还有一个同父异母的哥哥,他是父亲年轻时的私生子。于是,哥哥便开始进入吴世雄的生活。这个光头、文身、开着悍马的哥哥似乎很有一些道行,他以警察不可实施的江湖手段轻而易举地拿到了嫌疑人的犯罪证据然后扬长而去。此后波折不再详述,但当吴世雄仔细查看取证当晚的监控录像时,哪有什么哥哥,哪有什么吴世英,分明只有他吴世雄一个人。于是科学登场,哥哥吴世英成了工作重压下的幻象和心理疾患的证据。这仿佛就要走向一个很现实很科学的结局,不但证明了父亲一生清白,还让母亲有所安慰。可是,就在吴世雄下班回家的路上,车流中的一辆悍马分外扎眼,"车窗大开,那个人戴着墨镜,胳膊上文着黑龙,黑龙的头部在肩膀处,喷出的信子蹿到了脖颈……他似乎在配合我的想法,摘下眼镜,转过头,对我笑了一下"。我坚定地相信这不是幻觉,不是因为我相信吴世雄,而是因为我相信小说。如果没有这个"不科学"的结尾,《哥哥和我》将变成一个令人郁结于胸的故事,那些志向终将在生活之难里变成一份份无情的病例,理想的代价、心灵的纠结也将在某种科学或监控的宣判下变成通往世俗难题的一路烟尘。然而,那个与吴世雄警察身份不甚和谐的哥哥,却让人们看到了世俗之外某种宿命式的相遇。你当然可以把它理解成一个隐喻，即人们可能会在一些特定的条件下于心灵深处发现另一个自我，但是，这很无趣，或者太像心理教科书式的陈述。小说不是要证明什么世人皆知的道理，而是要在不容置疑的道理之外为情感与灵魂提供某个栖居之所，它提示着人对世界永恒的无知和不断显露的自负，而对于注定要孤零零游荡于世的人来说，在心中确认那个刚刚擦肩而过的人就是自己的哥哥，无疑成了冥冥之中的恩赐与力量。

对于一个从婚姻中逃离又陷入寂寞的男人来说，介绍、搭讪在这个年头不但显得落伍而且少了那么一丝押宝式的刺激。《幸福来得如此突然》中吴世雄被朋友李越传授经验，用微信搜索附近的人。这几乎是代表着这个时代并为吴世雄们量身定做的方式，近在咫尺的现实距离伴随着双方都躲在暗处用"头像"遮着脸的遥不可及，神秘、刺激、消磨时间的同时便有可能收获艳遇。但这近乎完美的事情却常常被人钻了空子，吴世雄一上来就碰到了骗"诚意"取"红包"的"美女"。也算吃一堑长一智吧，他小心翼翼地审核考量，终于收获了鲁琪，并认定"好人还是有的"。微信中的鲁琪矜持、羞涩又有着不易觉察的体贴，让吴世雄再也按捺不住与之相见的渴望。小说在漫不经心的语调里呈现了两情相悦中最迷惑又最诱人的一个过程——情真意切，毫无漏洞，至少吴世雄是这样以为的。变化从鲁琪电话里的声音开始："这声音有一种一时无法分辨的粗糙，裹挟着浓重的烧土豆的味道，让他想起老家的三嫂。"接着是形象，"略带高原红"，和照片差距不小。这时吴世雄所想到的还只是美图软件坑死人，却也沾沾自喜地从这并不理想的相貌里体验到了轻松与自信。但是，一家意外的小店、压抑的环境、赤膊文身的服务员、惊人的价格和不断要酒的鲁琪让一个精心设计的骗局浮出水面。吴世雄侥幸逃脱，其中诡异又令人欣慰的便是前妻接连不断的电话。儿子对他说："我的病没事儿，打针我也不怕。可是妈妈说，她有不好的感觉，必须马上见到爸爸。"于是，在吴世雄的痛哭中，"幸福来得如此突然"。儿子的电话让小说从其时代感中摆脱了新闻性，网恋、美图、微信诈骗、酒托等随时以新闻的形式充斥着我们的视听空间，但如何让这些可写可说又具有时代特征的片段成为故事就成了作家们必须面对的一个问题。《幸福来得如此突然》从两个角度挑战着我们的思维惯常：在人们"不应该被同一块石头绊倒两次"的情感期待里让吴世雄再次中招，那个浮于表面的智商问题便成了某种原罪式的人性或欲望的问题；而那个被吴世雄视为囚笼看守的前妻在关键时刻的现身似乎又提示着"爱情"之外的某种关系。尤其是那个无凭无据的"第六感"的存在，让吴世雄的"幸福"与其所强调的"爱情"全无关联，这就如同《哥哥和我》里那个来无影去无踪的吴世英，近乎虚妄的声像带来的却是现世的安宁。

其实在赵欣的"吴世雄"系列里，无论《哥哥和我》《幸福来得如此突然》还是《约谈》《透析》，甚至是那些"吴世雄"并未明确现身的《诡夏》《谁动了我的故事》等，写官场、写家庭、写爱情，人性的复杂与分裂以及心灵对"安全"与"确定"的渴求都得到了巧妙又细致的挖掘。但是，那些可以被确定和讲述的东西却常常在概念与现实的双重挟持下让小说呼吸急促，显得过于紧实致密，难以生于必要的孔洞与留白。而《哥哥和我》

与《幸福来得如此突然》的动人之处却恰恰在于小说里那份微妙的"不可说",正是这些"不可说"构成了"吴世雄"真正的秘密。在那富有神秘和传奇性的节点上,人性与灵魂、时间与空间、人的认知与无知及至人与人之外的世界才悄然孕生出某种诱人的张力,它构成了现实与想象喃喃低语,让小说从现实的逼仄与窘迫中柔软地飘浮起来,生出几分令人生畏又愿与之亲近的妖媚之气。

（原载 2017 年 12 月 1 日《吉林日报》）

小说的传奇术

赵 强

如何写小说?

在这个知识获取空前便捷的时代，提出此类问题，似乎不值一哂——只要打开手机，我们即可立刻搜索到一个与大学文学系的文学理论教科书毫无出入的答案，四平八稳，无须赘言。但你一定有过小说阅读经验与教科书中的小说定义不太合辙的体验，那一刻，除了想起歌德的名言"理论是灰色的，生命之树常青"之外，你也一定会意识到我们这个知识获取空前便捷时代的另一副面孔，那就是小说理论和知识传播的均质化、僵固化，以及它们在当代文坛顾盼自雄、旁若无人的霸权。

无限趋同的小说观正在挤压当代小说生命力自由发散的空间。时势使然，在这样的格局中，小说家的使命就不得不与一些带有悲情色彩、令人亢奋和焦灼的字眼儿联系在一起，诸如挑战、叛逆、反抗……

赵欣，就用他近年来的小说组建了一支扎根边地，不断向当代小说常识的城池发动袭扰的游击军。然而，熟悉他的小说的人自会有一个印象，赵欣的挑战、叛逆和反抗来得很温和，与许多"为人性僻耽佳句"的小说家不同，他在人物和故事的选择上没有钻进冷落怪僻的幽深小径，叙事上也极少逐险斗巧、逞才使性。他作品中的小说要素，有一种典型的"非典型"特征。

即就小说人物而言，赵欣似乎偏爱一类中年男性，他们多年混迹官场，仕途困顿，夫妻不睦，亲情寡淡，在呆板与虚无的生活中，常试图借与婚外女性保持不正当性关系来填补空虚……在赵欣笔下，这群时下常常被戏称为"中年油腻猥琐男"的人，有一个共同的名字"吴世雄"。有时，吴世雄陷溺于关于一场刺激的艳遇的想象中不能自拔，费尽心机去讨好和追逐微信上结识的陌生年轻女子，或声东击西，或欲擒故纵，就在一切看起来尽在掌控之中，猎物即将到手之际，猛然发现竟然遇上了骗子，而故作聪明的自己，才是被对方玩弄于股掌之上的"猎物"（《幸福来得太突然》）。有时，吴世雄度日如年，因为专案组进驻他所在的单位，而自己背后却藏匿着不可告人的龌龊行径。他终日惴惴不安，心神恍惚，平日里最仰仗的上级、最信赖的下属，此时皆面目可疑，就连出远门遇到的出租车司机、机场安检员乃至素不相识的旅客，似乎都成了追捕、伏击他的执法人员（《约谈》）。另外一些时候，官场失意的吴世雄则不得不在失去权力、地位乃至尊严后，面对寻常日子、百姓生活，此前他无须留意的人与事，此时却"见山不是山，见水不是水"，需要重新掂量，即便那些原本不屑一顾的小事儿，也让他心存忌惮、畏首畏尾（《透析》《诡夏》）……总之，生活在焦灼与不安中的吴世雄，虽然总是"在网上狗一样地寻找乐趣"，但纵使

猎艳成功(《真的安全吗》),又或者醉心于网络游戏(《寂静岭》),
终究难得清醒、安宁。

吴世雄是没有未来的。吴世雄的生活只剩下了枯燥、寂寞、
不安、惶恐、荒诞,或者我们干脆说,吴世雄是被生活愚弄的小丑,
是喜剧里的丑角或闹剧里的主角。这样的写作,未免让读者想
起 20 世纪 80 年代引发热烈讨论的新写实小说。在那些读来令
人气闷的小说里,日常生活、凡俗人生全然被琐屑、破碎而又
令人厌弃的孤立事件所充斥,生活如同"一地鸡毛",人生是"看
不见的地平线"……然而,如果你的阅读足够细致,你不愿意
服从于那种直接、简单、流于表面、看似有效的归类思维,你
会发现,尽管吴世雄被赵欣不怀好意地抛入庸常的生活之流,
但他们的生活态度、行动与选择,似乎并不能作为小说家本身
生活观念和意图的显现。恰恰相反,在小说家的心中,俨然还
有另一幅别具价值尺度的应然的生活图景,他让一个个吴世雄
现身说法,并非要消解生活的价值和意义,而是意图驱散那些
被误入歧途的人强加在生活之上的虚妄的价值和意义。

所以,《谁动了我的故事》设置了两种生活形态的对决。
"我",我姑且称之为赵欣笔下的另一个吴世雄,是一个作家。
他正在构思一个剧本的结局:"故事讲述了一对男女彼此深爱
着,后来在战争中走散,许多年来两个人都在苦苦寻找对方。
结局有两种选择,一个版本是二人冲破重重阻力终于相聚,另
一个是就此止笔。"显然,赵欣明白,"第一个选择会让读者感
到圆满,第二个则会留下更多空间,这似乎是作家的高明之处"。
这个作家遭遇的危机,也恰恰就源自他对自身"高明之处"的迷

思与执着。因为鳏居多年的老父亲枯木逢春，坠入爱河，他对爱情的坚定、执着与隐忍，令作家兄弟二人咋舌。在文学创作中力求超凡脱俗、不拘成见的作家，在现实生活中却陡然一变，成为老父亲爱情道路上最大的、不可逾越的世俗障碍。他一边和父亲斗智斗勇，一边续写自己的剧本。有意思的是，在作家的记忆中，自己创作的故事的结局是朝着"高明"的方向高歌猛进的，但当他每一次与定稿相遇，都发现它其实是堕入了俗套。究竟是谁动了他的故事，修改了他的剧本？答案并不重要，赵欣想说的或许是，我们在日常生活中往往难以忍受现实的庸常、俗套，所以常常想尽一切办法来挣脱、逃离这平庸、无趣的人生，而文艺恰恰提供了一条捷径，它超越、高远、天马行空，提供各种新奇的生活可能性。吊诡的是，假如现实生活的轨迹，真的越出了世俗和庸常的轨道，真的冲击了俗套的人生，就像作家的老父亲的晚年爱情一样，那原本对"高明"念兹在兹、无限向往的人，却又会畏首畏尾，止步不前，甚至成为世俗和庸常的卫道士。

那么，想象中的离奇和现实生活中的越轨究竟哪一个才富有真切的价值和意义？

答案自不待言，也无须论证。我更感兴趣的是赵欣把两种生活形态——想象中的离奇和现实生活中的越轨糅合在一起的叙事方式。赵欣的许多小说，往往有一条怪诞离奇洋溢着悬疑色彩的线索，牵动着故事的走向，在《谁动了我的故事》里，它是那莫名其妙反复被修改的剧本的结局；在《云遮月》里，它是逝去多年的小玉的魅影；在《哥哥和我》中，它是与吴世雄如影随形不守规矩的哥哥吴世英；在《诡夏》里，它是那个帮助落魄局长重拾信心和信念，后来却被发现是子虚乌有的拆迁户；在《约谈》里，它是吴世雄多次在机场遭遇的谈论案情的几个办案人员；在《寂静岭》中，它是让吴世雄精神恍惚分不清梦境与现实的互联网游戏……这一条条诡谲幻怪的线索之"奇"，同小说中人物生活之流的平淡、庸常，水乳交融，使小说的叙事整体上恍惚幽奇、亦真亦幻，既具有触手可及的现实感，又流溢着丰盈的美学意蕴，从而使赵欣的"非典型"的小说充满了"传奇"的张力。

赵欣的小说叙事之恍惚幽奇、亦真亦幻、莫可名状的现实感，大概就源自这种"传奇术"。或许他的志向并不在于谱写当代中国的"三言二拍"，他笔下的人物、故事和环境都是标准的"现代的"甚至是绝对"当下的"，但正是这种"传奇"的智慧，令他的小说在同质化、标准化日趋显著的严峻现实中，在诸多向这一严峻现实发起正面强攻或侧翼伏击的小说家之中，展露出别样的面孔。

（原载 2017 年 12 月 1 日《吉林日报》）

《人参娃娃》：有野心的写作

——赵欣小说《人参娃娃》读后

赵 强

赵欣是一个有野心的小说家。他的野心，随着其近年来"吴世雄系列"短篇创作的不断拓展而渐渐展现，那就是从不同的侧翼抵达现实，并尝试为漫无涯际、遍布断裂和倒错的现实，进行总体性的命名——这是一副阴郁、幽暗、神秘、荒诞，充满悬疑和悖谬的"黑色浪漫主义"世界面孔。

《人参娃娃》（《作家》2018 年 11 期，2019 年 1 期《小说选刊》转发）就是这"黑色浪漫主义"世界面孔上，颇具辨识度的表情之一种。小说以探案的模式展开叙述，开篇就虚虚实实，将人物置身于巨大的"昏暗而沉寂"的世界中。这是一种意识上的"废墟"，它召唤着读者丢弃我们习以为常的平淡、乏味、含混的整体世界认知，跟随焦灼的吴世雄一行人，深入长白山林莽的腹地，去破解一桩幼女失踪悬案。乡村留守人口的困境、农业逐利经济的破产、生态危机、权力运行中的风险、地缘政治的紧张……一系列尖锐而深刻的社会问题，以直观可感的形象和细节，向吴世雄敞开。显然，赵欣在这篇小说里尝试着突破自我，塑造一个视界更加宽广的吴世雄——在他以往的创作中，吴世雄总是零余和孤独的，沉浸在自我的认知和世界想象中，因而小说叙事也偏重于从人物心理和视角出发，聚焦于一个封闭的故事呈现——这就形成了短篇小说在叙事上的难度和挑战：庞大芜杂的现实，以碎片的、偶然的、令人猝不及防的方式袭来，如果小说家没有足够的定力和技艺，就会轻易地把一个故事变成令人生厌的说教。在这种情况下，认识的高度和思想的难度或可企及，但小说之所以成为小说的基本面——故事、情节及其丰沛的经验和现实感，也就无从谈起了。

令人振奋的是，《人参娃娃》在切近现实和艺术表现上，把握到了稳妥的尺度。赵欣用"人参娃娃"这一传奇，把故事中的主要人物串联在一起。它是一个尽人皆知的民间传说，但在不同的人物心中，有不同的版本和情节，而后者则隐喻了不同的生活期待和人生愿景。比如对吴世雄来说，它就是一个童年时期偎依在母亲怀中聆听"怀着美好的憧憬酣然入梦"的睡前故事；对高考失利而精神失常的老张来说，它意味着鲤鱼跳龙门的人生梦想；对村支书老房来说，它是"文化搭台，经济唱戏"的工具；对老罗的养女小樱来说，它是遍布荆棘的成长之路上安全的陪伴；对幼女失踪案的制造者、老罗的儿子小丁而言，它是难填的欲壑最深处无法企及之物……这些形象各异的"人参娃娃"，寄予着不同人物的自我认知和世界想象，也构成了解释不同人物的现实行动的密钥。这样，杂草丛生一般的经验碎片，就被传奇化的形式牵合在一起；不同人物的心理、声音和行动，向着"人参娃娃"这一虚实恍惚的中心辐辏，它们的运动轨迹，牵动着时代敏感而脆弱的神经。

赵欣以此种方式，为短篇小说找到了戏剧性和现实感的平衡，展现出了叙事的力量。小说中的吴世雄，一再尝试用理性消解"人参娃娃"的魅影，但终究笼罩在超验、神秘的幽暗现实体验中。这让我们想起了崇尚非理性力量的爱伦·坡。在他的小说中，情感、想象和直觉掌控了叙事的节奏和故事的走向，现实的一切理性和逻辑基础，都让位于超验和神秘。在这种意义上说，赵欣的创作同爱伦·坡的小说形成了一种有意味的呼应，但他的"吴世雄系列"，尤其是这篇《人参娃娃》，显然又展现了某种逃离同类小说传统的情势：几乎所有的吴世雄，都在超验和神秘的生活经验中获得了教益，他们在精神姿态上走向谦卑，在潜意识中收获了敬畏。这是小说在故事之上，向读者传达的价值。

（原载《吉林日报》2019 年 2 月 14 日）

惊心动魄的日常生活

简 平

近年来，小说家赵欣厚积薄发，作品连连，而且大多发表后即被各类选刊选载，说明他的创作质量也是得到肯定的。

我最近集中读了他这两年里发表的小说，赵欣的小说所描写的都是日常生活，而如今太多同类小说所呈现的日常生活都是一个套路，琐碎得婆婆妈妈，基本都是老生常谈，全然没有新鲜感和惊人处，因此总有人讥讽现在的此类小说平淡无味，而现实生活则远比小说来得精彩。可我认为这是一种误解，那是因为没有读到真正的小说，真正的小说是门艺术，艺术中的日常生活是完全不一般的。

赵欣的小说是不一般的，他通过精湛的艺术手段，让司空见惯的日常生活在小说里变得惊心动魄。

《鸟笼》（《北方文学》2016 年 3 期）写了一对 70 多岁的老父母时时处处为儿子着想，甚至为了避免与儿媳发生冲突，让儿子难堪，花光一辈子的积蓄，买了一套房子给小夫妇，自己则仍然住在位于七层的老屋里，爬上爬下。儿子与儿媳很少去探望老人，老夫妇的生活自然是清冷的。这样的故事我们当然听得太多了。但赵欣在小说中别开生面地楔入了这么一个主情节：老人儿子买给孙子玩的一对鸟儿，在孙子考上大学后，儿媳妇嫌闹，让丈夫送到了老人处。老夫妇像对待儿子一样呵护着这对鸟儿，冷清的家里变得温馨而热闹。后来，鸟笼破了，无法修补，老夫妇特意买了一个新的，没想到，这新鸟笼的门没有扎牢，鸟儿竟然飞走了。后来有一天，当老人的儿子和孙子终于来看望他们时，敲了好半天门也没有回应，这时邻居猛然想起来有一个月没看见他们了。于是，"几个人又咚咚咚地敲了好一会儿。突然，孙子侧耳，说，爸爸，有声音！……是叽叽喳喳的鸟叫声，清脆悦耳。"小说到此戛然而止。我读到这里，心惊肉跳，我想，要是没有精当的小说艺术，这种日常生活自然也就被淹没了。可是，这对老夫妇的日常生活却在很长的时间里浮现于我的眼前，并且不忍合上眼睛。

《谁动了我的故事》(《中国作家》2016 年 9 期)，写一位剧作家纠结于自己一个剧本的结尾。剧本讲述一对男女彼此深爱着，后来在战争中走散，许多年来两个人都在苦苦寻找对方。剧作家设计了两个不同的版本：一个是两人冲破重重阻力终于相聚，另一个是就此止笔。剧作家自己认为，第一个选择会让读者感到圆满，第二个则会留下更多空间，而这总是显现出剧作家的高明之处。在他游移不定期间，家里的日常生活让他烦心不已，他那丧偶的父亲居然认识了一个同样丧偶的妇人，两人很快同居。如果为了互相照料也就罢了，可父亲偏要正式结婚，考虑到将来会生出无数麻烦，剧作家兄弟俩表示不同意，这令老父顿然苍老。事情也就拖了下来。不料，后来妇人病重，且自己提出搬回了家去。再后来，父亲也中风了，不能走路，不能说话。有一天，剧作家在给父亲喂食时发现他有话要说，猜了半天，想到他是不是在提醒要给妇人补偿呢？于是，剧作家提了钱找到妇人家，回来后还向父亲做了汇报，父亲的眼神亮了起来，这是他得病以来状态最好的一天，但剧作家感觉到他似乎还有什么愿望没有实现，因为每当他离开时，父亲就会满是期待地看着他，一只手艰难地移到他的方向。这天，剧作家对剧本做了决断，决定选择第二个版本，这一对男女能否重逢，让观众去发挥想象力吧。完成后，没来得及关电脑，他就感到疲乏了，到第二天早上才把剧本发了出去。不料，影视公司后来的反馈是，他们对两人最终相聚很是满意，这让剧作家大吃一惊，说是发错了，不是这样的结局，随后重发，影视公司说收到的与前稿一模一样。这样的事情让剧作家大为惊诧，自然也让我这样的读者惊诧莫名，究竟是谁动了剧作家的故事呢？但有意思的是，我把小说读到这里后，却已经对那些疑惑不感兴趣了，倒是发现剧作家父亲表达不出来的究竟是什么了。小说艺术的力量就这样轰击着我的心。

事实上，日常生活就是单调重复的，五味杂陈人人也都尝过，稍有出格才会吸人眼球，这就给描写日常生活的小说带来了极大的挑战，若仅凭没有根基的杜撰的穿越、戏说，那是无法征服读者的。赵欣的小说在题材上如同日常生活一样甚至有重复之感，比如《透析》（《飞天》2017 年 6 期），还是写家人的生老病死，写经济拮据的无奈和酸楚，但小说艺术却赋予了他神来之笔，貌似重复的故事中因为夹进了一个曾在婚内出轨的男人的种种愧疚、反思、弥补，就显得很是独特了，尤其是男人的一切努力还是导致了乱序状态，这使熟视无睹的日常生活又显得波涛汹涌。又比如《哥哥和我》(《当代小说》2017 年 6 期)，写的是日常生活中一个小警察被母亲催婚的故事，但这部小说的杰出之处在于非常艺术化地拓展了人物在时空中的关系，从而使日常生活获得了宽阔的外延和精深的内涵。这篇小说在创作上表现出作家难能可贵的艺术创新精神，不仅吸取了中国古典小说的传统手法，还借鉴了国外实验小说的一些经验，使得日常生活题材的小说显示出夺目的强悍，那些惊心动魄让读者很难回过神来，很难无动于衷。

（原载《文学报》2018 年 2 月 2 日）

赵欣：《寂静岭》上不寂静

王 波

青年作家赵欣这几年在文坛上崭露头角，小说接二连三被《小说选刊》《中华文学选刊》选载，作品引起文坛关注。

赵欣，1969 年生，2013 年开始创作，中国作家协会会员，吉林省签约作家，吉林省作家协会会员。迄今发表一百余万字作品，散见于《中国作家》《作家》《湖南文学》等期刊。作品获《小说选刊》全国微小说精品奖三等奖，2014—2015 年《小说选刊》双年奖等奖项。

其短篇小说《寂静岭》原载于《都市》2016 年 6 期，《小说选刊》7 期转载。故事中，主人公吴世雄是一位落魄男人，下岗失业后被妻子抛弃，与女儿璐璐相依为命，喜欢玩电脑游戏"寂静岭"。女儿患有哮喘病，一个雾霾天，开车的女儿哮喘病发，惊慌失措的老吴找到女儿急送医院。挂号排队时，发生骚动、斗殴，老吴内心不由得越来越焦虑，他甚至看眼前人群突然"面目可憎"，都像"寂静岭"里的怪物。

老吴找关系解决女儿就医问题，同学张伟不应，没想到叫来前妻后，张伟却出现了。看着前妻和张伟表情暧昧，老吴更增烦恼。勉强在走廊安排下女儿的病床，老吴深夜陪护。在睡梦中，他寻女到一荒凉之地，张伟现身，说这里曾发生生化事故，他正研制解毒疫苗，要拿璐璐做实验。惊醒后，老吴看到报上登出研制抵抗雾霾疫苗的消息，他开始感到梦境与现实模糊起来。茫然间，他误入停尸房，朦胧中看到张伟在盗用尸体，调试疫苗。回到病房，前妻带女儿去做化验，使用张伟研制的疫苗，他急忙制止。重新降临的雾霾笼罩一切，老吴脑海中的幻象与梦中"寂静岭"的场景惊人相似，他手里的戒烟烟斗不由得变大变长，张伟被怪物吃掉，他与前妻、女儿团圆……

读后，感觉作家赵欣善于把握现实生活，而且感情特别细腻，在人人厌恶雾霾的心理下，写出了面对雾霾的社会小说《寂静岭》，作者对当下社会、现实生活有着自己的感悟和思考，主要人物吴世雄没有一技之长又年老体衰，只得靠女儿养活，每天苦闷得靠打游戏消遣。女儿承担着家庭重担，却不幸得了哮喘病，因此惧怕阴霾。妻子远离下岗丈夫，躲避吴世雄像躲避阴霾。和妻子关系暧昧的同学张伟是一名医生，可为了追求利益他却没有道德地拿病人做试验品。在阴霾的笼罩下，这些人被压抑得都彻底病了。吴世雄病得最重，被压抑得神经都不正常了。女儿病了、前妻冷漠对他，同学张伟市侩、逐利……使他们生病的阴霾到底是什么？这不能不引起人们深思。

从作品中看出赵欣是位严肃的作家，看问题十分尖锐，充满了社会责任感，浑身也是满满的正能量，这和他多年从事法官工作有关。我最欣赏的是小说中吴世雄误入太平间的那段细腻的描写，文学上叫"写作失控"。著名作家沈从文说："贴着人物写。"我看是人物牵着作者向前走。从这里也看到作者的写作才华，赵欣的叙述语言很诡异，用人物的情绪渲染气氛，紧紧牵着读者一步一步走下去，直到结尾才让人恍然大悟。

威廉·福克纳说："最初涌现的激情、心灵与身体的贴近，这绝对不能算是爱情。那仅仅是要抵达真正的爱、宁静与满足这平静的大海之前的那圈浪潮。浪花也许很有趣，但你是无法平安地穿越浪花进入港湾的。"

这几年赵欣在小说创作的路上走得很扎实。文学的路漫长，但是东北大地广阔无垠，只要根植黑土地，依靠长白山、松江水，情系民俗、民风，文学天地会越来越宽广。

（原载《新华书目报》2017 年 11 月 30 日）

人性意蕴的解读
——关于《我的朋友叫橙子》

刘利凤

　　作家赵欣是近几年吉林省小说创作领域里出现的一匹黑马，其作品大多反映普通人甚至是小人物的工作、生活和爱情等。其短篇小说字数不多，内涵体量却很大，在有限的篇幅里，作家巧妙地展现出时代的特征、社会的热点、生存的艰辛与人生的困顿……最难能可贵的是在一人一事的琐碎叙事中能准确刻画人物内心细微的变化、矛盾心理、困惑无奈、欢然欣喜，由浅入深，一点点地突出人性的复杂，从而塑造出一个个真实、立体的人。《我的朋友叫橙子》就是最具代表性的一部作品。

　　《我的朋友叫橙子》，讲述了一个人和一条狗的故事。主人公是很难用"好""坏"来评定的男性形象：他失掉工作，中年鳏居，以写故事为生，在空虚寂寞中过着死水微澜的生活。偶然遇见一只松狮犬，对他一见如故，男主人公给狗起名"橙子"，两者很快成为挚友，但是在橙子的主人破产以后想把狗送给他养的时候，他却最后放弃领养橙子。从题目看，似是写了一条叫橙子的狗，但实际上主人公与橙子相遇、相识、相处的过程是人和狗本性的一场相互映照，在真实的生活镜像中凸显了复杂多变的人物内心，折射出丰富微妙的人性内涵。

在小说的开篇，作者并未让橙子直接出场，而是通过一些琐事展现男主人公的生活状态和性格特征：他是一个守旧的同时又是一个生活在自我封闭环境中的人，他常忽视外界变化，女儿曾责怪他春天来了都不知道开窗子通风换气。生活中除了女儿偶尔回来看看他，他跟亲戚朋友都没有来往。虽然他也渴望有个伴侣，认为"两个人吃饭总比一个人有意思"，但他与几个女友相处都是有"贼心"无"贼胆"：女友黄女士一说将来要他给孩子帮忙结婚、找工作，他立马警觉，并无下文；鲁女士主动进入他的生活，他又对原有生活秩序被打乱而感到不适甚至是厌烦，交往几次也断然结束了。他还是一个特别怕麻烦的人：游泳嫌清洗泳具麻烦，找对象谈恋爱怕两个人生活麻烦。凡事一旦遇到一点阻力或者麻烦他就会选择逃避、放弃，比如锻炼身体，因为一起游泳的老杨躲避他，他的动力就耗尽了。

在小说的前半部分，作者不动声色地把这些细节一一展开，表象上看是一个个琐碎、孤立的生活片段，但实质上交代了主人公人性的尴尬与人格的缺憾：他是一个孤独的、自私的、渴望朋友却害怕担当的人。这些都让他后面跟一只狗成了朋友变成顺理成章的事，因为与人交往有这样那样的不确定性，有风险、失望、厌烦，不可判测（游友老杨不知为什么就突然躲避他了；保安对他自来熟，跟着瞎掺和他的事；被年轻的李女士欺骗，恋爱以报警收场，招人笑话；鲁女士表面上高雅端庄，实际上俗不可耐……）以及需要迎合和承受不快、无辜、难言的愤怒，等等，这一切让这个有些懦弱、孤独、清高的中年男子不得不一步步退回自己的空间世界，最后留下的一个出口只能是一只跟他天然有缘的狗。

从主人公第一次遇到橙子，橙子就对他一见如故，表现出对主人公的热情、真诚、欢喜，"它竟然欢快地摇起了尾巴"，当主人吆喝了一声，"它就垂下尾巴，跟着主人走了，走了一段路，又回头看了一眼"。以至每次见到橙子，它前爪搭在矮墙上往外探身，尾巴车轮一般摇动着，望着主人公，嘴里发出嘤嘤的声音，有时候还特别亲近地舔着主人公的脖子和脸，即便是有一次因为女友鲁女士嫌狗脏不让男主人公接近橙子，它也不计前嫌，再相见时依然和他亲热如故，"橙子频频把一只爪子搭在我手掌里，似在安慰我说，无所谓的"。

突然进入到他生活的这只狗暂时成了他生活的一部分。然而，这段友谊中相对于橙子的单纯与执着，男主人公在与狗交往的过程中，态度却是复杂多变的，这种人狗友谊带来的快乐也是非常短暂的。第一次见到橙子对他十分热情，他感到惊讶却不敢靠近；第二次见面，发现狗认识他，惊喜万分，想触摸它，又急忙缩回。和橙子始终如一的坦诚与敞开相比，他的内心却一直充满了戒备和猜疑，怕狗认错人，怕狗对谁都热情，最主要的是怕狗咬他；第三次见到橙子才开始小心翼翼地碰了碰橙子，后来看见橙子对保安不友好，他又吓得三四天都没敢摸橙子；而当女友表示不喜欢狗时，他竟然从橙子身边走过而没有看望橙子。虽然每天与橙子见面是件快乐的事儿，但这种交往的幸福感是来自他不需要负任何责任的前提下的，所以，后来想要领养橙子的他，在网上查到养狗会有很多麻烦时，本性所致他又毫不犹豫地选择了逃避。他性格核心和人性本质的自私，使他很快就选择了放弃领养橙子，而当他狠心按下手机关机键，不再接听橙子主人的电话的瞬间，无疑又把自己关进封闭的状态。

在人狗相处的过程中，我们不难看出狗一直表现出狗的单纯本性——对朋友热情、忠诚、温和、友好、执着。但是人在很多时候就不稳定了，男主人公的自私、懦弱、冷漠、不想对他人负责任、不想给自己添麻烦的本性和心理，在狗面前展露得清清楚楚，与天性纯良的狗恰恰形成刺目的对比。但小说到此并未结束，因为作家在塑造这个人物的时候没有仅仅停留在描写一个自私的男人的层面上，在文中很多细节上我们还可以看出，主人公也是一个善良的人，尤其是对待橙子上，比如他每天都去看橙子，跟狗对话，给狗食物。甚至第一次橙子的主人说要把狗送给他时，冲动之下，他也是满心欢喜地要接纳橙子的；他放弃领养橙子后，看到橙子主人家房子卖掉，而橙子也不知去向时，他"内心里什么东西回落下来，又觉得隐隐的愧疚"，他"脑子似被抽空，茫然中残存着那么一丝丝痛感"。这些细节从另一个层面又丰满了这个人物形象，更深刻地揭示出人性的复杂。小说结尾写道他听到门外有响动，虽然没看到人，但他还是开了门，橙子如一道闪电扑了进来，带着友谊和希望，这闪电照亮男主人公波澜不惊的生活，也击中他麻木冷漠的心；

接纳的大门在小说末尾最终还是被人自己打开。人最终"没有放过人性的光亮，也未曾放弃过对人间正道的指认和对爱与暖的期许"（董小语《俯拾芸芸众生的精神标本》）。作者巧妙地在此处流露出自己的情感评价与呼喊：人的自私、利己、冷酷是人类最危险的敌人，是人把自己封闭、孤立的根源，要突破这种困境还需要人自我的反思与接纳，而橙子在小说里也不只是以一只狗的身份存在，它还是一面镜子，在与人的交往中映射出人性和灵魂的复杂与真实，同时它也以自己的赤诚唤醒人性之光的破云出雾。如果可以过度解读作品的话，我们更希望橙子这个名字是"诚子"的谐音，是赤诚之子，是单纯、忠厚、执着的化身。这面唤醒人们赤诚之心的镜子，这道照亮人心的闪电，它值得男主人公自豪地说："我，有朋友，我的朋友叫橙子！"

如果细读小说，你会发现《我的朋友叫橙子》确实是一篇经得起推敲的佳作，一方面在内容上作家用琐碎的事件客观展现了现实的世俗化和生活化，写出了现实生活的本真形态；另一方面，塑造的人物也很真实、很接地气，在现实生活中的确有很多像小说男主人公这样让人爱不上恨不起的小人物存在。小说男主人公虽不是显著的个体，但他身上具有很多普通大众具有的特征，作家以见微知著的方式，展现生活中真实的人，从男主人公身上我们不难看出作家想要揭示人的自私、懦弱、缺少担当的勇气是今天这个社会很多人，身处孤独，难有朋友的根源之一。正如董小语在《俯拾芸芸众生的精神标本》中说："作家似乎正是想通过这样一群普通人的群像，呈现一个时代小人物的喜怒哀乐，并且不经意间零星向你透露一个时代的精神困境和人性断面。"《我的朋友叫橙子》中的这种深入揭示无疑会触发读者对现实生活中的自我进行反思，对不和谐的人际关系进行修正，这也正是这篇小说的现实意义之所在。

（原载《吉林日报》2018 年 8 月 30 日）

人性的滑坡

——浅说赵欣《滑坡》

韩　睿

众所周知，小说就是讲故事给读者听，而作家则是那些"有故事"并会"讲故事"的人。作家赵欣是近几年短篇小说创作的黑马，法官的独特视角和多年来的基层工作经验让他对社会现实具有独特的感受。赵欣的小说大多篇幅不长，却总能透析出人性和社会本相。小说《滑坡》就表现了当今社会一个令人心寒的社会现象，就是亲人之间情感的日渐冷漠。

《滑坡》以第一人称视角展开，叙述了"我"和姨姥之间的故事。在小说的开篇，我借由单位组织去吉林的活动进而忆起姨姥。回忆总是温情而动人的，童年时期的我对吉林这座城市十分向往，所以，我和姐姐对住在吉林的姨姥也充满期待。

姨姥第一次见到我，就待我与众不同，表现出对我的喜欢和赞赏。而后，姨姥带我去她家度假，待我十分好，生活条件并不是很好的姨姥"见什么就给我买什么"，临走时还"偷偷塞给我一沓钱"，"我在心里暗暗发誓，将来一定要好好回报她"。

然而，我随着年龄的增长，读书、工作、谈恋爱、结婚，逐渐有了自己的生活，与姨姥的关系日渐疏远，直至不再联系。偶尔忆起姨姥对我的关心和照顾，也深感愧疚，可转眼又遗忘了这位宽厚、慈爱的老人。直到我人到中年时，仕途挫折，虽倍感失落，却感觉到一些原本的东西在回归。于是乎，我决定去寻回遗失的亲情，我联系了小舅、母亲和原来的养老院等人寻找姨姥，最终却无果，姨姥已然找寻不见。

　　小说中描写的两位老人，都有着相似的悲惨命运，一位是我的姥姥，另一位就是姨姥。对于主人公的姥姥，作家虽然没有过多地描写，我们却可以切实感受到这位老人的悲苦。关于姥姥的不幸，作家提及了两件事，一件是大舅与姥姥争吵，醉酒失手打折了姥姥的一根肋骨；另一件事是姥姥晚年重病缠身，儿女成群却无人出钱医治，最后为了成全儿女的"孝道"，大家开始寻找偏方，"生吃十八只癞蛤蟆，喝一个月猪尿"等骇人听闻的治病方式让病重的老人愈加痛苦。所谓的"偏方治大病"、请阴阳先生作法买寿命，都不过是这些不愿承担责任的子女们自欺欺人的安心之法罢了。

　　另一个有着悲惨命运的老人，就是姨姥。春节回乡，众人提出去看望很久不见的姨姥。二舅联系上姨姥的小儿子，我的小舅，从小舅口中得知，姨姥如今在养老院。我们在小舅的回忆中去看望姨姥，出了市区，走了一段路，终于找到了，却发现姨姥已经更换了房间，而身为儿子的小舅居然毫不知情，可见小舅已有许久未曾看望过他的母亲。几番周折，终于找到了姨姥的住所。养老院环境极差，姨姥从前是一个爽利的老人，主人公第一次见到姨姥时，姨姥是一个"泼辣干脆、嗓音尖厉，走路风风火火"的人。而当我再次在养老院见到姨姥时，姨姥已判若两人，"一个干瘦的老太太""两眼浑浊，面色发黑"，窝在床头吃一个干硬发黑的馒头。姨姥在一众无人关爱的老人中十分得意，向他们炫耀她的子女和晚辈，足以看出老人的无私、宽厚和慈爱与晚辈的自私和冷漠。

小说的后半部分亦真亦假，带有赵欣小说的一贯特色。作家所营造的诡异荒诞的氛围与前半部分的温情叙述形成鲜明的对比，让读者读后有一种压抑之感，也让司空见惯的日常生活变得陌生起来。寂静岭中阴暗压抑的环境仿佛就是当今这个日渐冷漠社会的真实写照，让人精神紧张，备感恐慌，而姨姥的亲情却可以救赎我，亲情让人备感温暖，给读者心中留下光明和希望。

反复阅读这篇小说，我感触颇深，《滑坡》的确是一篇佳作。作家用琐碎的事件和巧妙的细节展现了社会上常常出现的问题，直逼现实又回味丰富。其次，小说中对于一众小人物的塑造十分真实，如我的自私冷漠、小舅的市侩、大舅的不孝，等等，这些小人物身上具有大众的普遍特征，作家通过这种见微知著的方式来揭示社会本相，引发读者深思。

赵欣曾说："作家的使命是用敏锐的神经感知生活，感知人性，总结生活中的正能量，传给读者，温暖读者。"现代人在社会的迅速发展中变得愈加自私，愈加冷漠，一味地沉浸在自我的世界之中，忘记了曾经关心和爱护我们的亲人和长辈，忽视了曾给予我们温暖的亲情。小说结尾处写道，姨姥缓缓回头变成我的母亲，也许正是要警醒读者，珍惜父母，珍惜亲人，不要让亲情、道德和人性继续滑坡。

（原载《吉林日报》2018 年 12 月 13 日）